刘鹏艳，中国作家协会会员、安徽文学院签约作家，文学创作一级。发表小说、散文、儿童文学等数百万字，多部作品被权威文学选刊转载或收入全国重要年度选本。出版小说集《雪落西门》《鲜花岭上》、散文集《此生我什么也不是》、长篇系列童话《航航的成长季》等个人专著。曾获多种文学奖项，入选"中国小说年度排行榜"，2022年被中国作协评为"深入生活、扎根人民"主题实践先进个人。

QINGSHAN YIJIU
ZAI

青山
依旧在

每个人心里都明白，
从投身革命的那一刻起：
要么死在黑暗当中，
要么迎着光亮前行。

刘鹏艳◎著

云南人民出版社　　APGTIME 时代出版　　时代出版传媒股份有限公司
安徽文艺出版社

图书在版编目（CIP）数据

青山依旧在 / 刘鹏艳著. —— 昆明：云南人民出版
社, 2023.12
　ISBN 978-7-222-21886-4

　Ⅰ. ①青… Ⅱ. ①刘… Ⅲ. ①长篇小说 - 中国 - 当代
Ⅳ. ①I247.5

中国国家版本馆CIP数据核字(2023)第078515号

青山依旧在
刘鹏艳　著

项目统筹：马　非
策划组稿：马　非　　　　　责任编辑：何　娜　吴　磊
特邀编辑：宋潇婧　张妍妍　　责任校对：朱　颖
责任印制：窦雪松　　　　　　装帧设计：鸿儒文化　张诚鑫

出版发行：云南人民出版社
　　　　　时代出版传媒股份有限公司　安徽文艺出版社
地　　址：昆明市环城西路609号　　邮政编码：650034
　　　　　合肥市翡翠路1118号　　　邮政编码：230071

开　本：889mm×1194mm 1/32　印　张：9.625　字　数：186千
版　次：2023年12月第1版
印　次：2023年12月第1次印刷
印　刷：云南金伦云印实业股份有限公司
书　号：ISBN 978-7-222-21886-4
定　价：58.00元

云南人民出版社微信公众号

如需购买图书、反馈意见，请与我社联系
总编室：0871-64109126　发行部：0871-64108507　审校部：0871-64164626　印制部：0871-64191534

目　录

上　部

山有木兮

第一章　花剪径

　　西镇的元宵夜向来是热闹的，从腊月里就开始筹备的花灯节，一直要到正月十五这天晚上才算是正式开张。人呢，也是从腊月里就开始骚动，买的卖的，南来北往各色的人，都一波一波地在街上挨肩擦背地挤攘。等到正月十五这天，大家伙儿再不分先来后到，入了夜便都撒欢儿尽兴地蜂拥上街头。一条街下饺子似的沸腾起来，到处都是黑压压的人头，到处都是明晃晃的笑脸。纸灯、皮灯、绢灯、莲花灯、兔子灯、走马灯、三阳开泰、五福临门、八仙过海、喜鹊登枝、嫦娥奔月、天女散花……各式各样的花灯从街头铺到街尾，照得西镇雪亮。

　　他妈的，简直热闹得不像话！虞章华对自己满意地笑笑，打了个响亮的酒嗝儿。他摇摇晃晃地走在光华流溢、错彩镂金的大街上，两条腿好像不是自己的，天上一脚，地上一脚，就这么把满街的花灯走成了一个翻天覆地的亮堂堂的世界。腹内发酵过的酒食不断向上翻涌，他费了好大的劲儿才把呕吐的欲望镇压下去。不过很快他就发现，这种对于腹压的控制是不合时宜的，索性弓起身子，当街

"哇"地一下吐了个痛快。喷溅而出的秽物出其不意地使周围众人吓了一大跳，他们纷纷捂着口鼻迅速地弹开，个个儿都像是后肢发达的巨型蚱蜢。他们四散流窜到街角，躲瘟神似的躲开这个烂醉的酒鬼，脸上挂满了十足的厌恶和鄙夷。

虞章华却觉得实在是有趣，他咧嘴露出两排森白的牙齿，哈哈，路人甲乙丙丁一连串夸张而滑稽的弹跳动作，让他放声大笑起来，哈哈，哈哈哈……笑声骨碌碌滚得老远，像阔绰的老爷随手撒出去一把金豆子，泼剌剌滚得满街都是。这下，就算再仔细的人，也不可能把它们全都捡拾回来。嚯！虞章华简直满意极了。

脚下是光溜溜的青石板路面，被沿街铺子里投射出来的灯光和一路流光溢彩的花灯打得通亮，踩上去，像是踩着一块块透明的青玉。虞章华头顶上的花灯变成了一尾尾快活的鱼，似在迷乱的目光里游来游去。他僵硬地抬起头，脖子却不听使唤，结果鱼又变成了斑斓的烟花，东一处，西一处，南一处，北一处，热情而蓬勃地燃爆起来，噼里啪啦地在他脑袋上放烟火。

他笑得更大声一些，好让满街的人都看到他得意的笑。卢骥轩过来扶他，却被他一巴掌打掉了那只多事的手。他挨了蜇似的高声叫嚷道："你他妈以为小爷喝多了，啊？小爷脚下稳当着呢！"

卢骥轩尴尬而宽容地笑笑，并不与他计较，只是默默拉开两步距离。虞章华挥起手来，脚下拌着蒜，看起来像在舞蹈，嘴里却呜噜呜噜地发出使唤牲口的声音。仔细听来，或可分辨出"你又不去拦他们，倒来拦我，去你妈的"之类的话。路人纷纷侧目，担心这个醉酒的家伙闹出什么意外，破坏掉他们逛庙会的好心情。那些扎灯的、卖糖人儿的、测字打卦的早就躲得远远的，免得被这酒糟里泡出来的浑人一头撞上来，无端地寻晦气。单剩下众位看热闹的，不远不近地围了一圈儿，脸上一律挂着戏谑而浑蛋的笑。

虞章华就这样手舞足蹈地走了一路，不断地挥手踢腿要把卢骥轩赶走，甚至有几拳打在卢骥轩的长衫上，虽落了空，却让卢骥轩的身体抖得厉害。最后他大喊一声："你他妈的别再跟着小爷啦！今晚小爷逍遥快活去，不与你相干，你这头呆货！"他在街尾丢下这句浑不懔的鬼话，就一个猛子扎进夜色里，离奇地消失了，像是一尾鱼游入深海，又或者一粒烟花爆开后骤然熄灭。

总之虞家得到消息的时候，卢骥轩只能张口结舌，他懊恼地说自己没能拦住虞章华，真是该死。一条街的人都看见了，虞少爷啐他、打他，把他推得远远的。他又不是虞少爷的小厮，不过是约在一起喝了两杯罢了，他念着昔日的情谊，苦苦相劝，只是劝不住。他父亲卢方伦摇头叹息，向端坐在堂上的虞寡妇蹙眉揖手道："犬子不才，但也绝非浮浪之人，至于少爷的做派，夫人自然是明鉴的。"

　　虞寡妇盯着卢方伦，这个重金聘来的账房先生，打得一手好算盘，不管是做账还是做人，通通滴水不漏。这事确实也怨不着账房先生，几个年轻人去酒楼寻欢作乐，喝多了当场撒野，把桌子掀了。一众人看得清楚，虞章华先动手砸了人家的杯盘碗盏，卢骥轩拦腰没抱住，还受了他一记掌掴。先前还兴高采烈的几个人闹得不欢而散，卢骥轩好心追出来，也被虞章华当作驴肝肺。这都是有人做证的，加上虞章华素来不羁的名声，虞寡妇竟找不出卢家父子半点儿不是。

　　白面微须的卢方伦，年轻时算得上是美男子，现在也还是让虞寡妇发不起脾气来。她一见他踱着方步吟出一句"美人卷珠帘，深坐蹙蛾眉"，便先自酥软了，后面那句"但见泪痕湿，不知心恨谁"，不待他张口，已从她心底汩汩地涌出来，大有喷薄之势。她想自己若非遇人不淑，也当宜室宜家，只可惜了好年华。目光垂下来，心中已有计较，她淡淡说一声："先生辛苦了，此事先不忙分神。"接着说到武汉分号的开办事宜，竟把虞章华失踪的事抛在脑后。

　　卢方伦微愕了一下，目光从虞寡妇鬓边的一缕白发间掠过，当下屏息凝神，将"敦本堂"在武汉三镇寻租沿街旺铺的情况一一做了汇报。虞寡妇听得认真，时而点一下头，仔细追问两句。她点头时，他忍住不去看她，却无法摁住那抹跳动的白，在他眼前虚晃一枪，似是昨日青丝覆了一层霜雪。窗棂上的花格把投进来的夕照切割成条缕分明的几束光线，虞寡妇的侧影便在那斜切进来的某道光中凝作琥珀般的一尊像。他若是盯得久了，恐怕会流下泪来。好在日落得快，不久就有青衣灰裤的仆妇进来掌灯。灯光比日光柔和得多，均匀地洒在四周角落里，像洒了一层明黄的花生油。

从议事的花厅出来，卢方伦把儿子叫到近前，又是一番叮嘱。

"既然一条街上的人都瞧见了，便不与你相干，这就回去做你的事吧。"

卢骥轩躬身应了，仍是惴惴道："章华若是不回来呢？"

"他回不回来，你做得了主？"卢方伦拂袖轻斥儿子，不怒自威。

卢骥轩脸涨得通红，低首不语。他和他父亲一样，长了一张白皙面孔，不同之处是，卢骥轩一遇到事情，白脸便红得如同煮熟的虾，卢方伦却往往能够处变不惊，脸色白中泛青。此刻卢方伦脸上隐隐泛出青气，让卢骥轩吓出一身冷汗。他从小在父亲面前便不敢有半句微词，处处赔着小心，时时怀有怵惕，寻常父子间那些温情的画面，他鲜有记忆。印象中，父亲总是不苟言笑，就连踱出的方步，都像拿尺子量过般精准而不容懈怠。父亲说，这就叫规矩。父亲教他循规蹈矩，他自是无有不从。

但这样的规矩终究是一种束缚，让囚在躯壳里的另一个卢骥轩叫苦不迭。

虞章华教给他的则完全不同——岂止是没有规矩，虞章华这活宝慨当以慷地跳出来指手画脚，要他拿起锤子、斧子、镰刀、连枷，把规矩通通打破才痛快。这公子哥儿养尊处优惯了，本是个肩不能挑手不能提的主儿，却在卢骥轩面前血脉偾张地叫嚷着"毁灭和重建"。未见过什么世面的卢骥轩吓得一张白脸顿时翻涌上红潮，简直像施了胭脂的女人，哆嗦着嘴唇道："这、这，如何是好？这如何是好呀！"

"这样便很好！"虞章华一巴掌拍在他孱弱的肩头，哈哈仰首笑得畅快，房梁上的灰尘似乎都给震得簌簌而落，"你这胆小鬼，怕什么？"

是啊，怕什么呢？卢骥轩不知自己怕什么，论起来，虞章华比他的身家厚得多，东家少爷，自小锦衣玉食，龙肝凤胆地喂大，即使什么也不做，也比寻常人家的后生子弟锦绣富贵、郁勃发达。半条街的铺子都是虞家的，日后，也就是嫡少爷虞章华的。他卢骥轩呢，不过是虞家账房先生的儿子，现在跟在二掌柜后面打打杂儿，人家手指缝里漏一点残羹冷炙便把他打发了。他怎么倒这般小心计较一碗剩饭会不会砸在手里？

卢骥轩额头的冷汗涔涔地冒出来，一双手抖得端不住茶盏，想要把茶水送入口中，却不留神泼了满襟。口干舌燥，像是与人激辩了三天三夜不曾得一滴水珠沾唇，他焦渴得不行，偏偏茶水近在眼前却送不到嘴里去。衫子上湿漉漉的，嗓子眼儿那儿倒呼隆一下冒起火来，灼得他坐立难安。

他很快就焦头烂额，把自己陷入内外交困的境地。

从未有过这样的狼狈，他辩来辩去也说服不了自己，呵，这样一个庞大而紧要的秘密，他真是害怕自己守不住。虞章华倒是信他的，不过他担心那个囚困在躯壳里的卢骥轩做不来这样离经叛道的事情——第一天已经如此难熬，况且后面还有更离谱的，一千两百块大洋，这是他们议定的数目，可以换十二支"汉阳造"，还有弹夹火药，不知他们怎么藏得住！虞章华多久才能回来呢？他没有一点计较，事实上在元宵夜之前的那次五人小组会议上，他是唯一一个没有发表任何意见的人。周廷三还不满地指责他顾虑太多，革命性不够彻底。虞章华倒替他打圆场，嬉皮笑脸地说："哎呀，骥轩是旧式的读书人，当初在唐先生的塾馆里，就数骥轩挨的板子最少。"

卢骥轩和虞章华、周廷三他们自是不同，他们都拿着家里的钱出去游历过，上海、北平、广州，东京、柏林、莫斯科，四处都有足迹，眼界既开阔，阅历亦丰富，头脑里塞满各种新潮而出众的想法；而他最远不过是去县城，在那里的新式学堂做过一阵旁听生，后来镇上开办立言小学，他误打误撞，侥幸被聘在那里教书，再后来父亲大人到敦本堂来任职，也让他跟过来，说是更有前途。他的前二十年都是唯唯诺诺的，并不曾想过还有另一种飞扬跋扈的人生。诸如绑架、勒索、私买枪支这样大逆不道的事情，他想也不敢想，谁知竟被虞章华他们拉下水。如今他是想撇清也不行啦，因为他们把他当作了真正的同伙，他们成了一根绳上的蚂蚱。他有些怨恨虞章华并不在乎他的感受，这个无法无天的公子哥儿，从来是不把任何人当回事的。但这也正是虞章华吸引他的地方——他想自己永远也不可能像虞章华那样为所欲为，因而虞章华几乎是有几分离奇地对他产生了致命的引诱，这个莫名其妙、为所欲为的浑蛋，竟让他感到十分亲近。

就在卢骥轩哆哆嗦嗦地把满满一盏茶泼在衣襟上，翻来覆去地思考虞章华"关于西镇革命的几点建议"的时候，虞章华正四仰八叉地躺在花泥里，一副任人宰割的死狗模样。

他喝了几杯还是几壶？不记得了，头痛欲裂，宿醉后松弛的意识四处流淌，和他衣衫不整的形象一样不成体统。眼下，他强制自己把液化的意识逐渐凝固起来，一点一点地，勉强做出一个能放得下记忆残片的容器。啊，他觉得自己昨夜一定是被酒精斩成了纷乱的碎片，即使现在一片一片重新拼凑起来，也还是找不到什么头绪。最重要的那片好像丢失了，他艰难地扭动自己的脑袋，缓缓抬起僵硬的手臂，觉察出这具好像不属于自己的身子好歹还能凑合着活动，不过实在是恶心难当，浑身酸痛不已。他忍不住又想呕吐，但已被掏空的肠胃里只哕出几口酸臭的苦水。

有糖稀一样的阳光渗下来，天亮了，他眯起眼睛，恍然发现自己躺在地上，身下是枯枝败叶和潮润的泥土。露水从花枝上滴下来，刚巧砸在他的眼皮上，和透过枝叶的阳光一起，变成了皮肤上的斑点。一滴凉意沁入他的眸子，接着入脑，他倏然想起了自己昨夜蓄谋已久的乖张和失态。

"哟，醒啦。"他听到哧哧的笑声，迷迷糊糊间不太清晰，隐约像是银铃摇过的声音。

目光还是虚的，但他已经判断出那声音的方向，一个影子碎在光线里。是个年轻姑娘，她摇着手中的花枝，在他眼前晃来晃去。他胡乱地伸出手去拨开花枝，对了好一会儿焦才把那张脸看清楚——眉眼清秀，鼻梁挺直，花瓣似的樱唇轮廓清晰，笑的时候便绽放得花团锦簇，使颊上那几粒活泼的雀斑都有声有色地跳了出来。他皱眉，不认识她，那么她的笑未必怀有善意。说不定她还在他昏睡时朝这具酒囊饭袋踢过几脚，打过几拳，不然他为何浑身都痛？

"痛就对了，那是在马背上颠的。"她后来得意地大笑，跟他比画着说，他就是这样被她横抱在马背上，颠了一路。他自然是狂吐不止，简直吐得昏天黑地，害得她刷了一天的马毛和辔头，也还没有把那讨厌的酸味、臭味、腥味、腐味洗刷掉，但他一点印象也没有。

他只记得自己恶狠狠地骂了骥轩，又作势打他、踢他，好把他理所当然地赶走。

骥轩胆小怕事，不堪大任，但这样的事，整个西镇也没有几个人敢做，他实在是找不到比骥轩更好的同伙。况且，骥轩是个老实人，老实人说话，别人才肯信。

等到虞章华站在摇曳的浮桥上，把"骥轩是个老实人"这样肤浅的问题暂时抛到脑后，心不在焉、装模作样地陪女匪王春芳喂鱼时，他才有机会痛定思痛，把那天发生的事完整地捋一遍：假装醉酒，结果真的喝醉了；假装被绑架，结果真的被绑了。有心批判这极荒唐的现实，似乎为时已晚，他来不及和他的同伙们交代，戏的前半部分是假的，后面却弄假成真。唉，这事办的！他不禁苦笑，卢骥轩那颗榆木脑袋是不做指望的，因此只能把这个倒霉的老实人置于事外，但愿周廷三他们仍旧能够坚定不移地执行原来的计划，假戏真做，以假乱真。

王春芳正在浮桥上兴致勃勃地喂鱼，阳光正好，风儿不躁，一缕碎发从她光洁的额头垂到脸颊，微拂着，勾勒出美丽的侧影。要不是现在虞章华处境堪忧，这倒是一幅赏心悦目的画面。他没来由地想，这个女匪的美貌与剽悍真是无与伦比，与他在读《西洋艺术史》时看到过的一幅名画竟有惊人的相似之处，不过他忘记了那幅画的出处和人生的关系，似乎并没有一种哲学和艺术能够完全矫正与美化王春芳此刻对他的霸凌。

水下，红色和黄色的锦鲤，每一条都肥大而健硕。那些鱼往来穿梭的时候，他几乎能够看到水下翻滚的肌肉的力量。它们追逐着王春芳游过来，像是一群匍匐在水里的侍从。王春芳走到哪里，它们就跟到哪里。王春芳一抬手，它们就争先恐后地跃出水面；王春芳一挥袖子，它们就钻入水底，销声匿迹。虞章华看得呆了，他心怀鬼胎似的觑着王春芳，像是看到了一个女巫。

"怎么，怕我也把你驯成这样？"王春芳吓唬他，嘴角的一抹嘲讽水波不兴，"你安心在这儿待着，哪天放你出去，我说了算。"

"你把我软禁在这里也没有用，他们不会给你赎金的，因为——"虞章华诡秘地笑起来，"赎金已经到手了。"

"啪"的一声脆响，王春芳兴之所至地给了虞章华一个结结实实的耳刮子："你笑什么？在花剪径，只有我能笑。"

虞章华被这突如其来的耳光打得呆若木鸡。半晌，他摸着肿起来的半边脸，低头叹了口气。

这是他来花剪径的第七天，王春芳已经跟他说了三遍花剪径的规矩，而他三次贸然、奋然、毅然地犯规，引来当地悍匪一次比一次更厉害的唾骂和羞辱。看在王春芳的面子上，他们倒没有因为忍无可忍而群殴他，不过王春芳警告他，倘若他再不守规矩的话，就把他剁碎了丢进水里喂鱼。

虞章华愁眉苦脸地看着一池锦鲤，心中懊悔不已。他想，自己那天如果不是喝得太多的话，一定不至于被王春芳绑在马背上掳到花剪径来。这个女人邪门儿得很，她比他要矮上两个拳头，力气却比他大上几倍还不止。他试过从她的眼皮子底下偷摸溜走，结果又被人五花大绑地送回到她面前。花剪径也是个很邪门儿的地方，这里的男男女女、老老少少，力气都大得吓人，随便一个拐子手，就把他反剪起来，拧成了一只熟虾。他只好蔫头耷脑地任他们摆布，做出悉听尊便的样子。

要是王春芳恶狠狠地骂他，他心里还好过一些，但王春芳骂他的时候总是笑嘻嘻的，好像他不是一个值得她动怒的人。这样一来，他反倒觉得自己非常愤怒，有时候简直愤怒得要把自己燃烧起来，结果王春芳轻轻松松一句话就把他打发了。

王春芳笑嘻嘻地扬起下巴说："你凭什么呀？"她扬起的下巴尖削地抵触着他的神经，这不是一句完整的话，但语意却是完整的，甚至还相当丰富。他看着她，像个真正的流氓那样，最后也还是再一次垂下头来，做出听话的样子，只能在心中破口大骂："等着瞧，臭丫头，你可别让小爷逮着机会出去！"

虞章华不知道自己现在离西镇有多远，甚至不知道自己被绑架的消息是何时传出去的。这里与西镇似乎全然不同，也许隔着一座山头，也许是十座，但不管隔着多少座山头，总还是一个世界，像《共产党宣言》所说的那样，"至今一切社会的历史都是阶级斗争的历史"。而"每一次斗争的结局是整个社会受到革命改造或者斗争的各个阶级同归于尽"，那么他的革命在这里也还要继续下去，要么改造这里的阶级，要么与这里的阶级同归于尽。据他所知，这个地方受到一个叫王大花鞋的匪首的控制，他落入了土匪窝子，成为他们敛财的工具，这让他想起来就觉得窝囊——如果不是那天晚上喝得太多的话。这些天他总是陷入这样的自责。自责完了，或是饭后那段昏昏欲睡的时间，或是早晨起来头脑特别清醒的时候，他开始分析花剪径的阶级成分。他觉得除王大花鞋之外，这里大多数人应当属于流氓无产阶级。他们是可以被无产阶级革命卷到运动里来的，但也甘心被人收买，去干反动的勾当。

思考这些问题的时候，虞章华总是装作百无聊赖的样子在花剪径四处闲逛，实则警惕地做着观察和思考。

这是个气候温润的山谷，虽还在正月里，却连袄子也穿不住，烂漫的春花开得满坑满谷，连紫藤、蔷薇这样三四月间才得见的花儿，也疯爬得到处都是。他数了数，身边随处可见的鲜花竟有数十种之多。这些花倒并不名贵，只是开得灿若云霞，远远近近，层层叠叠，铺满了芳甸。他本不是个爱花之人，向来觉得侍弄这些没用的东西婆婆妈妈，到了这里却不由得心生欢喜。若非身陷土匪巢穴境遇难测，他倒愿意多住些日子。他注意到谷里四处飞舞的蛱蝶与别处颇为不同。那蝶儿展起翅来，有成人的巴掌大小，五彩斑斓，绮丽缤纷，不似寻常田畴间或黄或白的小巧粉蝶，弱质屑屑，色彩单调。那些硕大的蝴蝶围着人忘情飞舞，也不怕人惊扰，有时竟飞到手掌中，任由人托着它，像是豢养的玩物。斑斓的蝶儿停在手心里，能看到忽闪忽闪的翅膀下，赤色的腹部随着空气的振动柔软地翕张，人不脱手，它便乖巧地留在掌上，只是振翅，却不离开。虞章华就曾托着一只翅上有虎斑的蛱蝶在谷里逛了两个来回，也不见它逃走。他无端地想入非非，这里的蝴蝶大约也被王春芳施了咒，想逃也逃不掉，最后他只得轻轻一吹，把它送上了天。

虞章华是到了第七天上头才彻底地明白了自己的处境，终于像那只虎斑蛱蝶一样，不再存心逃跑了。王春芳倒不曾拦着他随意走动，他在谷里闲逛，谷里人看到他，都像没有看到一样，只管做自己的事情，并不把他当作需要严加看管的"人质"。他便也只好做自己的事，喝酒睡觉闲逛，胡乱地看山看水看花看鸟。

天上流云矮建，溪中游鱼唼喋，都是极好的风景。远近层叠的山峦也是活泼的，浓淡相宜的碧翠中随意点染着娇艳和瑰丽，像是姑娘明亮飞扬的裙裾，使他一时忘却了身处险境，倒仿佛置身仙境一般。

他的眼光就近落在栽花种柳、晒谷晾衣的场院里，这一瞧简直让他惊奇，各家门上楹联写着"忠厚传家远，诗书继世长"之类，并不像干着打家劫舍的营生，竟有几分渔樵耕读的风情。

他顺着谷里道德祥和的气派往前走，心想兴许就溜出去了呢。谁想到谷口那里竖了一块碑，古意盎然，上书"花剪径"三个大字，他走到那里，便再不能往前走一步了，否则定会给人五花大绑地送回到王春芳面前。那三个字像是专为他设下的结界，他怎样也破不了，急得团团转。

这一天王春芳又来找他，站在门外喊一声："老虞！"他从竹舍里转出来，稍有迟滞，便惹得王春芳大骂："你是女人吗？出个门还要梳妆打扮不成！"

虞章华怒道："我是不是女人，咱俩赤膊相见便知。"

王春芳便又哧哧笑起来："你这浑蛋，我不过是让你快点出来，怎的就要脱衣服才能见？"

虞章华恨声啐道："我若再慢一步，恐怕要拔刀相见。"

王春芳扯扯虞章华的衣袖，笑模笑样的并不恼，还假意问他昨天晚上睡得可好，今日早上粥饭可温。虞章华再发作不得，只好善罢甘休，两人便没事人似的在竹林里散起步来。

王春芳扬起脖子问虞章华："你看我这花剪径如何？"

虞章华鼻子里哼一声道："不过是土匪窝子。"

王春芳嘻嘻一笑，出其不意地在虞章华脑门儿上凿了一个栗暴，说："你自己也是匪，怎么有脸骂我？"

虞章华吃痛，心中大怒，再也忍不住，索性抚着脑袋破口大骂起来："你这臭丫头，要杀便杀，要剐便剐，整日地成心戏弄小爷又是什么道理？"

王春芳远远地跳开，笑得花枝乱颤，把气急败坏的虞章华丢在竹林里，笑道："姑奶奶专治有钱人家的少爷，你奈我何？"

老实说，王春芳把虞章华从西镇掳来花剪径，虽不大客气，实际待他倒并不坏。那日，王春芳也不是蓄意要掳他，她听说西镇的花灯好看，便着意打扮了一回，穿上百褶罗裙，戴上翡翠步摇，兴冲冲地去西镇看花灯。古人说"月上柳梢头，人约黄昏后"，那是诗里最动人的地方，大抵因为月光和灯光暧昧不明，看什么皆是朦朦胧胧，影影绰绰，不比大太阳底下把一切照得清楚明白，反倒索然无味。虽说并没有一个情郎在浪漫的花灯下等着她，她心里仍难免有些女儿家依稀的期待。谁料想，她刚到西镇上，便叫虞章华把半幅罗裙吐得一塌糊涂，好不晦气。后来听人说这是敦本堂的少爷耍酒疯，她本已自认倒霉，这时却临时起了意，"顺道"在路上把烂醉的虞章华"捡"了回来。

　　若不是王春芳，虞章华或许就"让狗吃了"。这是王春芳的原话，她说虞章华在自己呕吐的秽物里呼呼大睡，身边野狗出没，绿莹莹的眼珠子、红猩猩的舌头和白森森的利齿都已经各就各位。她见他从头到脚富贵逼人，每样都值钱，便宜了几只饿狗真是可惜，于是果断把他扛上了马背。那日的情形，虞章华的印象很是模糊，似乎起初和卢骥轩拉拉扯扯是有的，吐也曾吐过，但王春芳何时出现的？是了，他弯下身子哇哇大吐时，那跳到一旁的许多"大蚱蜢"里，定有一只是王春芳。他拍着额头懊悔不迭。

　　王春芳在篁竹丛生的溪边拨了一间竹舍给虞章华暂住，流水淙淙有声，叮咚悦耳，越发显得这里环境清幽。虞章华心道："宁可食无肉，不可居无竹"，这话可不是说我的，我宁愿有酒有肉。王春芳似他肚里的蛔虫，果然一日三餐都差人送过来，除了各色时蔬，鸡鸭鱼肉样样不缺，竟然还有酒。虞章华举着酒杯叹道："绑匪之中，你也算是厚道的，但我家的赎金早就给了别人。你这样养着我，怕是亏本生意，不如放我回去，我另想些门道。"王春芳只是冷笑。人人闻风丧胆的王大花鞋是她父亲，她自小被养在谷里，比高官富贾家的小姐也不差，别人都让她三分，从来只有她欺负戏弄别人的份儿，何曾受过别人半点怠慢不敬？以前他们也绑过镇上或是县里的富人，到了花剪径哪个不是吓得屁滚尿流，吃不下又睡不着？唯这个虞章华，奇奇怪怪，一副浑不懔的样子，倒也有趣。

王春芳问虞章华，为何这样笃定她拿不到赎金。虞章华给自己又倒了一杯酒，漫不经心地说："这笔钱嘛，实在是太重要了，若给了你，我们的同志怎么办？"

王春芳奇道："难道钱比你的命还重要？"

"我的命不值钱，"虞章华哈哈大笑，"所以我说你绑错了人。"他一面说笑，一面喝酒吃菜，大快朵颐，也不管王春芳。王春芳坐在他对面，饶有兴趣地支颐看着他大吃大喝，眸子里光彩流动。

"你说的革命，我起先也听说过，不过是一干人找个由头胡闹罢了。到后来，抓的抓，杀的杀，再没有下文。"王春芳祖上曾东渡过日本，和革命党人颇有渊源，后来王大花鞋带领众人来花剪径归隐，有一部分原因倒是为了避难，因此王春芳对"革命"一词不以为然。

"那是旧式的革命。"虞章华不紧不慢地饮一口酒，吃一口菜，"我们不同，我们要和传统的观念和所有制关系实行最彻底的决裂，因而拥有最坚定的革命立场。"

"那又怎样？你们反对的那些当权之人还是会抓你们杀你们的。"

"抓不完，也杀不尽。"虞章华仰首哈哈一笑，"我们在革命中失去的只是锁链，获得的却是整个世界。"

王春芳吃了一惊："你可是敦本堂的大少爷，西镇倒有一半是你们家的，外埠也有你们家不少分号，还有……"

"区区敦本堂，何足挂齿！"虞章华摇着脑袋打断王春芳，嘴里嚼着鸡块，声音有些肿胀，听起来像是飘在空中的一只膨胀的热气球。

虞章华失踪的第二日，周廷三便差了一个面相凶恶的汉子去敦本堂传信。这是他们事先约好的：虞章华写下一封亲笔信，着一副生面孔送去，告知母亲大人自己被悍匪掳走，赎金为一千两百块龙洋。若是太阳落山之前钱未悉数送到，虞章华便小命不保。虞寡妇只有这一个嫡亲的儿子，绝对值这个价钱。

果然，那虞寡妇闻信后心急如焚，也顾不得真假，先着人装了一大箱银圆乖乖奉上。周廷三和詹凤佐他们收了钱，自是欢天喜地，这时卢骥轩慌慌张张地跑来周家前门报信，说虞章华并不曾回府上，倒是另有强人来敦本堂泼刺刺地开口索要赎金，还带来了虞章华近身的玉髓。

"这么说章华真让人绑了？"周廷三大吃一惊。他们还以为虞章华去县城或是史河下游的平安埠躲起来逍遥快活了，只等这边成了事，便回来大干一场。

"怕是如此。"卢骥轩额头冒汗，面色潮红，连声音也有些发颤。

还是詹凤佐镇静些，他三十多岁年纪，一副黧黑面孔，身材瘦削，一说话额上青筋直冒。此人曾留法数年，后来又在乡里担任执事，黑白两道都打过交道，说话办事滴水不漏，很有些分量。他蹙眉道："来人可报上名号？"

卢骥轩赶紧答道："说是王大花鞋的手下。"

"这倒不慌，"詹凤佐点点头，"王大花鞋虽是个狠角色，名声倒不是太恶。手下喽啰也得他管束，从未听说过有凌虐肉票的。他收了钱，自然会放人。"

"那若是收不到钱呢？"一旁的吴勔插话道。

这吴勔矮矮胖胖，平时话不多，总是笑眯眯的，关键时候却能压得住众人的阵脚，像枚实心秤砣。此话一出，大家都面面相觑，詹凤佐只得老实说道："还不曾听闻有不肯给钱的富户。"也对，没有哪个富户要钱不要命的。这时大家又问："赎金是多少？"卢骥轩吐了一口气，迟迟疑疑地从长衫下伸出两根指头来。这下没有人吭声了。

半晌，詹凤佐沉吟道："不知虞寡妇愿不愿出这笔钱。"

卢骥轩唉声叹气："先前这一笔给得痛快，现下倒是不肯轻易信了。"

大家又沉默下来。最后还是吴勔发话道："我们还是按原计划来办，章华的心意我们都明白，他母亲待他如珠如宝，断不会置之不理。或者我们先把枪买回来，凤佐兄出面斡旋一下。唔，敦本堂并不是掏不起这笔钱。"

詹凤佐点头称是，周廷三也附议，只卢骥轩未置可否，众人便也不管他的意见，就这么说定了。当下各人分头行事，周廷三和吴勘去买枪，卢骥轩仍回敦本堂探风，詹凤佐两边搭话，若能和王大花鞋把赎金谈下三五百来，虞寡妇肯应允，自然皆大欢喜。

待吴勘和詹凤佐从周廷三家的后门茅厕出去，卢骥轩也低了头从前门出来，踢踢踏踏往回走。周廷三家是前店后坊的榨油铺，也兼卖些油炸点心，临走时看店的周父塞给卢骥轩半包油酥枣，谢他带来的两盒鲤鱼膏药，又说敦本堂要是买麻油的话，从他这里拿是最好不过的，他不信周记这价格，别家还有比他更好的油哩。卢骥轩拱手接了，心不在焉地说敦本堂的麻油铅粉都是大宗买卖，连他父亲卢方伦也插不上手，都是虞寡妇亲自找的供货商。周父就嘿嘿笑："令尊说得上话的，他只消一句话，抵得上别人十句……你和廷三是好朋友，按你们的话说，现在又是同志，嘿嘿，我们稠的吃不上，讨一口稀的总可以，你多帮衬帮衬呀。"卢骥轩"啊"了一声，也不知周父此言是何意思，他不过是个跑腿打杂儿的，帮得上什么忙？就是他父亲，也只知埋头打算盘，经营上的方略，那是半点也不懂。虞寡妇聘他父亲，多半还是看在两家祖上有些交情。他心里乱糟糟的，一心只想着虞章华的事，并不曾将周父的话放在心上。

街上人来人往，各有方向，有买菜的，有打油的，有挑水的，有赶路的，谁也不向卢骥轩多望一眼。卢骥轩呆望着明晃晃、闹哄哄的街道，搅着愁肠想：人人都有自己的事情，大家能够安稳地过日子，多么不容易啊，那么他们做的这些事，又是怎么一回事呢？左思右想，总也捋不出个头绪，旁边并没有人诘问他，他却受了严苛的盘问似的，薄脸皮涨得飞出胭脂红，额上沁出汗来。他心中困窘疑惑，脚下便连连被绊，似乎街面也变得坑洼不平，害得他险些摔了几个跟头。

那天，有个长着一张马脸的强人来敦本堂索要赎金，言语虽客气，齐齐整整的衣裳底下，那股子生冷的豪横却让人不敢近身。他眇了一只目，用黑罩蒙着，一看就是惯匪。精明的虞寡妇立时嗅出异味：一个人绝不会让两家绑匪扣住，那么必然有个真假之分，真的也就罢了，假的又是为什么？事有蹊跷，自然又找来卢骥轩一番盘问。

卢骥轩期期艾艾，背书一般把那天晚上的经过又答了一遍，说到要紧处，额上又是汗水涔涔，脸也红如煮虾。他很为自己这毛病感到担忧，好在虞寡妇并不多看他，也是因为虞寡妇从小看着他长大的，知道他这毛病，一紧张便面红耳赤、浑身盗汗。虞寡妇倒还体贴地安慰他，少爷的脾气坏，如今吃了苦头，并不怪他这老实孩子。他父亲卢方伦也在一旁打镲，说他吃亏就吃亏在老实上头，向来只晓得老老实实做人，老老实实做事，别人拿他当傻子，他还憨头憨脑地替人跑前跑后哩。

他窘得恨不能找个地缝钻进去，却只有促手促脚地立在那里，由得人评头论足。虞寡妇和卢方伦说，她细细回想起来，后来那个要赎金的，看着倒更像是绑匪，那么先前那个又是怎么回事？钱也给了，人还不放回来，八成是骗子。

卢方伦也没个计较，只将须道："此事还是要慎重些，倒不是钱的事，总要闹清楚章华在不在他们手上。"

虞寡妇又道："那人只丢下一块玉髓，章华近来倒是佩着那东西，但也说不准，谁晓得是不是偷来的。况且章华常常拿随身的物件换酒喝，远的不说，单是镇上的杏花楼就得了他多少东西！"

卢方伦点头道："确实如此，章华的少爷脾气不改，总是祸患。不过县里保安大队的鲍队长也说王大花鞋从不走空，县上那些富户，但凡给他看上的，莫不捏着鼻子乖乖给钱。人若真是他们绑的，还是备好赎金才妥帖。我先去店里调些头寸，只是这一回不能轻易给他们。"

虞寡妇越发心乱，摇摇手说："也好，你再去打听打听，不怕多花几个钱，咱们找个说得上话的中人，好歹知道章华在哪里。"

卢骥轩当时低头计较父亲对自己的褒贬，心里极是忐忑，生怕回去再挨一顿训斥，因此耳听父亲和虞寡妇商议如何筹措赎金，如何打探消息，不过风吹流水，略略皱一皱心思，并没有往深处想。这时细加思量，詹凤佐这样牙郎掮客似的人物倒是及时雨，他们正需要他，左右不过是章华在土匪窝子里多吃几日苦头罢了，并无大碍。念及此处，他长出一口气，懵然拎着周父递给他的半包点心，摇摇晃晃地朝家走去。

他像喝过酒一般，脑袋里晕乎乎的。他真是做不了大事的人，方才听周廷三和吴勣他们说要将长枪藏在棺材里运进西镇来，他骇了一跳。这事他想也不敢想。好在他们并没有让他参与，只是派他回敦本堂传话。他只需装作不经意地和父亲说起，在周家的榨油铺买点心时遇上詹凤佐，余下的便不与他相干了。那詹凤佐左右逢源，巧舌如簧，自有办法让他父亲相信，先前那一千两百块龙洋是王大花鞋收下后见得钱这般容易，便又另起了贪心，如此两边都各退让一步，可保虞章华毫发无损。

那油酥枣是父亲爱吃的，掺了猪油白糖的枣泥馅儿，用面浆层层裹了，放在油锅里炸得酥脆焦黄。不知为什么，父亲上了点年纪之后，便爱上了这种又甜又腻的东西。卢骥轩起先还觉得奇怪，暗笑"老小老小，越活越小"，人老了，便和小孩子一样爱吃爱玩儿。他母亲却正色道："早些年你们还小，家里花销用度都靠你父亲一人，但凡有点好吃好玩儿的，都给了你们。现下他吃块点心，倒劳烦你们惦记不成？"卢骥轩赶忙打躬作揖赔不是，哄得母亲把拉长的脸恢复到相宜的尺寸，照例是母慈子孝的家风。日常他也会去点心铺择几样玩意儿孝敬父亲，既是体恤父母当初的含辛茹苦，又做了弟妹们的表率。这也成了远近的佳话，四邻都说卢方伦养了个好儿子，不像虞家那个败家子，只晓得掏他老子娘的家产。

如今卢方伦吃着儿子带回来的点心，咬一口金黄脆酥，就一口碧绿茶汤，甚是老怀安慰。

"老周家的油酥枣就是地道，舍得放油，唔，他家生意还好？前年春荒，说是开不了门，后来又说要迁到县城去，也不知这老家伙葫芦里卖的什么药。"

父亲胡须上沾了点心屑，咬字开合隐隐有几分滑稽，卢骥轩却不敢笑，仍毕恭毕敬地站在一旁答道："生意过得去，是廷三劝他父亲仍在镇上做，毕竟头脸都熟，乡邻也有照应。"他想到临走时周廷三父亲和他说的话，有心帮着问问麻油的事，又一想，父亲为人谨慎，行事端方，向来只做自己分内之事，从不逾矩，他在父亲跟前胡乱插这么一嘴，恐怕节外生枝，还是虞章华的事要紧，当下只得把话头儿咽了下去。

卢方伦听儿子说到周廷三，便带了三分冷笑道："这话不像周廷三说的，哼哼，怕是周廷三他自己想留在镇上。若是吴勔、詹凤佐他们都走了，你看他走不走。"

卢骥轩心中一跳，垂首道："是，他们几个，私交甚笃，我今天买点心时还遇上了凤佐兄。他问起章华的事情。"

卢方伦拍拍手里的点心渣子，抬眉道："我倒忘了，章华和他们走得也近。这个詹凤佐……"

卢方伦略一沉吟，卢骥轩已接口道："凤佐兄打听到王大花鞋在佛堂坳那边有个相好的，他和那粉头的表兄倒说得上话。"

说完这话，卢骥轩心头怦怦直跳，不敢拿正眼瞧父亲，头垂得更低些。他惴惴地安慰自己，这瞎话或被父亲拆穿，那也没什么，左右不过是詹凤佐教他说几句瞎话罢了，父亲自会去和詹凤佐计较，没事的，他一定没事的。这样念咒似的在心里狼奔豕突，猛听父亲一拍大腿："这正是要过河碰上个摆渡的！"

这一晚卢骥轩只吃了小半碗粥便再也没有胃口。母亲问他可有哪里不舒服，他支支吾吾道："不打紧的，或许着了凉，喝一碗姜汤发发汗也就是了。"母亲又叮嘱几句，颠着小脚给他煮姜汤去了。他懊恼地想，这两天自己总是扯谎，一扯谎便脸红盗汗，正月里天还冷着呢，汗都捂在袄子底下，再沁到骨缝里，不着凉才怪。这样一想，他浑身都酸痛起来，恹恹得只剩下爬上床铺的力气。

躺在床上，他脑子里还是乱得厉害，如同熬油煮膏，听得见咕嘟咕嘟的声响。他勉强伸手按住脑袋，却按得太阳穴那里突突跳个不停，心中暗暗叫苦。当初虞章华拉着他入伙，他就觉得他们都是疯子，可他又受不了他们的蛊惑，稀里糊涂就上了船。还在立言小学教书的时候，他就知道他们已经成立了马克思主义学习小组。那时不过是纸上谈兵，大家围在一起谈理想，谈人生，谈制度的弊端，谈未来的世界，更像是热血的青年人的集会，他也参加过几次。

一灯如豆，昏暗中一群促膝并肩的年轻人兴奋地挥斥方遒，在想象的地图上展开脱缰的驰骋。他们手无寸铁，唯一占有的武器便是知识。推翻反动军阀的统治、打倒帝国主义、铲除一切不合理的制度，这些在彼时看来难以实现的现实任务，必须靠"纸上谈兵"来走出第一步。后来父亲让他回敦本堂做事，他颇有几分不舍，但也并未就此违拗父亲。虞章华倒劝他，在哪里都一样革命。这个时髦的词汇从这个纨绔子弟嘴里说出来，若让镇上的人听见，准要笑掉大牙，但卢骥轩知道，虞章华比他拥有更坚定的意志，或者说更疯狂的意念。

这次以绑架为名骗取赎金购买枪支的想法，就是虞章华想出来的。

亏他想得出来，到现在卢骥轩还觉得匪夷所思，虞章华一手策划了这起绑架案——自己绑架自己，按他浑不懔的说法，"要敢往自己娘老子的心窝上捅刀子"。

这种大逆不道的话，怕是要遭雷劈的，虞章华果然就让土匪绑了去。卢骥轩一方面替虞寡妇觉得解恨，一方面又为自己在这次行动中表现出的动摇和不彻底感到深深的愧怍和卑鄙。虞章华与旧式家庭之间做出的那种勇敢的决裂，简直让他无地自容。他努力地摇摇头，却发现四肢百骸沉得不像话，连动动小手指都嫌费劲，不久他就昏昏欲睡，陷入我即非我的迷糊状态。

他睡得极不踏实，眼皮翻动，嘴角抽搐，不时痛苦地叹息一声。他母亲端着姜汤过来，他也懒得起身。母亲推醒了他说你喝了再睡吧，他只是不肯。再多说两句，他竟火冒三丈，对着母亲一脚踹过去，打翻了滚热的姜汤。

母亲惊叫着跳开了，说你这混账东西，只配让人绑了去，千刀万剐才解恨。他也不分辩，忤逆地咬牙想，我本来已经让人绑了，又不见你们拿赎金来救我，可见是没把我放在心上。我也再不把你们放在心上，这下大家可以痛痛快快地革命去吧。

这样想着，竟然就大声地喊出来，吵吵嚷嚷的，不像是一个人的声音，似乎有很多人在说话，争辩，喧嚷，龙吟虎啸，响遏行云。又有人摇旗呐喊，鼓噪得厉害，什么压迫者和被压迫者，什么无产阶级和统治阶级，什么打倒和战胜，什么涅槃和重生……他们对于未来社会的描述都十分可疑，却热血沸腾，言之凿凿地诱使他加入他们的理想。他听到他们身体里发出隆隆的巨响，像是穿云裂石的爆破，自己的身体里也发出了同样可怕的声响，啊，头痛得要炸裂开来，他再也顾不上许多了，奋力拨开挡在前面的人，径自朝外走。没有人阻拦他，但他走得也并不畅快，磕磕绊绊的，狠狠摔了几跤，好半天才迈出那道高峻的门槛。

出了门，又不一样，一下子天高地阔，他看到百花盛放的山谷里，一个极不寻常的福地洞天。但见奇花异草，飞瀑流水，空中满是舞蹈的蝴蝶。与田陌间常见的粉蝶不同，那蝴蝶大如巴掌，五彩斑斓，若伸出手去，不待你去捉它，它自己便飞到你手掌上，赤红的肚腹贴在掌心，软绵绵的甚是奇妙，似乎有脉搏相连，分不清是它贴在你掌心的柔软腹腔一跳一跳，还是你的心脏在跟着它的节奏咚咚跳动。他托着大蝴蝶，心怦怦然，眼睛却不够用似的，看见什么都稀奇。他沿着一条溪流逛过去，两边是大片的油菜花和紫云英，另有万竿修竹，停僮葱翠。篁竹花海当中，房舍精致，院落整饬，家家户户都一派富裕安详的样子。

这里的土地必是肥美异常，种什么得什么，日子也风调雨顺，单是看院里成串的辣椒、玉米、葱头和晒场上堆满的金黄谷粒，便处处显出丰盛和喜悦。人们都笑吟吟的，遇上了，相互作揖行礼，谦和周到，民风极是淳朴。但他们见到他，却像没有见到一样，眼光掠过他的头顶便直接掉到虚空里去了。

他走过去求人看他一眼，却惹来一片嘲笑："你也配？"

他不禁面红耳赤，强颜道："怎的我就不配？我也是来参加革命的。"

人家便又笑他："你既不信，又跟着瞎起什么哄。天下是大家的，却不是你的。"接着有人折了花枝来敲他的脑袋，砰砰有声。

他抱了头往回跑，心里又慌又乱，鼻子中却嗅到奇异的花香，讪讪的只是不舍，也不知什么缘故。这时脚下生了风一般，两边风景不断向后退去，似乎有人在边上拉洋片，哗啦啦几百几千几万幅画片瞬间都跌入长长的时间的甬道里。他一下子失去了重心，手脚并用也不能抓住一刻流逝的时间。这样徒劳地挣扎和抵抗着，一路狼狈地奔逃回来，逃得比来时还要快，跌跤却跌得比来时更狠，咕咚咕咚，扑通扑通。

待跌跌撞撞迈进门槛来，他母亲已经把灯点上了，端着一碗滚热的姜汤，叫一声："你终于醒来了！"

他猛然睁开眼，见母亲衰老而慈爱的面孔浸在昏黄的灯光里，满脸关切地望着他，一时心里发颤，分不清方才这番游历是真是幻。他听母亲说："方才你踢翻了一碗姜汤，泼得我满身淋漓，还手舞足蹈、胡言乱语，好不吓人。"

他心中不由得大骇，道："我说了什么？"

"我听不懂你说的什么，"母亲摇头，"我便又给你端了一碗来，你喝了吧。"

他只得依了母亲，乖乖喝了姜汤，又昏昏然倒头睡去。

　　母亲看着他躺下，替他掖紧被角，又颠着小脚到桌边吹灭油灯，轻叹一声，窸窸窣窣掩上门出去了。他眼皮发沉，如同抹了胶，只能闭着眼呢喃自语："我不过是发梦罢了，只是发梦罢了……"

　　虞章华却出其不意地跳出来，在他耳边十分促狭地说："这可不是梦，你看得清清楚楚。"

　　他又骇了一跳，慌不迭地从床上坐起来，但见屋内黑影幢幢，半爿月光从窗口摇落，变成地上薄薄一层幽霜。他摸摸心口，怦怦跳得厉害，虽头脑昏沉，却再不敢睡去，就这样直挺挺地坐了半夜。

第二章　鲤鱼膏药

"敦本堂"三个字，在山南地区是个响当当的名号。不唯那些在外面走江湖的，或是乡上、县里的绅士老爷们，即便是乡野村妇、黄口小儿，也断没有不知道这号大名的。这很让当家的虞寡妇感到欣慰。

虞家的敦本堂鲤鱼膏药，不知是第几代祖宗上头传下来的，据说是太医院的配方，还有人说是得了铁拐李的"真传"。这当然更像是无稽的传说，没有考据。但敦本堂供奉着一尊真人大小的铁拐李铜像作为店招牌，却是实实在在，且因为这传说众口铄金，不断地添油加醋，添枝加叶，以至于妇孺皆知，远近闻名，也就和真的一样，简直比真的还真。堪堪印在数以万计的膏药盒子上，连同虞家第十三代祖宗虞大头的头像做成的徽标一起，成为家喻户晓的传奇。

那虞大头算是虞家商业帝国的创始人，初时还没有"敦本堂"的堂号，虞大头也不过就是个无甚名气的乡间游医，平日里身背药箱，摇着一面"妙手回春"的幌子，走村串户地给人搭脉治病。大病虽瞧不好，小疾小患

却应付自如，尤其擅长医治无名肿毒。他依祖方调制的
"妙药"也渐渐传开，甚至有人专程到他家里拜访，只为
求一贴膏药。这样一来，虞大头便看到了商机，索性专心
制药，把原先名不见经传的小膏药堂而皇之地"经营"起
来，并且有了自己的"商标"——那些买膏药的一看"敦
本堂"三个字就知道这是专治痈疽疔疖的鲤鱼膏药，货真
价实，童叟无欺。

虞寡妇当家的时候，老虞家的第十五代掌柜虞连海还
没有殁，四房姨太太也都还在。通常的情形是，虞连海在
铺着金丝绣花锦垫的红木榻子上一卧，四个姨太太捶肩的
捶肩，捏腿的捏腿，伺候老爷把大烟膏子点上。待虞连海
飘飘欲仙，物我两忘，四房姨太太刚好凑一副麻将搭子，
在一边嬉笑着把剩下的时光轻松打发了。没有一个操心
的，只有大太太——那时候尚未称寡——见老爷如此逍遥
快活地做他的甩手掌柜，外面旱地惊雷还是析骨而炊，都
不与他相干，不禁替老虞家发愁。旁的不说，虞家手上攥
着的这张几百年的传世秘方，便是头一个不能荒废的。

虞寡妇不忍祖上传下的家业尽毁，只得一力担待。
她整顿店务，大胆革新，坚决实行家店分开，还建立了内
外账务管理制度，外账只收不付现，内账主管现金实物。
凡收入货款，先由账房核算金额，记入外账，后转内账，
入分户或分类账，点收现金实物，互相制约，不准任何人
在店内动支现款和货物，亦不准以任何名义随便从账房里

拿钱。这一招儿，可说是首开敦本堂百余年店务的先河。她又改良配方，以白铅粉代替铅丹，使膏药黏性增强而又不伤皮肤，愈后不留疤痕，对于冻疮及皮肤皲裂也大有疗效，因而敦本堂的鲤鱼膏药在同业中脱颖而出，尤其受到女性客户极大的欢迎。

然则敦本堂毕竟还是姓虞的。

长子章华已经生得长身玉立，眉宇间有了逼人的英气，只是多数时候他都是宿醉未醒的样子。有一日他在外面吃了酒回来，嬉皮笑脸地对母亲说："您管着全家上下一百来口子的吃喝拉撒，是老虞家的功臣，可没人记着您的好，倒落得个牝鸡司晨的名声。"虞寡妇气得不轻，逮着儿子问，这个乱嚼舌头的王八蛋是谁，被儿子一句话噎得干瞪眼。

儿子满脸不屑地轻吐一口气，冷笑道："老王八姓虞，名连海。"

敦本堂第十五代当家虞连海不久便死于吞云吐雾之后的一场春秋大梦，梦中自有良田万顷，美女如云，坐拥帝王般的风光。他的妻妾，后来无一例外都成了寡妇，不过当得起"虞寡妇"这三字称号的，只有大太太一人，因为那四房姨太太在一日之内都被大太太体面地打发了。

除嫡出的章华外，其余二子二女都是庶出，也有跟着哭哭啼啼的，也有撒泼耍浑的，但虞寡妇不为所动，脸若寒冰、掷地有声地抛下一句话："是走是留，自己掂量。"如此便没有人敢再多说一句。次子谟华决意与自己的生母共同进退，于是二姨太从账房先生卢方伦那里领了一笔安家费，携着谟华黯然离开了。离开虞家时，十六岁的谟华昂着脑袋，不像是被人扫地出门，倒像是慨然出征。余下幼子亭华，自出生起就被抱在大太太房里养着，倒不曾与四姨太亲近过，因而四姨太只得哭哭啼啼地去了，任是一步三回头，没有听到一声"娘亲"。那两个姑娘，终是留了下来，三姨太只是不舍，但想到她们跟着自己只有颠沛流离，沦落无着，便不得不硬起心肠作罢。那娇滴滴的五姨太呢，因进门的日子尚浅，还未及生养，倒没有什么牵挂，从账房领了钱自去，后话不提。

从此敦本堂再无各位姨太太，便只有一位当家的主母。这主母的手段堪比西太后，家族上下，无论老小，除按月每人三斗米值折发生活费外，不允许在店内动支任何现款与实物。只有一种情况例外，那便是遇上大少爷虞章华胡搅蛮缠的时候。

这都是民国十八年（1929）以前的事了。

起风的时候，虞寡妇会在敦本堂积着厚厚苍苔的石阶飞檐下漫无边际地想，人这一辈子啊，要遇上多少"不得已"。卿本佳人，也会因为岁月无情，长出厚厚的阅历的增生，渐至脸皮越来越厚，原来的面貌是一点也看不见啦，却因为栉风沐雨，仆仆风尘，显出人生复杂的况味。那入世之前的种种，固然担得起"纯真"和"无辜"

这样的语汇作为美好的修饰，又岂知不是"无知"和"愚蠢"呢？

经年的青苔映得人脸发绿，那张见过无数风雨的脸，像是一本封面陈旧的线装古书，翻一翻，便有往事的蠹虫爬出来。她闭目叹息，一片虚空，只听飞檐上铁铸的风铎呜呜作响。那声音仿佛十分遥远，丁零地飘摇在天际，倏忽之间又萦绕耳畔，忽近忽远，忽远忽近，不可捉摸。丁零声中飘来一块薄云，悠悠的白絮当中沁出一抹晕红，像有血丝从天空渗出来。虞章华穿过天井，迤迤然向母亲走来，一束阳光劈开云层投在他身上，那颀长的身段披着一袭长衫，风起处猎猎掀起半片衣襟，颇有几分年轻男子的飘逸气质，越到近处，越发显出青春的挺拔和健美。做母亲的自然欣喜无限，世道艰难，人间沧桑，能让她稍稍舒展一点紧蹙的眉头的，便只有这亲生的儿子和亲手做大做强的铺子了。

敦本堂传至虞寡妇手里，可以说是有了长足的发展，中堂的那块匾额"鸿猷鹤算"，乃数年前外埠某分号开业时的志禧之辞，亦含向女性当家贺寿之意。仅凭一贴解毒生肌的小小膏药，便把山旮旯儿里名不见经传的药铺子开到外埠，二级分销商更是遍及全国各地，甚至还以慈善之举上了《申报》，不能不说是虞家史无前例的创拓。要知道敦本堂的生意本就利薄，不起眼的小膏药，一个铜板便可以买到四张，能在行业中取胜，全在于薄利多销。嫡子章华接管敦本堂毫无悬念，只是这孩子生性跳脱，不受约束，给他一间店，恨不得卖了门板去呼朋唤友来吃光喝尽才好。在日本留学时他和一个叫贺子的姑娘爱得死去活来，便写信回来说不愿回国了。虞寡妇好说歹说，还差了人去日本求他，他仍旧是不肯体恤母亲的半点心意。到后来贺子嫁给别人，他心灰意冷地跳了一回海，竟然没有死成，之后从湿淋淋的口袋里抠搜出仅剩的一点钱来买了张船票，漂洋过海地回到西镇。虞寡妇问他，何以痛快地告别了他的爱情。他说生命诚可贵，爱情价更高，若为自由故，两者皆可抛。

这样的儿子，她是不能指望他给她带来什么家族荣耀和体贴安慰的，她甚至怀疑他对于"耻"的理解也很模糊。什么"敦孝悌以重人伦"，什么"重农桑以足衣食"，什么"尚节俭以惜财用"，什么"明礼让以厚风俗"，这些族谱里的家训，他一条也不记得，至于"陪护祖坟""祭扫整肃""旌表节孝"他更是弃如敝屣。他总是让她蒙羞，反过来却派她的不是。譬如恋爱这件事，他就说是她派人去日本捣乱，才导致他被贺子看轻，两人生了嫌隙，便愈走愈远，终于走散了。虞寡妇又好气又好笑，却又拿他毫无办法。她的儿子，她给了他生命，却在后来的日子里，彻底地失去了对于他生命的掌控。他们的分离万里迢迢，隔着山，隔着海，到最后即使他回到她身边，她还是觉得他离得那样远，远得无涯无际，没边没沿。

她又定睛看了看，那光束里的影子一点点走近，她才发现来者并不是章华。是啊，她的章华叫人掳了去，三天没有音信了，怎么可能迤迤然从耀眼生金的阳光下走到她面前来？那人的藏青色棉袍也笨重得很，厚厚地压住两条腿，全没有御风而行的潇洒，倒有几分裹足难进的困窘。他走到跟前，朝她恭恭敬敬地鞠躬行礼道："梅姑姑。"她这才从难堪的往事中回过神来，叹息道："是骥轩哪。"她固然觉得卢骥轩这孩子难得，含而不露，温润如玉，言行举止都得体，但那又如何呢？到底是别人家的儿子，并且是卢方伦的儿子。她又不经意地叹息了一声，听起来像是墙角那边旋过来的一阵秋风，吹落了墙根老树上一片不起眼的叶子。

卢骥轩说詹凤佐从佛堂坳回来了，打听到虞章华确是让王大花鞋的人绑去无疑。他父亲的意思是，人比钱重要，但钱也不是大风白白刮来的，因此请詹凤佐从中斡旋。詹凤佐已经和佛堂坳那边谈妥了价码，最终是一千八百块，若是凑不上现洋，银票勉强也可。他父亲让他来给梅姑姑报个信，免得梅姑姑担心。

虞寡妇点头说甚好，只是看着卢骥轩发呆。卢骥轩颇感奇怪，小心问道："梅姑姑可还有什么吩咐？"

虞寡妇摇摇头，幽幽道："没有什么吩咐，我只想问问你，你父亲……和你母亲……他们……嗯，他们感情可好？"

这一问，卢骥轩更是摸不着头脑，只得硬着头皮回答："父亲和母亲相敬如宾，举案齐眉，自然是好的。"

虞寡妇惨然一笑道："那就好，那就好，总是强过我分钗破镜，琴瑟不调……"

王秋林和王春芳就"要不要杀虞章华这个浑蛋"的问题发生了激烈的争吵。

王秋林说花剪径还从未出过这样丢人的事，说好了三日拿钱放人，后来改成七日，现在已经是第十六日，虞章华还在他面前晃来晃去，简直是可忍孰不可忍。王春芳毫不示弱，跳起来说并没有人让王秋林去看晃来晃去的虞章华，是王秋林自己长了眼睛要去看虞章华晃来晃去。王秋林对于妹妹的无理取闹毫无办法，但他坚持花剪径的规矩，所谓盗亦有道，不能坏了土匪的名声。王春芳啐他一口，说他若是敢杀虞章华，她就用他杀虞章华的刀子自尽，好让爹爹知道，是王秋林逼死了自己的亲妹子。

王秋林恼得脱口大骂："放屁！"他实在不明白这是什么道理，王春芳定是叫那个油头粉面的家伙给迷住了。那家伙整日游手好闲地在谷里逛来逛去，又爱胡说八道，王春芳却跟在后面听得津津有味。王秋林说那家伙不像个正经人，王春芳就跟王秋林吵起来："他怎么不像正经人了？难不成你这样满脸横肉的家伙倒像个正经人？你说他游手好闲，我问你，你是派他耕田犁地，还是养蚕织布了？他一个富贵闲人，吃饱喝足了，可不就是四处逛逛，吟诗作赋嘛。这是大丈夫的胸襟，乃谓'将头临白刃，犹似斩春风'，你懂个屁！且不论这些有的没的，我让你派人去拿赎金，你倒好，今天扯下一块玉髓，明天削掉一片衣襟，只是吓唬人家。偏偏那卖狗皮膏药的老虞家是不怕吓唬的，谈来谈去只是谈不妥，怎的赖到我头上？你休要柿子拣软的捏，看我告诉爹爹，到底是谁坏了花剪径的名声。当我不知道吗，那佛堂坳的粉头，是你打了爹爹的旗号去勾搭上的。外人不知情也就罢了，你倒敢和我胡喧乱嚷，你说，你那粉头暗地里克扣了多少斤两？"

王秋林吓得赶紧捂上王春芳的嘴说："我的小姑奶奶，依你依你都依你。"

王春芳将这段讲给虞章华听时，虞章华还没怎样呢，她自己倒先笑得前仰后合，趴在桌上只是揉肚子，"哎哟"个不停。

"你说，我这哥哥可是个没脑子的？"她的长发拂在他的手臂上，每一根乌亮的发丝都风情万种。

虞章华歪着脑袋，拿指节轻叩桌面，发出嗒嗒的声响，打着节拍似的说："要我说，你哥哥不是没有头脑，只是宠溺你罢了，就像我母亲，她宠着我，我才敢做这样忤逆的事情。"

王春芳抬起头来，奇道："你这是良心发现了？"

虞章华摇摇头，半闭着眼睛虚虚地看向掌中那只玉色的酒杯，发出一声不同寻常的叹息。"一个人，怎么能没有心呢？只是我做的事业是需要牺牲的，我只有忤逆她，才能拖着她和我一道牺牲。"说着他摆正了脑袋，抽出那只执酒杯的手来，一拳砸在桌上，带着莫名的怒气，"她不能理解这黑暗的旧世界终将是要被我们打破的！"桌上那只小巧的酒杯被震得一跳，受惊似的待在那里。

王春芳好奇地问虞章华为什么一定要打破劳什子的旧世界，难道新的世界就一定比旧的世界好吗，或许只是他的一厢情愿。历史上那么多兴衰更迭，到头来还不是"是非成败转头空"。

虞章华便又嬉皮笑脸起来，说她的历史虚无主义观很严重，那么他问她一个问题，如果她将来要嫁给某个男人，她是想和这男人厮守终身呢，还是只要一时轰轰烈烈的爱情。

王春芳倏然脸红道："这是什么鬼问题，两人相爱和厮守终身并不矛盾，为什么要从当中做一个选择？"

虞章华一拍大腿，朗声说："不错，我们的新世界，便和理想中的爱情一样，是我们心中最美好的样子。我们一路追求它时，自然想着它永远是那样美好，可是以后怎样，没有人能够做出保证，就算我们是抱着幻想吧，然而也很值得为这样热血的幻想而奋斗！"

王春芳瞠目结舌地看着他，眼中再次放出光来。

两人不知不觉又喝干了一壶酒，王春芳面如朝霞，一副喜不自胜的娇憨之态。虞章华刚来花剪径时，觍着脸向她要酒喝，她觉得甚是稀奇，便当真拿了酒来，看他浑不在意地日日豪饮。他喝多了还傻笑着问她："你是我肚里的蛔虫不成，怎么知道我一日无酒不欢？"她看着他笑，啐道："我才不要做你肚里的蛔虫，恶心死啦。"到了第几日，不记得了，她开始陪着他喝两口，喝了酒话稠，也有趣。后来他喝一杯，她也喝一杯，一壶酒必是均分了的。虞章华不计较酒菜好赖，有时半碟花生米可以和她喝上一晚，她也觉得快活。

快活起来，她便忘了虞章华是她绑来花剪径的肉票，反正虞章华也不把她当贼当匪，因为他承认自己是更大的贼、更不要命的匪。她和他说话只觉畅快无比，什么荒唐的话都无遮无拦。他和她说敦本堂的故事，她就和他说花剪径的故事，两人有来有往，一唱一和。但到底是他说得比她多。很多时候更像是她在逗引他说话，她灵巧地抛出一个个感兴趣的问题，这样他就可以不厌其烦、引经据典地说给她听，好像他在花剪径也并不是浪费时间，而是另有布道的使命。

王春芳问虞章华，都说敦本堂的膏药方子是从铁拐李那里得来的，这故事是真是假？

虞章华说他也不知真假，不过作为坚定的唯物主义者，他倒宁愿相信铁拐李是一个挂着镔铁拐杖的李姓大爷。据虞氏族谱记载，那李大爷四处颠沛，以讨饭为生，有时讨得到，有时讨不到，别人若给他一口吃的，他便还人家一个人情，有时是连比带画唱一段莲花落，有时是把门前落叶扫干净，念一声"阿弥陀佛，好人有好报"。有天李大爷讨上老虞家的门，恰巧那天老虞家的祖宗心情不错，就从自家火灶上给李大爷扒拉了一大碗剩饭，还把待客剩下的半条鱼也给了他。那李大爷自讨饭以来，从未吃过这样丰盛的残羹剩饭，作为回报，便慷慨地回赠给虞氏祖宗一个传世的方子：火麻仁15克、乳香15克、没药15克、巴豆15克、土贝母30克、柳枝一尺、桃枝一尺、榆枝一尺、槐枝一尺、桑枝两尺……如此种种，以香油400克熬枯去渣，入铅粉400克收膏，再以油纸摊成膏药即成。

王春芳嗤笑道："那铁拐李是和尚吗，怎的还要念阿弥陀佛？"

虞章华微一愣怔，继而猛敲自己的脑袋，一本正经道："是了，这是个重大的疑点，你说得很对，下次我虞家修谱的时候，定要把这一节修订得再完善一些。哎呀，那铁拐李嘛，明明该是个道士才对呀！"说着又给王春芳作揖，赞她这样冰雪聪明的女子真是难得，敢于大胆地怀疑和推翻一切既存的不合理，正是他们革命所需要的。

王春芳笑得直打跌，心里却十分受用，眨着大眼睛，像个勤奋的小学生那样继续问道："那么与鲤鱼何干呢？为何这个方子叫鲤鱼膏药？"

虞章华嘿嘿发笑："那是药引子，说不上名堂的。我们的中医历来和西医不同，简直可以说是一门莫名其妙的学问。大抵因为那天李大爷说将鲤鱼鳞片生剐下来研成粉末调制膏药可使疗效倍增，敦本堂的膏药里头便马马虎虎加了这么一味。"

鲤鱼膏药拔毒排脓，生肌敛疮，花剪径的人也是常用的，王春芳的闺房里就有一盒，藏在梳妆台的脂粉格里。不过她没有告诉虞章华，以免他胡乱猜测她身上或有暗疾。虞章华兴致勃勃地说这膏药虽小，产量却极大，莫说整个山南家家户户皆可见到，就是全中国也是遍地开花。不过，"资本从诞生的那一天起，每一个毛孔都滴着血和肮脏的东西"，原先那种自产自销、家店不分的经营模式很快就不够用了，它必然发展成为一定规模的资本主义。初时店内人手不够，便交由清节堂的寡妇加工，计件付酬，摊多少膏药便给多少工钱。那清节堂是清政府收容贫苦寡妇的场所，因此给的工钱极低，六百张小膏药只得一分多钱。这是赤裸裸的剥削了。王春芳听他口若悬河，只觉匪夷所思。虞章华摇头晃脑手舞足蹈澎而湃之地说，他祖上靠剥削贫民发了财，这是不公的社会制度造成的，人人生来都平等，一些人凭借资本欺负另一些人，这种荒唐的生产关系必须消灭！

"那么消灭之后又怎样呢？"王春芳笑着问他。

"共产主义！"他强有力地一挥手，"人人有饭吃，人人有衣穿，并且都是凭借自己诚实的劳动。"

虞章华陷入自己的理想主义当中，久久不能平静。他的酒量其实还不如王春芳，但是王春芳做出不胜酒力的样子，朝他软绵绵地靠过来。她呼呼地吐着气，像鱼儿吐泡那样在他耳边说话，每个字都化成美丽的泡泡。她说："你不如留在花剪径吧，你口中的'乌托邦'我来帮你实现。全中国太大了，这事你一下子干不成，但是在花剪径，我们想怎么干就怎么干，甚至不用买枪，不用你说的流血和暴力。"他的脑袋沉甸甸地靠着她的脑袋，鼻子里嗅到她头上刨花油的香气，不禁嘿嘿傻笑起来。夜风吹得星星眨着眼睛，四下里万籁俱寂，只听到春夜深处万物生长拔节的声音，咔嗒咔嗒，噗噜噗噜，呼隆呼隆……

卢骥轩和詹凤佐来到佛堂坳的时候，太阳刚刚转到山后头，巨大的山体遮住了光，原先明晃晃的翠色都变成了暗沉沉的黛色。詹凤佐朝荒地里啐了一口："他娘的，看来今晚要歇在这儿了。"风硬得很，他的话一出口，就被刮出一道口子，咬了卢骥轩一下。

他们在路上耽搁了不少时间，从西镇出来，卢骥轩就崴了脚，一步一拐地挨到佛堂坳，刚好天色就暗。詹凤佐一路骂骂咧咧，他的心情显然不怎么好。五人小组里，他年纪最长，早就有了家室，干起革命来，总有拖后腿的时候。譬如今天早上，他妻子让他去岳父家里一趟，因为小舅子在邻乡争风吃醋跟人打了一架，需要有个人出面调停。詹凤佐觉得自己的小舅子烂泥扶不上墙，吃点亏也好，但他妻子认为詹凤佐作为姐夫这时候应该出头，不然人家欺负他的小舅子，也就是欺负他詹凤佐。詹凤佐无法说服妻子相信他并不在乎别人的"欺负"，只好答应她从佛堂坳回来就去岳父家，尽力替小舅子出头。卢骥轩呢，干脆就不想来佛堂坳，他怀疑自己一出门就莫名其妙地摔倒在路边的草窠子里，其实是自己给自己下的绊子。他愈想和这件事撇清关系，就愈加深入地搅和到这件事里去，简直欲罢不能。

前一晚他们又在周廷三家碰了头。一盏灯，四个人，少了虞章华，大家都觉得一副绚丽堂皇的拼图缺了最重要的那一块，不仅变得不再完整，而且一下子显得黯淡起来——论财力，自然是虞家为大，虞章华花钱又敞快，以往他们活动的经费，可以说都是交由他来解决，从不需要其他人操心。现在他被土匪绑了去，大家一下子局促起来，远的不说，就是那十二支钢枪的运费，就不得不专门开个会来分摊。

照例是由周家的后门进去——那里有间茅厕，进出都方便，可掩人耳目；也照例是由周廷三的幺弟周廷顺把风——这毛孩子才十一二岁，已经练就了飞檐走壁的功夫，他又耳聪目明，惯常猫在屋顶上四处张望，见到什么风吹草动，就精怪地学几声狗叫。屋里人听到三长两短的猎犬狂吠，便晓得吹熄烛火，迅速转移。

卢骥轩去时，心里颇为忐忑，他想四个人当中数他手上头寸最紧，但不出一分钱，定要叫人瞧不起。他家教甚严，发了薪水都是交给母亲，不若詹凤佐和吴勖，早已娶妻生子，分家另过，因而囊中较有余地些。周廷三虽也和他一样尚未娶亲，但周家上下没有不知道周廷三是铁了心要干革命的，因此算是默许了他胡闹似的革命活动，甚至帮着从旁打掩护，传信递话，跑腿放线。唯独他是名副其实的地下工作者，总要避人耳目，家里人对此一概不知，就算在外人看来，他也实在与他们并不是一路人。

　　灯下商议起来，果然人人觉得最公平的办法是均摊。那么就均摊。卢骥轩只好向詹凤佐借钱，说好了下个月发饷时再还上。詹凤佐倒是大度，说他出两份钱也无妨，卢骥轩只是不肯。推来推去，吴勖冷不丁冒出一句："那就还是章华来出好了。"众人一时都摸不着头脑，吴勖便解释说，他听詹凤佐和那王大花鞋交涉，似乎价钱蛮可以谈得下来，这样詹凤佐一边压价，一边抬价，中间的价差便足以抵偿运枪的费用了。这主意不赖，詹凤佐和周廷三都说可行，卢骥轩却担心他们出尔反尔会给虞章华带来麻烦。詹凤佐说这个不用担心，佛堂坳那边搭话的人其实也是抽了头的，虞寡妇本来也答应要给他中人费，这是规矩，他却因施救的对象是章华，便推了。周廷三也说詹凤佐做这个熟门熟路，不至于害了章华，又说卢骥轩向来保守，做事情畏手畏脚，不利于开展工作，这个毛病一定要改掉。卢骥轩一看自己孤掌难鸣，并且是因为自己囊中羞涩才引发众人提出这个"两全其美的好主意"，只得闷声作罢。

这时他硬着头皮往前走，詹凤佐的脚步反倒慢下来，摇头咂嘴说反正回不去了，早点到晚点到倒也无妨，那小寡妇等的是钱，钱不到手，她不会不等他们。詹凤佐口中的"小寡妇"正是王大花鞋的相好，不知姓甚名谁，听说年纪轻轻便死了丈夫，也不知是守不得寡还是受不得王大花鞋的利诱和胁迫，从此做了人家的姘头。

又是寡妇，卢骥轩心中暗忖，实在是晦气。他对这种身份的女人无端地感到厌烦。说不清为什么，他每次见到虞寡妇，总是浑身不自在。尽管这女人对他还算和善，他甚至看得出，她还有几分喜欢他。虞寡妇总是在他父亲面前拍着大腿说："章华若有骥轩一半的孝顺就好啦！"他觉得虞寡妇这句不乏艳羡的夸赞是一把细窄的尖刀，剜得他无地自容。现在他们要去见的人，也是个寡妇，还是个跟土匪轧姘头的寡妇。卢骥轩一路都皱着眉。

他原本不想来的，由詹凤佐带着银票来就好了，他可不想蹚这趟浑水。但是父亲让他跟着詹凤佐，因为詹凤佐只是个传话的人——詹凤佐跟那小寡妇的表哥说得上话，表哥把詹凤佐的话传给小寡妇，小寡妇再传给王大花鞋；王大花鞋有话也得传，先传给小寡妇，小寡妇传给表哥，表哥再传给詹凤佐，谁知道中间丢了多少，又添了多少。父亲觉得卢骥轩最好能跟着詹凤佐走一趟，亲眼见到"表哥"，甚至小寡妇，这样对王大花鞋也有进一步的了解。

卢骥轩一点也不想了解王大花鞋，对王大花鞋看上的女人更是半点兴趣也没有。一个土匪，一个寡妇，他想想他们的勾当都觉得可耻。还有那个不知道是什么人的"表哥"，他怀疑"表哥"和小寡妇的关系也非同寻常，因为詹凤佐提起"表哥"的时候总是很暧昧，甚至还会猥琐地笑起来。詹凤佐在乡里行走多年，谁家门前的池塘有几尺深他都一清二楚，因此卢骥轩断定他只是装糊涂。

果然，詹凤佐带他到佛堂坳摸进一户人家，梆梆敲了门，便有人迫不及待地应声而出。来开门的是个衣衫不整的精瘦男人，屋内传来阵阵浮浪的笑声。

那男人见了詹凤佐，当即埋怨道："说好的午时到，怎么这个时辰才来？怕是戌时也有了。"

詹凤佐笑道："不过刚刚过了酉时，你便这样急不可耐了，幸好我识趣，来得晚些也好留空儿给你，让你和你那如花似玉的小表妹叙叙情。"

男人也嘎嘎笑起来，形容颇为猥琐地附在詹凤佐耳边说："你再来晚些我就踏实躺下了，偏这不早不晚的，最会拿捏人。"

詹凤佐知情识趣地笑笑，回身将卢骥轩介绍给男人，说是主家不放心，定要跟来看看，原先议下的一千八百块，怕有九百落在不相干的人手里。男人脸色不好看起来，嘟囔着说："这是怎么说话的？好没意思！我不做这个中人便是，也免得摊上一身腥臊，不如让那个短命鬼给人砍了吧，大家都落得轻巧。"

詹凤佐忙捏着他的手，反客为主地往屋里推："你这急脾气，哈，比女色还要伤身，屋里细说，屋里细说。"

三人穿过院子进得屋来，见一娇俏妇人搔首弄姿地斜斜坐在当屋一把梨花椅上，不必说，自是那名声在外的小寡妇了。瞧着年纪并不大，似乎比卢骥轩还要小上几岁，然则迎来送往的劲头却颇为老到，见了生张熟魏，分寸皆拿捏得当，不愧是王大花鞋的相好。卢骥轩只觉难为情，不大敢抬头直视她，鼻中闻得她身上飘过来的胭脂香粉味道，心思便也飘忽起来，依稀看到那胭脂香粉下覆着的风尘故事，隐隐透着哀婉的倦怠和柔美的苍凉似的。这感觉相当奇怪，仿佛是，他明知道将要读到的这本书并不是什么好书，却被字里行间的墨香诱着读下去，并且一读竟觉得十分的有趣，它那闻所未闻的、对于人生别样的趣味，实在是让他爱不释手。他不由得万分怜惜地想，她这样年轻，又生得一副好皮囊，怎么竟做了寡妇？这念头甫一冒出来，就把自己吓了一跳。

这边詹凤佐却没有他那么曲折的心思，一脚踏进屋来，不客气地招呼道："小嫂子又俏了些。"说着便大刺刺地找了把椅子坐下，拿起手边一只茶盏咕嘟咕嘟喝个干净，口中叽咕着"这一路渴死我啦，还是小嫂子家的茶水香甜"，也不知他这称呼是从哪里来的。

那"小嫂子"却受用，笑眯眯道："你这张嘴呀，我明知道是哄我的，偏生不了你的气。"

卢骥轩只觉头皮发麻，手脚也摆得不是地方，心中叫苦不迭，暗道这样的场合他真不该来，一句话接不上不说，连他们说话，他也觉得扎耳朵。幸好詹凤佐并不让他说话，兀自和一对狗男女嘻嘻哈哈插科打诨，好像把他忘在一旁。

卢骥轩听他们说到王大花鞋，那妇人一副满不在乎的神情，摇手道："他来他去都是一阵风，我管他不着。那个没良心的，有时一月来一趟，有时半年也不见人，我难道替他守活寡？"那被唤作"表哥"的男人就说："你这水汪汪的妙人儿，自然是守不得寡的。"妇人笑着啐他一口："偏你话多！"扭头又对詹凤佐说，"我们当家的既说了两千块，原本是一个子儿也不该让的，可你找了来，我也不能不给表哥面子。"说着朝她表哥飞个媚眼，拿声捏气道："这临到头，又说要让，就算是做生意，也没这种做法，你说是不是？"她这话明明是对着詹凤佐说的，眼睛却瞧着表哥，好像她一腔情义都给了表哥，却让表哥给糟蹋了。

表哥还没说话，詹凤佐已经把话茬儿接过来，捣蒜样直点头："就是，就是，我也这样说。不过人家也有人家的道理，就拿做生意来说，转了几道手，那买家总是不肯甘心。况且之前已经付了一笔，我且不说这与咱们有什么相干，总之是影响行情。老话说随行就市，这行市摆在那里，人家自然要左右掂量……"

妇人忙打他的岔："哎哟，我说错了话，这是正正经经的绑票，可不是他虞家做狗皮膏药的生意，跟人买麻油铅粉。"说着嗤笑起来，"这般过家家似的一来二去，岂不成了笑话？"表哥和詹凤佐便都跟着哈哈大笑，好像当真说了一个好笑的笑话。

卢骥轩却笑不起来，他木讷地坐在一旁，冷不丁从怀里掏出一沓银票，"啪"的一声拍在桌上："一千五。放人。"三人都吃惊地看着他。昏黄的灯光打在他的眉骨上，投下一抹陡峭的阴影，拉得他的脸色越发难看。

从进门到现在，他一直闷头闷脑的，不发一言。男人没把他当回事，妇人还以为他是个哑巴。这时他凶神恶煞地拍出一沓银票，完全是不容分说的气势，倒把二人唬了一跳。詹凤佐却知他接下来便要假意发作，这也是两人在路上商量好的，一个唱红脸，一个唱白脸，好把价钱压下来。谁知卢骥轩说了这五个字，便再也没有话了，面红耳赤地坐在那里，额上青筋直跳。

那男人初时愣了一下，接着冷笑一声："这位兄台说话倒值钱。"

卢骥轩不答，仍旧面红耳赤地坐在那里，脸色甚是可怖。

那妇人道："小兄弟姓什么来着？"

詹凤佐凑上来说："姓卢，卢骥轩。"

那妇人便笑道："原来是卢兄弟，和他老虞家也没什么相干，这是当中又加了一手？真不知你们怎么想的。"说着斜眼睨了一眼她表哥，懒懒地扔出话来，"我可管不了这许多，我们当家的只说给我留些胭脂水粉钱，并不曾说别的。我只要自己那份，其余的我也懒得管，你们谈好了价再来找我吧。"说罢一扭一扭，撩开帘子进内堂去了。

气氛一时有些尴尬，詹凤佐轻咳一声，笑嘻嘻地对那"表哥"说："小嫂子生气啦，所以我说女人最是不能得罪的。唉，就说我们家里，孩子他妈向来一言九鼎；那敦本堂，也只有虞寡妇说话算话。你看，眼下这种情况，实在是难办呀，我们不过是跑跑腿，两边都不得罪，挣个茶水钱，犯不着替人家生闲气嘛。这样，咱们各让一步，这才有得谈哪。"

男人望了卢骥轩一眼，见他岿然坐着，一副不可撼动的样子，只好转脸找詹凤佐说话："我原说不蹚这趟浑水，是你硬拉着我过来，这下好了，我里外不是人。你倒说说，如何补我的缺？"

詹凤佐赔笑说了许多废话，左右是找个体面台阶给男人下，让他从自己那一份里多少让些出来，或是他们转头走了，"表哥"再私下里跟温香软玉的"表妹"说一说，两边都是哥哥，没有只爱那边哥哥不爱这边哥哥的道理。

男人脸色略有缓和，于是詹凤佐假意两边游说，三十五十地加减，终于将赎金谈到一千六百八十块。男人直摇头，詹凤佐干脆从椅子上站起来，又是替他捶背又是给他捏肩，做出剜心割肺的样子道："要说倒霉，我是触了最大的霉头，我另贴你二十块，算兄弟我一点心意，你可不能再不给面子。留点余地，日后好相见嘛，这乡里乡亲，抬头低头都是用得着一张脸的。你说可是这话？"

第二天从佛堂坳出来，卢骥轩还是昏头涨脑，搞不清詹凤佐是如何把价钱谈下来的，不过运枪的费用是绰绰有余了。他二人昨晚哪里也没有去，竟是在小寡妇的家里胡乱对付了一宿。谈到后半夜，大家都乏了，一番飞沙走石，而后尘埃落定，那小寡妇既得了体己钱，便拿出伺候男人的功夫，喜滋滋地去厨下炒了几个菜，端出来大家一道吃喝。这顿酒一直喝到东方发白，詹凤佐抹抹嘴说："走吧。"二人便携了手出来，踩着晨曦和露水往西镇去。

路上詹凤佐夸赞卢骥轩甚是机警，那不怒而威的神情做派，当真能唬人。卢骥轩汗颜不已，心说自己不过是苦于说不出话来罢了，并非不想说些狠话。但如今既已圆满完成任务，说不说也罢。他心头放下块大石头，比来时轻松许多，因此脚下也劲健起来，浑不觉昨日的旧伤。两人又说到此番有惊无险，看来大事乃成，指日可待。改天见到章华，定要让他好好谢谢他俩，若非他俩把戏演得天衣无缝，他恐怕就要在土匪窝里身首异处，做了西镇第一个烈士。一路说说笑笑，这趟回程倒比去时快得多了。到了三里坡，詹凤佐说他要去岳丈家看看，那小舅子虽是个混账东西，却是亲的。说罢摇头苦笑着朝北面拐了去，卢骥轩自向西行。

回到西镇上，已是日上三竿。因耽搁了一日时间，卢方伦早就急了，正满腹心事地搓着手在门口踱来踱去，见卢骥轩全须全尾地回来，这才放下心来，忙带他去敦本堂回话。卢骥轩将自己崴脚的事夸大了一倍，说是当时肿得不能下地，歇了半天，幸好路上遇见一个采药的药农，敷了那人一剂药草，这才勉强赶到佛堂坳去。他说这瞎话时竟然没费什么力气，自己也觉得奇怪，似乎事实便是如此，没有半点磕绊的地方，想来正如詹凤佐说的那样，他是"在斗争中成长起来"了。

虞寡妇听卢骥轩说，他已看着王大花鞋的姘头在一只灰鸽子的腿上绑了收钱的字条，连夜放出去，想来虞章华不日便当返家，她一颗心却仍旧提在那里，不肯放下来。她一辈子还不曾吃过这样大的亏，连日来心惊肉跳，担心人财两空，虞章华虽不肖，却是她的心肝宝贝，她强撑了这些天，终于还是现出了一个做母亲的脆弱。卢方伦又劝慰了一会儿，卢骥轩早瞌睡得不行，眼皮子直打架，站着在那里摇摇晃晃，耳朵里嗡嗡嘤嘤，也不知父亲和虞寡妇说些什么。猛听他父亲喝道："你这孽障，办一点小事，能困成这样！快别在这里丢人现眼了，回家睡觉去。"他一个激灵，勉强撑开滞重的眼皮，瞪大眼睛，想了一想才闹明白，父亲这是让他不用再回店里干活儿了，忙躬身告罪退下去。

他回到家倒头就睡，竟睡得昏死过去。他母亲做好了晚饭，喊他数遍，也不见他起身，便作罢了，仍由他睡去。他父亲和母亲在堂前商量，这孩子这样大了还是糊里糊涂，别家像他这样的后生娃子，早就娶妻生子，或该考虑考虑他的亲事了。

"他和章华那样由着性子在外面瞎跑的大少爷又不一样，混在一处也没个意思，这次倒是提醒了我，不该让他们走得太近。"卢方伦捋须沉吟道，"我先前当他们在塾馆里同过几年窗，日后章华接管敦本堂，骥轩或可近水楼台，其实大谬不然。"

卢骥轩母亲是个没主意的，向来都是夫唱妇随，这时听丈夫这样说，虽也不甚明白其中的关窍，仍旧点头说："也好，我明天就去东头赵婆子家，托她打听打听可有合适的姑娘。"

卢方伦的意思，是寻个老老实实的人家，其余倒不必太在意，日后卢骥轩搬出去住，小两口儿只要勤俭本分，日子便错不了。"这孩子性子里有几分绵懦，万不能找个花里胡哨的，结亲倒结出冤家来，吃亏的日子在后头。"他母亲只是点头，一一应了。

卢骥轩穿过一片竹林，脚下土地湿软，看来刚刚下过一场酥雨。那竹叶上还挂着晶莹的水滴，盈盈的似要垂下泪来。他一路懵懵懂懂地走过去，见有枝叶挡道，便随手拂开，不久身上便湿了一片，两只手也湿淋淋的。他不晓得自己这是要往哪里去，只是心中有个声音，他便听到召唤似的直往前走。幸而竹林茂密，冷风不曾透进来，因此也不觉得身上有寒意，额头倒是冒出一层细密的汗珠来。他抬起手背抹抹额头，脚下顿了一顿，这时忽听到有人说话，一男一女的声音，不远不近地传入耳中。他四处望了望，并不见人影，只有竹枝葱翠，团团把他围住。他站在一片竹海当中，四面都是波涛。奇怪得很，明明没有风，他却觉得潮汹浪涌。绿色的波涛把那对男女的声音压住了，又推起来，一会儿压抑着，一会儿鼓荡着，忽而在前方，忽而在后方，让他困惑不已。

仔细听来，那女子声如银铃，甚是动听，只是入耳十分陌生；那男声倒熟悉，但无论如何也想不起来是谁。他心中狐疑，便越发支着耳朵去听。

那男声说："不如你随我出谷去，省得和你哥哥置气。"

那女声说："他不过是嘴巴臭些，但我心里知道，他总是为了我好。我若因为你和他做下对头，这也太不像话。"

那男声说："那你就快些让我走吧，我待在这里早就发了霉。"

那女声说："你怎的这般没良心？我待你如何你倒说说，每日好酒好菜地伺候你，又陪你说话解闷，怎么就到了发霉的地步？"

那男声求饶道："好好好，我亲亲的小姑奶奶，你待我没得说，是我没有出息，离家这么久，心里惦记老母亲。"

那女声嗤笑起来："少给我灌迷魂汤，当我不晓得你肚里一副什么花花心肠，我却不上你的当。现下你人是我的，我要多留你几日，把故事说完了再走。"

那男声为难道："这故事一下子说不完，要好多年才能看到结果，或许……或许永远也没有结果，不过我们并不在乎。"

那女声道："没有结果的事情，你们还要做？"

那男声慨然道："这才是我们做这件事的意义，你不会懂得。"

那女子被他瞧不起，登时急得直跺脚："你别拿那些虚的晃我，我们谷里也有先生。先生教过我，'知其不可而为之'，对不对？"

那男子嘿嘿笑起来："你既读过《论语》，在女子当中算是个有见识的，我便和你说说我们的理想也无妨，唔，那与你们的'天下大同'倒有几分相似，然而又不确凿……"

卢骥轩越听越奇，男人的声音如此熟悉，那名字仿佛早就盘桓在他脑海里，却浮浮漾漾捞不上来，刚滚到嘴边，又囫囵一下吞回去，急得他满头大汗。只听那男人侃侃而谈，由"男有分，女有归"说到"每个人的自由发展是一切人的自由发展的条件"，由"争则乱，乱则穷"说到"这种斗争的增长，是历史的法则"，并且"要将这种政权放在工人和农人的手里，正如1917年俄国共产党所做的一样"，这可真是教人热血沸腾！听他们说着话儿越走越远，他一发急便拔腿追上去，胡乱拨开身前一丛丛叠嶂的竹枝，跌跌绊绊，像一头横冲直撞的笨熊，却堪堪追错了方向，终于让他们走得远了，渐渐地再无声息。他心中甚感失落，又不知失掉了什么，只是觉得悒郁无比，眼中那蓬蓬簇簇明艳葱绿的翠竹也入了魔障般，纷纷褪掉颜色，慢慢变成一团黑白。

他一转身，黑白交叠的竹林一层层落了下去，露出西镇繁华的面目，却是昏昏黄黄，似笼在一层黄沙里。大街上车马喧嚣，熙来攘往，他只身空落落地站在街头，并没有一个人理睬他。周廷三的父亲手里掂着一盒鲤鱼膏药从他身边走过，他招呼一声，周父却浑然没有听见似的，吧嗒吧嗒趿着鞋子走远了。这边虞寡妇和他父亲卢方伦从一间铺子里出来，交头接耳地说着什么，他上前请安，他们看也不看他一眼，他只好尴尬地立在那里，不知如何是好。再有詹凤佐、吴勖、周廷三和周廷顺兄弟、塾馆的唐先生、立言小学的廖校长、隔壁的高大娘、镇东的赵婆子……一一从他面前走过去，竟没有一个人认得他。

他失掉了魂魄似的，沿着热闹的大街，从街头走到街尾，又从街尾走到街头，终于在一处茅草搭的廊檐下站住。茅檐低矮，破敝陈旧，不知被风雨吹打了多长时间，早已颓然不堪，眼看便要倾圮的样子。一个长满痢痢脓疮的乞丐蹲坐在檐下，微笑着朝他招手。他四处看了看，旁人都各行其是，心无旁骛，唯有他惴惴的没个方向，认定那乞丐确实叫的正是自己，这才犹犹豫豫地跨步过去。那个长相十分奇特的乞丐对他说："我盯了你好久，你呀，不知道自己要干什么。"

卢骥轩被人戳中了心思，不禁大骇道："你，你是谁？"

乞丐站起来，拍拍屁股说："我嘛，姓李，木子李。"又朝墙角努努嘴，"把那支拐给我拿过来。"

卢骥轩瞧了一眼墙角，果然见到一支黑黝黝的拐杖。他上前去把拐杖拎在手里，却发现沉甸甸的与寻常拐杖颇为不同，竟是一根镔铁打制的重器。

待他转过身来给那乞丐送拐，早不见了乞丐的踪影，心里却冒出个声音，泼剌剌地平地打个滚雷似的："这支铁拐就送给你吧，好助你一脚之力。"

这一下把他惊醒了，骨碌碌从床上滚下来。原来他睡了三天三夜，他父亲终于忍无可忍，一脚踹在他屁股上。

他母亲"啊呀"一声，忙颠着小脚过来扶他，却被他父亲当头喝住："你管这畜生做甚！事情办得没头没尾，只晓得赖在床上贪睡，叫我没脸跟主家回话去。"

卢骥轩原是头朝里对着墙壁呼呼大睡，谁想到父亲这一脚吓得他不辨方向，蹬着腿乱滚，魂魄还未及从梦里钻出来，便连滚带爬掉到地上。他瞪着眼睛参着手脚懵然坐地，一副神游太极的模样，叫卢方伦没来由地生气，上去又连踹几脚。

卢骥轩抱住头蜷成一团，身上啪啪落下几个鞋印子，这才迷迷糊糊想起什么似的自言自语道："啊，是章华，那是章华的声音。"

卢方伦更是气恼，破口大骂道："小畜生，你休要装糊涂，我问你，钱已送了去，人呢？"

"什么……什么人？"卢骥轩仰视着父亲，一时不敢爬起来。

卢方伦又要踹他，被他母亲拦腰抱住，委委屈屈地劝道："他睡得糊涂了，你慢慢问他。唉，那些人胡说八道，你宁可信他们，倒不信自己的儿子吗？"

卢方伦喘着气坐下来，指着卢骥轩吹胡子瞪眼："你这睡症治也治不好，连带着白日里也迷迷糊糊，你知不知道自己都做了些什么！"

母亲拉卢骥轩站起来，又给他套上棉袍，担心地问道："你好好想想，在佛堂坳待了一整晚，可是睡觉去了？那些腌臜人商量好了摆弄你，你一点也不晓得吗？"

　　卢骥轩抓着脑袋越听越奇，似乎那晚在佛堂坳他又睡死过去，到底发生了什么，他竟一点印象也没有。从佛堂坳回来已经过去三天，虞章华还是没有半点消息。他睡得死死的，他父亲只好去问詹凤佐，可是詹凤佐的老婆说詹凤佐出门去了，十天半月也未必回来。再问詹凤佐去了哪里，那婆娘便生起气来，揎袖叉腰地说她还想知道詹凤佐去了哪里呢，这挨千刀的，神出鬼没，从来不和她说去了哪里，她若是逮到他在外面养婊子的证据，就拿刀杀了他。不过现下她还没有拿到证据，因此不能把他怎么样，腿长在他身上，她可管不住他。

　　卢方伦只得派了个伙计到佛堂坳去打听。那小寡妇在佛堂坳一带颇有名声，十个倒有九个知道她的风流。有的说她先前的丈夫是个杀猪的，也有说是劁猪的，总之长得凶神恶煞，一把刀却使得出神入化。后来杀猪匠还是劁猪匠帮人杀了猪还是劁了猪后，主家陪着多喝了几杯，他醉醺醺地往回走，路上不慎滚进一个沟里，脑袋磕在一块顽石上，就此一命呜呼。小寡妇失了丈夫，长得又颇有几分姿色，自然是开了缝的臭鸡蛋只管招苍蝇。伙计又打听，那小寡妇可是和一个叫王大花鞋的土匪首脑有来往？人家便笑着摇头说，什么王大花鞋、李大花鞋的，她自己就是一双破鞋，还要找什么鞋呢？她身边的男人多得成把抓，村里也有，乡里也有，县里也有，搞不好邻省也有，谁知道每个男人姓甚名谁。

伙计只好硬着头皮去小寡妇家里打问情况，反正钱也给了，少东家也没回来，没有比这更坏的结果了。谁知小寡妇跳着脚把伙计骂了个狗血淋头，说他们虞家狼心狗肺，为富不仁，赚起穷人的钱来从不手软，掏一个子儿出去倒算得精明，光吃不屙，生儿子没屁眼儿。伙计也是个实心眼儿的，就站在门口跟她理论，说东家心地不坏，膏药卖得只比别家便宜，用料却比别家舍得，麻油铅粉用的都是上好的料，还有各种药材，都十分精心。他们当家的还捐款给红十字会，这都是登了报的。

小寡妇只管叉着腰骂："去你妈的，少跟老娘门前放屁，你若再不走，老娘就拿大笤帚送你出佛堂坳去！"说着便从门后抽出笤帚舞将起来。

伙计给她打得上蹿下跳，一边跳，一边还不忘忠于主家所托，大声问道："别的不管，你收了我们的钱，怎的还不放我家少东家回来？若再不放人，我便报官去！"

那小寡妇手上不停，嘴里骂道："报你妈的头，先前又怎的不报？这会子来讹老娘！县里的大老爷，老娘也认识，仗着你虞家有钱吗？只怕你找不着衙门的大门朝哪儿开。"这嚣张劲儿把伙计唬得一愣一愣的，终是垂头丧气回到西镇来。

卢方伦无法，只得一脚踹在卢骥轩屁股上。

卢骥轩自小便患有一种莫名其妙的睡症，其症状颇为奇怪。别的孩子也有贪睡的，就算赖在床上不肯起来，总还有起来的时候，他不，倒头睡下去，昏天黑地，夜以继日，任谁也叫不醒。有时走路也能睡着；有时吃着饭呢，困得筷子差点戳进眼睛里；有时连睡几天几夜，身体里像是有道闸，一旦合上，吃喝拉撒都能闭住。最久时一连睡了十日有余，家里人以为他再也醒不过来了，他母亲更是哭断了肠。初时父母还为此担忧，求医问药终是没得治，都说这是胎里带的毛病，或是睡仙转世也说不定。好在并不影响正常生活，他睡醒了，自然该干吗干吗，只是偶尔犯迷糊，说话行事谬妄颠倒，如坠梦中。年纪稍长，这莫名其妙发作的睡症渐渐少些，即便昏睡过去，若用力扳摇他，也能将其摇醒；但若非他自己醒过来，而硬是让人摇醒的，脑子便不很清楚，往往三五日不知人间事。

第三章　看　棺

　　虞章华回到敦本堂，已是一个月后。这一个月里，卢骥轩只是犯糊涂。

　　那天从佛堂坳回来，詹凤佐便躲得个干净，像是凭空消失了般，无影无踪。卢骥轩去周家的榨油铺找了几回，周父都说周廷三和吴勖一道出远门去了，尚未回来。他找不到人商议，又犯起糊涂来，整日里恍恍惚惚，如何也想不起那晚在佛堂坳到底发生了什么。但也或许是因为，他说的，别人只是不信，到最后他自己也觉得，大有可能并不是自己说的那样。他脑子里原先记得清楚明白，他和詹凤佐他们秘密商议运枪的费用从虞章华的赎金里出，因此去佛堂坳的时候横生了许多枝节，但这枝节又不能和别人说。既不能说，只好憋在心里。被一个重大的秘密给压得死死的，出不了头，倒从别处发了芽儿。等到这种子发了芽儿再看，全不是当初预想的模样——点豆下去，竟开了萝卜花。他不得不难堪地相信，或许那晚自己真的是在佛堂坳睡了一觉，极糊涂地把一件紧要的事情睡过去了。

　　这一觉睡得荒而唐之，放而诞之，睡丢了一大笔赎金不说，还把少东家睡得不知所终。虞家不得已报了官，但报也是白报，这恐怕也是那小寡妇有恃无恐的原因——除了卢骥轩糊涂的证词，再没有其他的人证、物证。那小寡妇红口白牙地说她从未收受过虞家一个铜子儿，她也不认识卢骥轩。至于那个莫须有的"表哥"，早就没了影子，卢骥轩自然不知他是何方神圣，当初詹凤佐并没有特意给他交代过。小寡妇哭闹着说自己一个妇道人家，向来安分守己，不知道什么王大花鞋还是李大花鞋，虞家虽然势大，却不能颠倒黑白，指鹿为马，她也绝不能由着别人攒捏。她这话似有所指，牙尖嘴利的甚是泼辣，无理也搅出三分理来。卢骥轩笨嘴拙舌的，与她对峙自然落在下风，卢方伦一面骂着"这倒霉孩子"，一面昏头昏脑地听那小寡妇放肆地聒噪，任由那娘儿们把事情推得一干二净。

后来卢方伦又去县里找保安队的鲍平安另想办法。鲍大队长吃了卢方伦一顿酒，山珍海味填满了胃口，这才剔着牙打个哈哈说："这王大花鞋嘛，和我们保安队向来是井水不犯河水，况且他是个狠角色，保安队的装备未必赶得上他哩。"

卢方伦皱眉激将，说："堂堂保安队的大队长，保一方平安乃职责所在，现在地方百姓频受匪扰，鲍大队长不出手也就罢了，倒说出这样长他人志气灭自己威风的话。"

鲍平安也不恼，仍旧一副嬉皮笑脸："哎哟，我的卢大先生，俗话说财大气粗，这也是有的，可我手上没钱哪！英雄也只能气短不是？要不这样，他老虞家既然舍得白掏几千大洋给王大花鞋消遣，不如也给我们保安队捐些枪炮子弹，也算是造福一方百姓。等我们草肥马壮、将勇兵强，什么王大花鞋、李大花鞋，还不左手一个，右手一个，通通手到擒来！"

鲍平安笑得极猥琐，三根手指在卢方伦面前晃来晃去。他早就听说虞寡妇沽名钓誉捐钱登报的事，想必这钱来得容易。谁知卢方伦回去一禀报，虞寡妇冷着脸说了一句："罢了，逆子命该如此。"竟不再理会此事。

因交赎金这件事办得十分难看，敦本堂上下一众伙计都觉得卢骥轩不堪其用，只是碍于卢方伦的面子，并不当面说什么。卢骥轩为此愀然不乐，郁郁寡欢。虞寡妇倒没有斥责他，反而柔声说从小看着他长大，知道他性子纯良，璞玉浑金，不必因为此事过于苛责自己。他听在耳里，更是羞赧无比，觉得虞寡妇的话没有说完，若说全了，便是：她从小看着他长大，也知道他有那种病，他父亲原不该把这样重要的事情交给他来办。他赌气想，若非看在他父亲的面子上，虞寡妇一定会把他扫地出门。那样的话，倒也干净，可现在的情况是，虞寡妇并不为难他们父子，卢骥轩想叫屈也叫不出，就连他父亲也觉得身负罪愆，一进敦本堂便心中有愧，人也矮了三分。

父亲让他告了假，对外说是身体抱恙。他只得闭门不出，每日的功课便是面壁思过。

他房里的墙壁与别处并无不同，但他也只能足不出户地盯着它看，想到这些天里发生的种种，越发自怨自艾。他本不是个聪明孩子，又给他父亲调教得呆头呆脑，遇上事情只晓得自认倒霉，从来想不出什么好计策来应对。若是虞章华、周廷三他们，断没有这样坐以待毙的道理。他捧着脑袋想了又想，若是虞章华和周廷三遇上这样的事该当如何？是了，虞章华定然没事人一样，仍旧呼朋唤友，喝酒吃肉，反正自己又没有缺胳膊少腿，连块油皮也不曾掉。周廷三呢？大抵是一挥拳一瞪眼，慨然说一声："我说什么就是什么，你们信也罢，不信也罢，不与我相干！"若再有人跟他纠缠，他便封了那人领口，朝他脸上啐去："你也配！"

想到这里，卢骥轩对着墙壁嘿嘿地笑起来，但笑过之后，又未免落寞地叹了口气，唉，自己实在没有这样的勇气呀。

日复一日，除了面壁打坐游思妄想，卢骥轩还在房里抄了厚厚一沓《山海经》，从五方之山到八方之海，终日钻研那地负海涵、包罗万汇的学问，连水土草木禽兽昆虫麟凤都照着画了一遍，仍旧百思不得其解。连日来发生的事情，通通都像是奇异的幻术，他抽不出一根完整的线条来，似乎所到之处皆是线头，东一截、西一截地胡乱扔了满地，叫他心里好不烦恼。

直到春分过后，下了场大雨，把连日干旱的土地浇得透透的。早先时候分外干硬的土地吸足了水分，踩上去松软绵糯，全然没有了之前郁结的块垒，而此时，消失多日的虞章华和詹凤佐竟携了手一齐回到西镇来，众人都惊愕不已。

他二人对外说是在路上遇到的，卢方伦和虞寡妇只是不信。但虞章华似乎并未打算跟自己的母亲解释其中的原委，虞寡妇只得接受了这个混账儿子的说辞——土匪收到钱之后，又折磨了他几日，这才放他回来，因他被人囚禁了许多时日，身上早就长出厚厚的一层霉苔，故而一放出来就去外头散心，玩儿够了才回到西镇。詹凤佐也说是在县城办事时遇上的虞章华，他还劝其早点回家以免家人担忧，但虞章华执意要玩儿痛快了再回来，他也没有办法。

其实也只是多耽搁了一日而已。

詹凤佐呵呵笑，说他本已定好了今日打道回府，见虞章华不肯先回来，也就由得这浪子。他想的是，虞章华恋酒贪杯，若在路上又遇到什么岔子，他倒不好和虞寡妇交代。索性又等了一日，他亲自把虞章华送回敦本堂来，讨虞寡妇一杯茶喝。那虞寡妇听了这话，脸色虽不好看，也不便当面发作，真就按詹凤佐说的，又另给了他些许茶钱，这才打发了这难缠的牙侩。詹凤佐笑嘻嘻地拱手去了，临走还对虞章华说："令堂极不容易，你要好好孝顺她才是。"虞章华挥手送他，浑不在意："你走你的，我自然孝敬我老娘，要你聒噪什么！"詹凤佐使个眼色，两人就此分手。虞寡妇在天井那里哼了一声，拂袖走进内堂。

虞章华回西镇后，来卢骥轩家里看过一回。两人见了面，都是一脸喜色。卢骥轩激动地说："你可回来啦！"虞章华点头说："我可不回来啦！"当下掩上房门，两人促膝谈了半天。

卢骥轩问起虞章华别后的情况，虞章华笑嘻嘻地说："我在一个叫花剪径的地方试验我们的共产主义，几乎要成功了。但因为西镇的革命形势更紧迫些，我不得不暂时回到这个地方来。"

卢骥轩奇道："你不是被王大花鞋绑去了？"

虞章华哈哈大笑："起初我是被王大花鞋的女儿绑了，后来我又绑了王大花鞋的女儿。"

他和卢骥轩说起王春芳，说他和王春芳如何喝酒聊天，王春芳又如何留他在花剪径，卢骥轩越听越奇。梦中所见似乎一一应验，竹林、溪涧、谷场、田陌，无一不如图卷般逶迤展开，连那五彩的硕大蛱蝶也栩栩如生。卢骥轩痴痴地张着嘴巴，凭虞章华口若悬河，说什么也不肯信。他心想，章华和那些人一样，欺负我糊涂罢了。嘴上却没有说出来，仍旧听得倾心。

虞章华说那花剪径十分神奇，表面上虽是个叫人闻风丧胆的土匪窝，但医生和先生在那里都受到特别的尊敬，因为每个人都会生病，每个人也都想让自己的后代知书达礼。以他研究的眼光来看，那个与西镇隔绝的土匪窝几乎有一种自发的共产主义，但还缺乏科学自觉的意识。他利用有限的时间和他们攀谈，交朋友，并且仔细地观察了他们的生产生活方式，发现除了偶尔绑架外面的富户和打劫过路商贾之外，谷里的人也如寻常农家那般，勤劳务实地耘田绩麻，因此虞章华认为他们是一股可以争取的对象——"我请王春芳游说她的父亲和兄长加入我们！"虞章华兴奋地搓着手说，"团结一切可以团结的力量，让反动派在我们面前颤抖吧！"

卢骥轩吃惊地看着陷入高热状态的虞章华，他的头上缭绕着一股蒸腾的热气，好像已经把他自己的脑浆烧得沸腾起来。

听虞章华的意思，那个叫王春芳的姑娘似乎是喜欢上了他，但他并不喜欢她，或者也并非不喜欢，而是觉得不应当在形势紧迫的革命面前放纵无聊的情感。因而他告别了她，同时带走了她的心——这种灵魂的绑架，较之一个月前她对他肉体的绑架，简直可以说是变本加厉。卢骥轩有些发晕，好像虞章华用了一种奇异的法术，隔空把他的脑浆也烧得沸腾起来……他看虞章华的眼神越发迷离，眼睛虚虚地眯成一条线，总也对不上焦，远远地却看见了那个叫王春芳的年轻姑娘。姑娘站在一枝盛开的桃花后面，又嗔又怨地瞪大了眼睛。一阵风来，她的裙裾被风扬起，扑簌簌抖得厉害。那十分轻佻的一阵风，凌乱了一地落红，姑娘眨动美目，痴痴轻叹，睫下似有盈盈泪滴。卢骥轩心尖儿上吃痛，竟捂着胸口"哎哟"叫了一声。虞章华问他怎么回事，他说他看见王春芳在哭呢。虞章华拍着他的肩膀大笑不已，一迭声说他真是个多情种子。卢骥轩脸红起来，嗫嚅道："难道……难道你看不见吗？"这句话声音低低的，虞章华并没有听见。

再过几日，周廷三和吴勰他们也悄悄地潜回西镇。

这天晚上周廷顺受了他大哥指派，跑到卢骥轩家的后窗那儿学猫叫，三长两短过后，又是两短三长。卢骥轩便知道，今晚在周廷三家集会，五人齐聚，不见不散，一时内心澎湃不已。他关在家里多日，房门虽未上锁，却是不敢轻易跨出家门一步。一则虞章华活不见人死不见尸，他不免忐忑怀惕；二则父亲代他向东家告假抱恙，他也实在不敢造次，深恐再惹出什么事端。那日他见虞章华平安回来，欢喜得什么似的，当场抱着这个促狭的冤家跳了起来。虞章华还笑话他："我若不是知道你的为人，还真是不敢拥你入怀，生怕负了你。"

他想，晚上见到虞章华，要再问问虞章华的意见。真是要命，这家伙从土匪窝回来后，和他四海八荒地攀谈过一次，他不是更明白了，而是更糊涂了。那天他和虞章华说，父母给他说了一门亲，对象是燕子河的一个姑娘。那姑娘有一个痴傻的弟弟，因此要一同嫁到他们家来。虞章华问他自己有什么意见。他说不曾有什么意见，那姑娘想必是极善良的，因为她总是为她的傻弟弟考虑，对于自己的切身利益却不大计较。虞章华便横眉批驳他，说这种包办代替的婚姻简直是胡闹，他不了解她，她也不了解他，然而因为门当户对，或者其他什么违背人性的利益的交换，他便要娶她为妻，她也只能嫁给他，糊涂而草率地交付了一生。"她自己切身的利益，她是没有权利去争取的，因为全被她的父母捆绑在这桩婚姻里了！"虞章华恨声说，几乎是在他耳边愤激地喊出来。卢骥轩额上的冷汗立刻涔涔地冒了出来，他完全没有想到这一点。

不过等他见到虞章华，才知道根本没有机会谈到这样私人化的小问题。他们谈的都是忘我而无私的大事。

外面天黑透了，下起零星的雨来，卢骥轩拨弄着窗棂上的灰尘，手指触摸到粗糙的毛刺。透窗看过去，后街上几把蘑菇样的油纸伞，隔几块青石板便长出一朵来。缱绻的雨丝中，镇上的灯光让这个春夜变得朦胧而暧昧。这样的春夜，是应该出去约会的，卢骥轩冲动地想，他应该换上轻薄的春衫，把那件青黑色的棉袍塞进他母亲的樟木箱子里去。但临出门的时候，他还是穿上了棉袍，以免母亲向他聒噪。他最近闷在家里不见阳光，脸色尤其苍白，越发显得气虚体弱，况且山南早晚温差极大，节气虽已至仲春，夜间仍颇为寒凉。他母亲一向注重保暖防寒，在这样变化无常的天气里，母亲总要叮嘱丈夫和孩子们不要着急脱棉穿单。倘若他们不小心着了凉，必然引来她执着的抱怨，一定要把他们的耳朵磨出茧子来。

多日未曾出门，卢骥轩脚下竟有些虚飘。那斜织的雨水溻进他的耳朵，跳进他的脖颈，同空气中弥漫的某种莫名而不安的气息分子一起秘密跃动。他抓着伞柄的那只手，掌心里早已密密地沁出汗水来。身心内外俱是湿漉漉的，又带着潮热的温度，他脑中时而清明，时而昏沉。秘密结社，图谋不轨，走私当局严禁的火药重器，该当何罪？对此他尚未来得及抱有清晰的概念。所有政治的、经济的、文化的风潮，他都是道听途说，并且这些信息的获得也比他的同伴们迟钝得多。不过他并不缺乏勇气，他和他们一样，血管里流淌着年轻的热血。想到这里，他的胸膛滚烫起来，雨水扫过面颊时擦出烧灼的感觉。与此同时，他的脚步变得铿锵而坚定，踏在青石板上发出橐橐的回响。他很高兴自己将空旷的夜色踏出一条路来，短短几百米的距离，时空竟发生了某种奇异而抽象的变化，好像他正在跨过漫漫长夜，赶赴皇皇黎明。

卢骥轩喜欢在周廷三家集会时那种热火朝天的感觉，你一言，我一语，像一颗颗投入火堆的煤块，他们在一起燃烧，熊熊的火光照亮了很远的地方。虽然并没有人到达过那个地方，但那方向也足够他们激动和向往的了。在立言小学的时候，周廷三还是和卢骥轩一样，只是一名教授国文和算术的老师，但现在周廷三已经在周元甫的民团里担任要职。与卢骥轩相比，周廷三身上豪放的江湖气可以说是与生俱来。他交游广阔，朋友遍天下，行事亦大胆泼辣，不拘一格。当初在立言小学待了不过数月，他就跑出去干大事了。后来卢骥轩才知道，他口中的"大事"是南下广州寻求救国之道。去年回乡后，他几乎不费什么力气就在本家的民团头子周元甫那里得到重用。周元甫倚仗他也是有道理的，因为他能文能武，除了和卢骥轩一样识文断字之外，他还练就了百步穿杨的功夫——仅凭这一点，卢骥轩就不得不佩服。这可能与数年前周廷三远赴广州有关，他除了在那里的农民运动讲习所学习到一些语焉不详的新奇理论之外，还掌握了一些在山南更不容易接触到的热兵器的使用技巧。当他回到山南后，很快就成为周元甫的左膀右臂。

这次和吴勔出山去买枪，就是周廷三搭的线。

事实上买枪倒并不难，不过是一桩钱货两讫的买卖，难的是如何把这批枪运进山里。为此他们颇费了一番周折。

为了把戏演得更像一些，吴勔把自己的妹妹也叫上了。

按照他们的计划，枪到手以后就覆上白绫，装进棺材。他们雇的脚夫都是外地人，说好了两倍价钱，但是必须天黑上路。吴勔的妹妹吴幼菊披麻戴孝，一路跟随左右。这支送丧的队伍因为有了女眷在旁一路啼哭而显得尤为悲切，轻而易举地避过了路上的临检盘查。

卢骥轩一想到吴幼菊娇小的身躯伏在巨大的漆木棺材上痛哭到不能自已，心中便极不舒服。这个十七岁的姑娘在夜间扶柩饮泣的场面，简直让他不寒而栗。吴幼菊和他的大妹年龄相仿，感情也很好，每年端午的时候，她们常用五色丝线编织彩带绑缚在裸露的手腕和脚踝上嬉戏。吴幼菊的手腕很细，在他的印象里，吴幼菊的细弱似乎是最让人注目的特点。这样的女孩子，怎么能假扮孀妇走私军火呢？卢骥轩觉得这一切都匪夷所思。

不过这次短暂而奇特的旅行似乎让吴幼菊和周廷三建立了很深的阶级感情，他们在一起时总能找到感兴趣的共同话题，甚至把吴勖忘在话题之外。为此吴勖指责周廷三见色忘义，周廷三却说他们探讨的不过是支持妇女解放、反对封建迷信之类的革命问题。吴勖最后笑着说："廷三，我不管你怎样胡说八道，幼菊现在对你言听计从，连我这做大哥的也不放在眼里。她信了你那一套追求恋爱和婚姻自由的言论，不肯做个听凭父母之命、媒妁之言的好姑娘了，你要负上这个责任。"大家一阵哄笑，前仰后合，气氛比以前的会议活泼得多。

后来说到枪的问题，大家又严肃起来。

十二支"汉阳造"运抵西镇后，周廷三和吴勖才发现，在约定好的起义时间之前把长枪和子弹安全地藏起来，这实在是个让人头痛的问题。这么一批大家伙，如果分散地藏在四处，虽不是不可以，但风险会更大，而不是更小；如果交由一个人来保管，也不现实，谁家也没有那么大一块掩人耳目的地方。想来想去，他们把十二支枪连同棺材一起，暂时搁在了离镇十里的义庄——那里安厝的都是各色棺材，一口棺材落入一堆棺材中，也就无所谓"藏"了。他们给了义庄的守夜人一些钱，当然不能明说棺材里躺的是枪，只说棺内亲人的遗体不愿受人打扰，请他出来进去多照看一眼。那守夜人原是个外乡的流浪汉，言行木讷，形容痴傻，没想到在本地待得久了，却变得精明起来。他认得周廷三和吴勔，断定棺内并不是他们的什么亲人，又见他们使钱来买动他，便假意殷勤，暗中仔细观察。

"你们猜怎么着？那人竟找上门来，堵住我家的门，说他知道我们干了见不得人的勾当。"吴勔挑着两条又粗又黑的眉毛，乜斜眼，绘声绘色地说道，"我只好稳住他，带他去营房找廷三。"

周廷三嘿嘿笑起来："我是个暴脾气，你们都晓得的，谁来寻老子的晦气，老子可不跟他客气。"

果然，那人见到周廷三，又说了同样一番话。周廷三问他想怎样，他说他们给的钱只够照看一口棺材，但照看棺材里的东西却要另外付钱。周廷三点头说这样很合理，但棺材里的东西并不是他的，而是他们团总周元甫的。要钱可以，除非是不要命了。周元甫的名头，那人是不陌生的，晓得他是西镇的阎王爷，吓得一缩脑袋。周廷三又唬那人道，他原本是奉命办事，私下里悄悄地办了也就罢了，如今他们团总的好事被撞破，这下惹了麻烦，他也管不了，这就拉着那人去周元甫那里讨一顿责罚。那人慌着求饶，他只是不允，后来还是吴勔出来打圆场，出主意让那人远远地离开西镇，从此再不回来，这才罢了。

那人被赶走后，义庄便无人值守。吴勔的意思是，他们五人轮流去义庄看棺。

自从领了去义庄看棺的任务，卢骥轩心中便十分忐忑。他倒不惧妖魔鬼怪那一套，也不怕那无人之境的寂寞与恐慌，只是和父母扯谎颇费心思。好在虞章华是个闲不住的人，要他在义庄待上一日一夜，那绝无可能，所以那晚虞章华在五人会议上第一个跳出来，提出反对的意见，认为义庄的棺材又不是明晃晃的龙洋，哪里会有人去偷？每日派个人去看一眼也就罢了。吴勔驳他，说他这大少爷的脾气真该改一改，他手下自然有可以使唤的奴才，每日随便派一个阿猫阿狗去好了，生怕别人不知道他有十二支"汉阳造"藏在义庄的棺材里。虞章华面皮一红，气咻咻道："你也不用说这话硌硬我，谁不去谁是小娘养的。"如此还是五人轮流值守，各人都亲去义庄看棺，不过不必整日待在那里。

从西镇到义庄去有十里羊肠山路，来回就是二十里，如此在路上要耗掉大半天时间。这日又轮到卢骥轩，他挖空心思想了个托词向他父亲告假，说是去五里井的立言小学见廖校长。卢方伦听说他去拜会廖校长，倒没有阻拦，只是板着一副脸孔说："也好，你以前在那里做事，曾受人家的照拂，做人不能够忘本。"卢骥轩诺诺应了，提了两盒鲤鱼膏药和一包酥油点心上路。他想立言小学恰好坐落在义庄和西镇之间，正是一举两得。

出东街往南，爬个坡上去，再回身，西镇已经在身后了。四周绵延的山脉在卢骥轩眼前廓成一个风起云涌的世界，山上树木成林，松、竹、柏、栎、枫、杨、杉、樟、椿、槐、楝、泡桐、板栗、女贞、乌柏、紫荆、山杏、白果、红檀……团团将西镇围住，风起处树摇叶动，如波似浪，好像整个山头也跟着摇晃，跟着潮涌。巍然的山体连绵不绝，一浪接着一浪奔涌着，插入天际的翠峦叠嶂由远及近，在大地上掀起阵阵风暴。卢骥轩从未这样深切地感受过自己的心跳，那有力的、怦然有声的心跳如此活泼，像是鱼儿腾跃溪流，像是鸟儿直冲云霄。他站在高高的山冈上，对着长空吟出一句"人生不得行胸臆，纵年百岁犹为夭"，痛快地大踏步朝前走去。

春已深了，碗口大的太阳升起来，明晃晃地挂在当空，投下灼人的芒刺，卢骥轩一路走得大汗淋漓。路边的蒲公英和婆婆纳都开得热闹，朵朵鹅黄，簇簇幽蓝，点染着弯弯曲曲的小径，跃跃欲试地与人争路。有好几次，卢骥轩都差点踏在它们身上，但那怒放的生命实在让他不忍。他提起长衫跳过去，满心的怜爱和欢喜。

这样年轻的冲动在他身上是不竭的，可又容易惹人笑话。大家都说他是一个爱做梦的人，他也不辩，肚子里却暗笑：他们笑话他可真是没有道理，难道他们不是和他一样做着梦吗？他只是不明白，有时候他和他们谈论一些事情，他看得出来，他们自己明明也并不是很明白，却表现出不容置疑的态度，做出斩钉截铁的判断和行动来，让他不得不在他们的鞭策下像陀螺那般不由自主地旋转，旋转，旋转……

啊，他竟然莫名地喜欢这样的旋转。疯狂地旋转。

一帮人做同一件事，会有一种滚烫的感觉。他喜欢这感觉，仿佛自己并不是自己，而是一个活跃而不可分割的物质分子。那无形无相的庞然大物，并不缺少他这个小小的分子，但他如果离开了自己的位置，便什么也不是了。

啊，旋转。疯狂地旋转。有时他会转得头晕目眩，即使这样他也舍不得停下来。因为一旦停下来，他就会生出寥廓而磅礴的寂寞来——这远离火热时代的寂寞啊，让他惶惶然无所适从。

譬如现在来到阒寂无人的义庄，他左右看看，一个人也没有，只有几具棺木横七竖八地寄厝在昏暗处，像是凝固在时间里，散发着亡灵的气息，他心里就不免生出几分虚妄，从而感到萧瑟冷清的寂寞。这画面陈旧、潮湿且腐朽，多看几眼都好像会从身体里长出霉菌来。

时间是幽暗的，沉滞而黏稠。他已经来过两次，每次走进这里，便生出沉甸甸的寒意。即使外面艳阳高照，但是一进义庄天色便暗下来，那道门槛像是一道神秘的边界，拦住了里面和外面的世界。

扑棱棱飞出的鸦群，让天井里漏不下一点光来，像是头顶上飞过一团蔽日的乌云。卢骥轩骇了一跳，实则是他这个不速之客打扰到了这些长着翅膀的、卜凶断吉的原住民。卢骥轩小心翼翼地穿过天井，在落满鸦粪的棺材边驻足察看。从棺椁的薄厚可以看出一个人死后的哀荣，而所有的人在时间的尽头都是平等的，不以富贵权势为转移。他像一个被夺去了情感的客体，在参差错落的棺材间缓慢移动，目光所及之处，皆为尘埃。

他挑中了那具清漆柏木棺材。

棺材是崭新的，六尺六寸长，二尺二寸六分高，前凸后翘，寿山福海。他绕着棺材走了一圈儿，正面材头上的鹤鹿琉璃雕工精美，两旁的暗八仙却有失水准，显出仓促之态。他用手推了一推，棺盖纹丝不动，再用些力气，便发出嘎嘎之声。待压棺的寿糕原封未动地露出来，那黄蜡纸上红色的标印赫然是"周记"二字——既然压棺的寿糕完好无损，那白绫下裹着的钢枪想必也无虞了。卢骥轩将棺盖推回，拍拍手叹了一口气。连他自己也觉得奇怪，为什么要叹气，好像是无端地升起一股优柔的情愫，在这昏昧的光阴里，想要献出一首荡气回肠的歌谣。

他搜肠刮肚地想了半天，终究没有想到有哪一首应景的歌谣，于是摇摇头，又踩着厚厚的鸦粪走出义庄。

在门槛外，他弯腰拾起自己带来的两盒鲤鱼膏药和一包酥油点心。那包着点心的黄蜡纸上，也印有"周记"两个殷红的小楷。"周记"被一个红色的圆圈括着，分明是胖乎乎的喜庆模样，可是在卢骥轩看来，更像是一只圆睁的眼睛，正警惕地盯着他。他想起背后的棺材里也有这样一只眼睛，不禁脊背发凉。

卢骥轩拎着膏药和点心，摇摇晃晃地走出一箭之地，回头望望义庄的门槛，似乎还能看见它被踩踏后漆皮斑驳、木屑纷纭的样子。其实早已看不见了。他暗笑自己迂腐，读书时就不比别人聪明，只是愿意下笨功夫，塾馆的唐先生见他刻苦，逢人便说他是块璞玉，可琢可磨。这不济事的评语，算是一种蕴藉了浓厚的封建色彩的讥讽吧。他忽然想起年少时在唐先生的塾馆里读书的光景，年岁相当的几个小伙伴，已经显山露水地现出迥然不同的性格。以后的路，也必然是不同的。可是他们后来竟然走到了一块儿。与其说是命运的波澜，毋宁说是时代的潮流，把他们裹挟到了一起。他到现在也还没有想得透彻。

同窗里头，虞章华是不必说的，唐先生在课堂上不许做的事情，他做得最凶，什么都图好玩儿，背书习字从来有头无尾。他也不忌惮先生的板子，因虞家每年的束脩比别家多出许多，先生也不大好意思为难他。周廷三更是活

83

泼跳脱，往往做出意想不到的行动来。

有一年端午，唐先生多喝了几杯，把学生们扔在前厅温书，自己溜到后堂去呼呼大睡。这下翻了天，众人嬉闹一团，比过节还快活十倍。周廷三跳上书桌，振臂高声道："这样乱糟糟各玩各的，甚是无趣，不如以一人为首，大家做个游戏。"众人不明就里，只觉好玩儿，便答应了。周廷三当下支使众人找来花花绿绿的一堆彩纸，裁剪一番，披挂在身，连油乎乎的瓜皮帽上也贴满了彩缨作盔，大马金刀地坐在唐先生的位子上，自封为大将军，接受众人参拜。这一身花红柳绿的盔甲，原十分可笑，周廷三却穿得气宇轩昂，举手投足俱是大将军的派头，众人拜得心服口服，跪在地上高呼"大将军威武"。

待唐先生午休出来，见到这样一副场面，自然是气得吹胡子瞪眼，高高举起三尺长的毛竹大板。这个迂阔的清末秀才对于秩序和规则的敬畏向来根深蒂固，顽童的游戏固然不可当真，但周廷三如此颠鸾倒凤，着实可恼。唐先生厉声道："业精于勤而荒于嬉，如此浪费光阴，该当重重责罚！"

周廷三却不以为然，昂首挺胸驳道："先生在堂内呼呼大睡，难道不是浪费光阴吗？这样胡乱责罚，只让人心中不服。"

唐先生又好气又好笑，连声说了三个"好"字，拂袖道："黄口小儿，口气倒不小，也罢，你若能对上我的对子，便饶你这一回。"

卢骥轩记得清清楚楚，唐先生出的上联是：小顽童，无教诲，冒扮将相，该打该打。周廷三翻翻眼皮，对的下联是：大丈夫，有志气，敢作公侯，宜嘉宜嘉。此对一出，唐先生目瞪口呆，生出"周家此子，必光门楣"的感叹，果然不再追究周廷三的冒犯之举。卢骥轩那时就对周廷三甚为崇拜，似乎是周廷三振臂一呼，他便自然而然地躬身跪拜下去。后来虞章华拉他入伙他还不觉得怎样，只道虞章华贪图好玩儿，待得知周廷三早已是中共党员，也是他们的领头人，便再无犹豫。

这次买枪举事，周廷三似乎胸有成竹，胜券在握。他们五人当中，论年龄，自然是詹凤佐、吴勖为长，为人处世的经验也丰富些；虞章华负责筹资，全仗着敦本堂的背景靠山；他卢骥轩就不消说了，不过是跟在后面跑跑腿；唯周廷三，年纪轻轻，便显出过人之处。其余不论，就说他打着替周元甫办事的幌子，出山一趟便买来十二支"汉阳造"，这换作他们当中的哪一个都办不来。吴勖也说，廷三是做大事的人，他和他妹子吴幼菊一路算是开了眼界。

这一路的惊心动魄，卢骥轩自然想象不出来，他是个低头做事的人，从来不晓得抬头看路，并且幼承庭训，得他父亲卢方伦的教诲："万般皆是命，半点不由人。"这也是他常常受到虞章华他们批判的地方，完全的宿命论——因此他想，有些人天生是领路的；有些人呢，跟着走便对了。后来周廷三在山南拉起一支队伍，白马红缨，一骑绝尘，几乎成为创世的神话，正应验了卢骥轩的猜想。那时的周廷三盖世英雄，所向披靡，因为作战势如猛虎，被远近誉为"周老虎"。卢骥轩光听闻他的故事已是激动万分。

现在卢骥轩还不知道周廷三他们到底何时举事，对于周廷三的身份，卢骥轩也感到十分困惑。当年他们在立言小学的马克思主义学习小组夜读时，周廷三似乎还不过是空有一身抱负，然而他出去游历了一番之后，眸子里便有了某种笃定而坚毅的光芒。周廷三回到西镇后，很快和周元甫打得火热，虞章华还怒气冲冲地跑到周家榨油铺，当面臭骂了周廷三一顿。但周廷三只是轻轻笑了一笑，对虞章华说："你若有胆的话，可以去周元甫的营房骂我。墙上有枪，桌上有酒。"虞章华后来对周廷三言听计从，据说还弓腰撅臀地给周廷三当过"上马凳"。卢骥轩觉得这也很合理，因为当年在塾馆跪拜的时候，虞章华是第一个磕头高呼"大将军威武"的。

从义庄往回走五里地，便见到立言小学灰瓦白墙的房舍。几枝连翘从粉墙后探出头来，金灿灿、黄艳艳的，甚是娇俏可爱。这些热闹的花簇像是天真的小姑娘，活泼地蹦跳在春光里，给不甚起眼的校舍平添了许多生机。

卢骥轩曾在这里待过两年，受校长廖本清之聘，教授学生们国文和算术。他记得第一次见到廖先生时，光杆校长廖本清正在替刚刚成立的立言小学物色国文老师。廖先生坐在窗下的藤椅里，安详地读着报。窗外有些发烫的阳光射进来，照在他微胖却并不显臃肿的身躯上，见到走进办公室的卢骥轩，便热情地站起来说"欢迎，欢迎"。他说早就知道卢骥轩打得一手好算盘，因而也恳请卢骥轩一并教授学生们的算术课。

卢骥轩暗道惭愧，他不过是跟在父亲后面邯郸学步罢了。只因父亲说艺多不压身，读书人固然可以自诩清高，但说到底，什么都比不上吃饭重要。没想到果如父亲所料，这门珠算便派上了用场。他受宠若惊地说自己并无教学的经验，廖先生就呵呵笑着说，经验是用来协助人的工具，而不是拿来限制人的枷锁。如果没有经验，那就从一年级开始教好了，反正学生们也没有半点经验。这样纯白如纸的学生和老师，正好可以作最美的画儿。在立言小学的两年，卢骥轩和他的学生一样，在廖校长亲切的关怀和温煦的照拂下，成长得非常快。

廖校长是留过洋的大先生，他提出的教育理念，与当地沿袭的教习蒙童的方法颇为不同。诸如鼓励学生与国外小朋友通信、培育健康卫生的习惯、致力科学观察和制作动植物及矿物标本等，首开当地教育风气的先河。卢骥轩和周廷三均深受廖先生的教诲，也就是在这里，一批热血的年轻人在廖校长的支持下成立了当地第一个马克思主义学习小组。参加学习小组的，起初是学校里的一些青年教师，后来渐渐扩大到周边一些抱有社会革新理想的年轻人。虞章华初来学校参加夜读时，还说过一些目中无人的大话，待与周廷三等人深入学习和讨论之后，便将《共产党宣言》奉为圣典了。他说以前总觉得自己的封建家庭有哪里不对劲儿，却又说不上来，实在是浑浑噩噩地度过了二十年。现在他终于找到了那道照射进腐朽人生的光，甘愿做一只扑火的飞蛾。

廖校长对待年轻人的态度始终是宽容而涵宥的。他支持他们做一切大胆的尝试，并且乐观地认为，正是这些哪怕是错误的尝试，才使古老而沉闷的中华民族获得了郁郁的生机。他对于马克思主义并不十分地熟稔和热衷，但也同意这种思想的传播有利于文明的进步。他给年轻人提供了很好的支持和保护，在许多个暗沉的寒夜里点起温暖的灯火，让这些年轻人围拢在和暖如春的教师宿舍里，畅谈人生和国家的未来。他有时会加入他们，聆听这些火热的心跳，感觉自己还不曾老朽，脸上露出慈祥的微笑；当听到他们的苦恼和困惑时，他也会报以同情和理解，发出深沉的叹息。

卢骥轩走进校长办公室，见到廖先生还像几年前那样，坐在窗下那把藤椅里，正安详地读着报。藤椅的扶手经过反复地摩挲，厚厚地涂上了一层发亮的包浆。廖先生的一只手搭在扶手上有节奏地敲击着，另一只手擎着折成长条的新闻纸，身体后仰，放松地靠在椅背上。他整个的人，从舒阔的眉心到微微上翘的唇角，都沉浸在旧时光里，玳瑁眼镜岌岌可危地挂在鼻梁上，好像随时要掉下来。但他就有这样的本事，使它摇摇欲坠而又永远不会坠落下来。

看到卢骥轩，廖本清并不怎么吃惊，而是摇着新闻纸，呵呵地笑着招呼道："各地都在闹红，看来当局有些紧张哩。"

卢骥轩放下手里的膏药和点心，作揖问候道："廖先生总是世事洞明，那么怎样看待此事呢？"

廖本清请他坐下，从桌上斟了一碗茶，笑眯眯地递到卢骥轩的手中："廷三前几日也来过，我想，你们恐怕蠢蠢欲动。"卢骥轩一呆，躬身谢过廖本清的茶。廖本清做出"请"的手势："尝尝，明前的新茶。"

对于年轻人的各种思潮和运动，廖本清向来是一副慈祥的面目。他有时也会发表一些看法，但并不激烈，如果未能得到年轻人的赞同和应和，他也没有任何不高兴。他说所有的变革都是由年轻人来发动的，因而他的意见只是一个过来人的自以为是，天然地具有一种进化论意义上的落后性。这种雍容的自嘲，反倒更能够使他得到年轻人的尊敬和拥戴。现在他向卢骥轩投来几分狡黠而得意的目光，似乎他早已经知道他们要做什么。

"我对看不明白的问题，向来不急于发表看法。"廖本清呷了一口茶，温和地说，"这茶口味清淡，很合我的胃口，不知你觉得怎样？"

卢骥轩不好意思地笑笑说："廖先生的茶自然是很好的，只是我不讲究，什么茶都喝。"

廖本清点点头。"你和廷三他们不一样，你性子随和，有时候……"廖本清笑起来，"简直是随和到糊涂的地步。"

卢骥轩脸红道："先生教训得是。"

廖本清摇摇手："我完全没有教训你的意思，唔，我倒是觉得你有一种常人所不及的浑朴，也可以说是可爱。"

卢骥轩脸红得更厉害了，垂首道："先生说笑了。"他局促地想，留过洋的廖先生和落了第的唐先生，他们对他的评价竟如出一辙，看来他到底是不中用的。

"我说得很认真呀。"廖本清像老顽童那样摊开双手，耸一耸肩头说，"你和谁都能够交朋友，什么样的处境都能够安之若素，这品质很是难得。"

卢骥轩心中一凛，忽然想起梦中那个铁拐乞丐对他说的话，不由得咬住嘴唇说道："先生是说……我，嗯，我并不知道自己要做什么，只是糊涂地随波逐流吗？"

廖本清哈哈笑起来："糊涂是难免的，谁又不是随波逐流呢？这大时代的洪流，个人是没有办法抵挡的。我看有些事迟早会发生。"

　　他们聊了一会儿，卢骥轩觉得廖先生心里明白，却不愿意说破；自己呢，是压根儿不明白，因而也说不出口。好像他并没有跟着周廷三他们参加革命似的，他所做的一切，都是蒙着双眼赶趟儿。廖先生却安慰他说，这都是符合实际的，因为并没有一个人确切地知道正确的方向在哪里，那么大家也就只好蒙着眼睛蹚一条路出来，不过是有的人走在前面，有的人走在后面而已。

　　让卢骥轩感到尴尬的是，在廖先生面前，他并不惮于谈论革命这样宏阔而激动人心的话题，但他与廖先生谈革命，似乎很不合格。因为他什么也不知道，他连自己是谁，在这场革命的戏剧中扮演什么角色都闹不清楚。

　　他们最终没有就革命的问题继续谈下去。他想周廷三或许会和廖先生谈得更深入一些。但也说不定，周廷三肩负着更重大的任务，似乎是秘密之外的秘密。

第四章 暴 动

　　不知从哪天起，镇上忽然多出两副陌生面孔，每日走街串巷，打着一张花花绿绿、印有"祖传秘方"四字的镶边土布幌子，逢人便兜售一种包治眼疾的药膏。二人以叔侄相称，都是眉眼弯弯的笑模样，四方脸，招风耳，嘴唇上薄下厚，鼻头如蒜。有人来买眼药，问他们："这药可管红眼病？"他们就笑嘻嘻地说："管！"又有人问："这药可管烂眼圈子？"他们也笑嘻嘻地说："管！"再有人问："这药可管迎风流泪呢？"他们仍旧笑嘻嘻地说："管！"于是那年纪长一点的，人们就叫他老管；年纪轻一点的，便叫他小管。

　　老管和小管的眼药膏子并没有他们吹嘘的那样神奇，不过对于一些寻常眼疾也有消炎抑菌的功效。那药里加了薄荷、冰片等物，涂在患处清凉滋润，有人来买眼药，他们也很舍得，买一送一，当然是买一大瓶送一小瓶，但也足够让那些买药的人喜滋滋的，下回还愿意光顾他们的生意，并且主动帮他们把口碑传出去。十里八乡的，不久就都知道他们的"祖传秘方"，老管和小管的眼药生意因而很不差，二人一心在西镇安营扎寨，竟不舍得离开了。他们在镇上一条偏僻的小巷里赁了一间屋子，算是临时的住处，早出晚归，四面游走。西镇上的人见到他们笑眯眯地招徕生意，都见怪不怪，若是几天没有见到他们，倒要相互打听一下，那卖眼药的两个人去了哪里。

虞章华和老管、小管都熟，常到他们那里买眼药。买来眼药也不往眼睛上涂，而是用一只紫陶钵子盛了，再加些粗盐和香料进去，搅成糊糊，抹在刮了鳞的鲤鱼上，用荷叶包了烤来吃。那眼药瞧起来也无甚特别之处，常温下是无臭无味的蛋青色，加热后微微泛黄，倒像是厚厚地涂了一层蜂蜜。因是外敷的药，没人敢尝那味道，虞章华却不知从哪里得了这刁钻的方子，用来炮制鲤鱼。据说用此法炮制的鲤鱼味道极鲜美，非寻常菜肴能比，但烘烤别的食物却不行，鸡鸭鹅雉，猪狗牛羊，都不成，其味往往干苦而辛涩，就连换一种鱼也不成，必得是河里活蹦乱跳的鲤鱼。

这法子叫詹凤佐他们学了去，也常找老管、小管买眼药。

有一日周廷顺受他大哥周廷三的支派，跑来找老管、小管，但老管和小管都出门去了，他没有买到眼药，只好在老管、小管的租屋外等候。等了一阵儿，老管和小管还没有回来的意思，周廷顺不免着急，抻着脖子朝巷口张望，望不见人影；踮起脚尖把身子拔了几寸，也还是望不见。周廷顺心里猫抓狗咬似的，恨不得生出千里眼，把老管和小管从眼珠子里抠出来。

这是一间背巷的低矮披厦，连个窗户也没有，门口几只摞起来的破花盆百无聊赖地张着嘴。周廷顺仰首看看天，又低头看看手里的几枚铜子儿。那铜子儿在他手心里攥得汗津津、黏糊糊的，几乎快要化掉，其中一枚还缺了一角，也不知到老管那里使得还是使不得。

周廷顺的眼珠在眶子里滴溜溜转，他想老管和小管打着幌子到处晃荡，今天三里坡，明天七里坪，要是到晚上他们还没有回来，他等还是不等呢？日头从他的左边稍稍移得往右了，门口那棵无精打采的桂花树投下的影子也长了些。他小孩儿心性，早就等得不耐烦，但因为大哥交代他今天千万要把眼药膏子买回家，他只好继续等下去。

又煎熬地等了一阵儿，桂花树的影子已经长了足足一尺，周廷顺跺脚往地上啐了口唾沫，决定去河边撞撞运气。

既然老管和小管四处都有可能去，那么去河边也是有可能的。如果在河边遇不上他们，他还可以自己先玩儿一会儿，总比踅在这里傻等要强得多。周廷顺的小脑袋瓜子想明白了这个并不复杂的问题之后，他便一蹦一跳地朝河滩走去。

那宽厚的史河悠悠地流到这里，分出许多弯弯曲曲的支汊，其中一条从镇上穿过，把西镇分为两半。这一半和那一半由一座雕龙画凤的石桥连着。石桥古旧，不知有几百年的历史，侧壁刻有"流芳"二字，桥上爬满藤蔓，葳蕤的茎叶藏住了石柱石拱，远远望去，倒像是一座天然的藤桥。桥下河滩宽阔，五色的卵石铺满河床，水落下去的时候，石头露出来；水若涨起来，便藏住石头。这些石头在水流经年累月的抚摸下变得圆润光滑，若对着太阳看，有如宝石般隐隐透明，流光溢彩，孩子们最喜欢捡来玩耍。周廷顺翻起衣裳前襟，拢做兜状，不一会儿就捡了满满一兜石头。他抱着石头跑上桥去，一颗一颗往桥下丢；丢完了，又跑下桥来，捡满一兜石头，再上桥，兴趣盎然地继续做投掷的游戏，如此反复，乐此不疲。

等到周廷顺跑到第七回还是第八回的时候，终于看见老管扛着花花绿绿的布幌子从河对岸摇摇晃晃地过来；小管跟在后面，背着一口硕大的木箱子，一个肩膀高，一个肩膀低，走起路来也是摇摇晃晃。周廷顺高兴得把襟兜里剩下的石头一股脑儿丢进河里，站在桥上招呼老管和小管："呔！你们可回来了！"

老管挥了挥手中的幌子，照样是不紧不慢、摇摇晃晃地走；小管笑嘻嘻的，把肩上的木箱子从一边换到另一边，也走得不紧不慢、摇摇晃晃。他们每天就这样走来走去，因而一点也不着急，不论往东走还是往西走，走得远还是走得近，早一点走还是晚一点走，都不妨事。周廷顺却等不及了，干脆撒丫子跑下桥去，朝老管伸出脏兮兮的小手，说："给我一瓶绿瓶子的眼药，不要黄瓶的！"小管打趣说："急什么？你哥又抓你的壮丁啊！"

周廷顺瞪了小管一眼："多管闲事多吃屁！"小管和老管都笑起来。

若是旁人来买眼药，小管就会把肩头那只专搁眼药的大木箱子放下来，大方地掀开了，由得人挑。但周廷顺有自己的要求，小管便不忙掀他的箱子，而是由老管支好了手中的土布幌子，单从袖筒里抽出一小瓶眼药膏。这眼药装在一只小巧的绿玻璃瓶里，瓶身上贴着"祖传秘方"的花纸，型号比正常售卖的眼药瓶小得多，倒像是老管送给客户的赠品。

老管交代说这是外用药，莫要内服，切记切记。周廷顺任由他说去，并不放在心上，老管每次都说这话，但周廷三他们抹了眼药烤鱼吃，也并没有什么不适。周廷顺拿了老管的眼药膏，自去周元甫的营房找他大哥。老管在身后点点头，把周廷顺给他的几枚铜子儿交给小管，只留下一枚缺角的，朝西坠的太阳晃了一晃，莫名其妙地说："这个周廷三，怕是要提前动手了。"

老管其实姓张，大名张子诚，是中共山南特委派来西镇的党代表。他的侄子张其坤和他搭档多年，曾在国民党的大狱里死里逃生，也是一名经验丰富的老党员。张家祖上一度患有严重的眼疾，先是痒得钻心，后来痛得断肠，一双眼睛溃烂生蛆，反复发作，几乎失明。俗话说福分祸所伏，祸分福所倚，张家人因常年饱受眼疾折磨，竟久病成医，传下一剂方子，以山泉甘草自制眼药，可消炎止痛，缓解症状。寻常眼部病灶，不说药到病除，反正是有显著的疗效。这眼药膏虽没有敦本堂的名气，养活一家老小却绰绰有余。张子诚叔侄俩因借此为掩护，扮作跑江湖的，打上一面花花绿绿的幌子四处游走，方便地下工作。

数月前与詹凤佐、虞章华二人在县城药王庙秘密接头的，正是化装成药贩子的张子诚和张其坤。

本来，那天按计划去县城接头的西镇党员，只有詹凤佐一人，虞章华完全是误打误撞。

虞章华从花剪径出来的那天，和他当初被绑进花剪径一样，一路上都是迷迷糊糊的。王春芳把他五花大绑，又用一只气味刺鼻的黑布套子蒙住他双眼，扔在一匹长腿细腰的高头大马上。他手脚间都缚了指头粗细的麻绳，蜷身扣在马背上，只听王春芳撮唇作哨，那马嘚嘚跑了一路，也不知翻了多少道梁，转了多少个弯，他在马背上颠得七荤八素，难受得只想吐。

从马上下来，他还是晕头转向，双腿也直打战，哆哆嗦嗦的竟立不稳当。王春芳扶着他，妩媚一笑，甜甜说道："你莫恼，我们花剪径藏得隐蔽，是为了不受旁人打扰，除了谷里的人，谁也不能知道。你如今还是个外人，我不能拂了爹爹和大哥的心意，还望你能够明白，我，我……"

她的声音渐渐低下去，脸上现出娇羞之色："在我心里，终究……终究是把你当作自己人的。"

虞章华听她在耳边吹气如兰，更见笑靥如花，耳鬓厮磨，心里不禁一荡，竟浑身酥软，几乎不能自持，赶紧收摄心神，直身立定，恨声道："臭丫头，我给你绑着进去，又绑着出来，满身都是伤，你还真是把我当成自己人了。"

王春芳噘起小嘴，腮帮鼓鼓的甚是可爱："你怎的这般小气？罢了，那你想个法子，也让我受些伤吧，这样咱俩就扯平啦。"

虞章华笑起来："你真心这样想，不如干脆告诉我如何做就是了，又何必让我去另想法子？"

王春芳便也扑哧一笑，两只粉拳落在他身上。虞章华"哎哟"一声，却不觉得疼，想来王春芳并没有用上力气，否则她一只拳头已让他招架不住。

他举目看看，原来已身在城门外头。那三丈来高的城墙矗在面前，青砖上苔痕累累，缝隙里还滋长出茂盛的荒草来，挤在煦暖的春风中摇来摆去，骑墙而舞。他盯着看了一会儿，头脑中的眩晕慢慢退去，心中逐渐清明，忽然扭头对王春芳狡黠地说道："我猜，花剪径必在县城和西镇之间，就算你躲起来，我总有一日能找到你。"

王春芳一呆，咬唇道："你脑子倒不笨。唉，我放了你，也不知是对还是错。"

她杏眼含嗔之态甚是娇憨，虞章华不禁生出一丝怜爱，但想到自己的身份，当下硬生生管住自己的嘴巴，正色道："多谢你这些日子的照顾，我说的那些话，字字有据，句句由衷，你让你爹和大哥再考虑考虑。"

王春芳气恼地顿足道："你总和我说这些做什么？难道除了这些奇奇怪怪的话，你便没有其他的话和我说吗？"

虞章华只好装痴扮傻地摇摇头："暂时没有了，我回去好好想想，你……你路上当心。"

当下两人分了手，王春芳策马而去，虞章华在城墙下望着她的背影渐渐模糊，心头涌上一股复杂的滋味，目光竟变得有些迷离。过了好一会儿，他抬起手臂，拿拳头敲敲自己的脑袋，自言自语道："唉，有些事，我也不知是对是错，不过既走上了这条不归路，总不能回头，就连停下来也不成。"他转身朝城门走去，心想先去城里的酒家喝一杯再说。他在马背上颠了半日，浑身又酸又痛，可一想到酒，腹中的酒虫子立刻就爬了出来，爬得他四肢百骸都难受得如同受刑。

虞章华迫不及待地跨进城门，便有个熟悉的身影撞进眼里，他定睛一瞧，詹凤佐正在大街上负着一双手闲逛。"哒，凤佐兄！"他不禁又惊又喜，不客气地伸手朝詹凤佐肩上拍了一巴掌。詹凤佐回转身来，显然吃了一惊，忙问他怎么在这里。"说来话长！"他拉了詹凤佐就走，

"来来来，我们找个地方坐下来细说，没有酒是不成的。我倒要问问你，怎么也来了这里？"

詹凤佐告诉虞章华，他来此地是为了接应山南特委派到西镇指导工作的党代表。因西镇的镇长白同柏要娶妾，私下托他来县城置一处别院金屋藏娇，他便以办差为名，提前到了几日。虞章华大喜，说自己正好闲来无事，兴兴头头地携了詹凤佐的手，走进一处挂着"食全食美"店招的酒家。他二人拣个清静角落坐下，点了几样小菜和一壶老酒，便一口酒一口菜地叙谈起来。虞章华在花剪径的经历固然称奇，在詹凤佐看来却也稀松平常，他说天下之大，无奇不有，眼下最奇特而凶险之事，莫过于他们的革命行动。当下二人谈起西镇的形势来，说到兴奋处，不禁喜形于色，摩拳擦掌。

詹凤佐说周廷三和吴勔已经出山去买枪，张子诚、张其坤两位党代表不日也将赴西镇指导工作，现在整个西镇就像一头即将被唤醒的睡狮。他们等了这么久，终于要见到曙光了。虞章华说他此番在花剪径有惊无险，实在是侥幸。这次他误打误撞进入花剪径，说不定是个机缘。詹凤佐点头道："原先预定的暴动点已有七八个之多，如果王大花鞋的人也能加入进来，自然是锦上添花。不过听你的口气，只是说动了王春芳，至于王大花鞋是不是愿意出山，并没有太大的把握。那么还是慎重一些好，可以听听二张的意见，免得冒进，反而对我们的工作不利。"

他二人讨论得热火朝天，不觉喝光了一壶酒，虞章华脸上油光光的，眼中也泛出光来："好，就这样说！再来一壶酒助助兴，明天我和你一起去药王庙。"

谈完正事，二人又说了一会儿闲话。詹凤佐说他这几日都在城里物色相宜的宅院，谈了几家，不是价钱不合适，就是位置太偏僻。那白同柏的大老婆，生得五大三粗，是个出了名的醋坛子，若是知道白同柏肯花这么多钱在县城买宅子给小老婆安家，绝不肯善罢甘休，恐怕要把白镇长的一张老脸挠开花，再到族长那里去闹个天翻地覆。前年白同柏要娶二房时，那妇人就吵得不可开交，还说要拿刀子杀了他全家，白同柏无奈，这才作罢。今年白大镇长铁了心要讨小老婆，料想那妇人撒泼耍赖的手段，定是从上到下把白家十八代祖宗也从墓里掘出来骂个狗血淋头，一面哭闹着投河上吊，一面给白家放出话去，亲送一对狗男女上西天。虞章华味味笑道："那是再好不过了，且让他们同宗的族人先将白同柏轰下台去。他们白家压了我们虞家多年，这一回我来做这个镇长如何？"

詹凤佐也笑起来："很是可以，你们虞家原就有钱，捐个县长也不是不行。"

说说笑笑，不觉天色已晚，二人喝干最后一杯酒，两只手紧紧交握在一起："说定了，我们把胜利的红旗插到国民党的党部去！"

第二日一早，他们便去了药王庙。

原本约定的是巳时见面，虞章华在旅馆里怎样也待不住，辰时未到就起身央着詹凤佐去街上逛。敦本堂在县城也是有分号的，就设在药王庙附近，虞章华身上早已拮据多时，连昨晚的薄酒小菜也是詹凤佐付的账，因而他预备去取些零花钱。依虞章华的意思，昨天便要去敦本堂要钱，但詹凤佐拉住他说："你一去，大家都知道你回来了，消息必然飞报到西镇上，连一晚也不得安生，还是等见了二张再说，免得节外生枝。"

虞章华只得依了，好歹挨到第二天，早早地拖了詹凤佐出来。远远见那药王庙门前两根生铁铸造的旗杆黑黝黝的，四角挂着铁风铃，哗啷啷地响，斜对面的敦本堂已经打开店门做生意。他厚着脸皮对詹凤佐说："我进去要了钱就出来，已经这个时辰，等他们报了信，我也该回到镇上了。"詹凤佐还未及开口，他又自说自话道："等接了人再去要钱，反而耽误时间，不如我现在就把钱拿来，接上二张便能走，左右我们的活动也是需要经费的。"话没说完，人已经在两步开外，詹凤佐笑笑，由他去了。

药王庙里烧香、磕头、抽签的络绎不绝，疑难杂症自不必说，就是平常的头疼脑热，也有一众善男信女专门爱来这里膜拜求签。那些人三跪九叩之后求取签号，再按签号从一个油光锃亮的漆木盒中取出一支签来，签上另标有处方号码，他们便按号取方，去药店抓药。因是神灵授意，这一带的药房生意自然是极好的。敦本堂开在这里，可以说是得天独厚。那虞寡妇选址时自是百般经心，可惜不曾料到有个败家儿子日后会把敦本堂当作钱庄和联络站。想来虞章华这一趟绝不会走空，詹凤佐微笑着望了一眼虞章华的背影，自去药王庙会见张子诚和张其坤。

从彩饰斗拱、琉璃瓦顶的正殿横穿过来，詹凤佐径直走进跨院，盯着配殿里十大名医的泥胎彩绘塑像仔细看了一圈儿，扁鹊、华佗、孙思邈、宋慈、李时珍……果然，在张仲景的塑像后面，悄没声儿地转出一个头戴小帽、面目苍黄的中年人来。那人方面大耳，厚唇蒜鼻，似笑非笑地朝他比画一个手势。

詹凤佐会意，嘿嘿一笑，也朝那人比画一个手势。如此便对上了暗号，正是为了同一个目标走到一起来的同志。

出得殿来，外面阳光如泻，微风不躁，早有个肩背药箱的年轻人跟上来，向詹凤佐作揖道："詹老板赏饭吃。"詹凤佐忙拧身回礼："二位辛苦。"时已至春分，耀眼的太阳抵达黄经零度，白昼从此长于黑夜。这仲春之月的药王庙内外，正是桃李半开，柳絮漫天。

按照张子诚的说法，虞章华搞钱有一套，日后拉起队伍，当务之急，便要让他来做这个保障革命命脉的军需官才是。詹凤佐只是笑。虞章华却老实不客气地大包大揽道，这不算什么，他不仅能搞到钱，还能搞到枪，搞到药，凡是红军需要的，他都搞得到。日后红旗插遍山冈，苏区连成一片，他果然不曾食言，凭借祖传的田产家业和浑然天成的厚脸皮，给部队上搞帐篷，搞手表，甚至搞缝纫机，一时被誉为传奇。当然这是后话，那天他在回西镇的路上眉飞色舞地给张子诚、张其坤作保证时，詹凤佐只当他胡吹大气。

"赶紧回去，找你老娘销账是正经。"詹凤佐打趣他。

虞章华满不在乎地挥一挥衣袖，把脑袋抵到詹凤佐面前，抽抽鼻头，竖起一根手指："我老娘见我回来，其余的都顾不上，便只做一件事——"

"哪一件？"詹凤佐翻眼皮问他。

"烧高香哪。"虞章华一缩脖子，嘿嘿笑起来。

他知道自己的母亲礼佛多年，还在家中专设了香堂，早晚跪拜，逢初一、十五都要斋戒，并且笃信因果报应，常常跑去山门供花奉果，布施灯油钱。这样虔诚的信徒，竟然养出一个亵佛渎神的逆子。他一想起来就笑得促狭，肩膀夹着脑袋，一耸一耸的。致力于除旧布新破而后立的他，常在昏昧的暗夜里自嘲，他是不怕抛颅洒血的。不知何年何月起，他背弃了寡母的重望和家族的仔肩，或者也可以说，他从来也没有想过要承祧祖业，革故鼎新、摧枯拉朽，似乎原就是他血液里的潮涌。自从凌厉的西风把那个在欧洲大陆上游荡的幽灵吹来古老的东方之后，像他这样的叛逆者远不止出没于西镇，整座大别山，整个中国，到处都有他们的影子。

其实早在二张进入西镇之前，当地就已经在武汉党组织的授意下铺垫了大量的革命工作，周廷三打入周元甫民团内部开展兵运活动不过是其中之一。二张落户西镇后召开的第一次农民协会代表会议，就是在周家油坊召开的。无论之前还是此后，周家油坊一直是西镇革命活动的重要隐蔽据点。这是一粒携带巨能的火种，迅速点燃了周边无人问津而又欣欣向荣的大片荒原。张子诚和张其坤两位党代表还利用走村串户的便利进行秘密串联，各基层党组织互通有无，守望相助，革命活动开展得如火如荼。

在民国十八年（1929）这个溽热而躁郁的夏天来临之前，以虞章华、周廷三为代表的年轻人等待着释放他们由来已久的热情，藏匿在义庄的十二支"汉阳造"上膛待发。瑰丽的云图之上，闪电划破长空，由远及近的沉闷雷声不时滚过，隐隐有不安的空气分子在秘密涌动。他们潜心等待着，等待历史深处那个惊人的爆破。

据《山南地方志》记载，民国十八年（1929）是个石破天惊的年份。这一年大旱，赤地千里，颗粒无收，在官府的横征暴敛以及大地主和工商业主的沉重盘剥下，贫户卖儿鬻女，饿殍遍野，甚至出现了易子而食的惨况。加之军阀连年混战，兵丁夫役不断，生灵涂炭，民不聊生。当时流传甚广的《穷人调》有云：

穷人真好苦哎，破衣无布补哎，腹饥难耐说不出哎！瘦得皮包骨哎嗨哟。

大雪纷纷飘哎，锅洞无柴烧哎，恓惶日子怎么熬哎！去把床草捞哎嗨哟。

老娘床上哼哎，儿媳不忍心哎，挖空蓬门四墙角哎！莫怕人见笑哎嗨哟。

主人下轿门哎，叫声小庄人哎，床铺给我扫干净哎！摆好大烟灯哎嗨哟。

庄人脸变色哎，磕头如捣蒜哎，课稻今年交不上哎！借贷加二百哎嗨哟。

身无立锥地哎，磨盘压断背哎，东奔西逃度日光哎！哀苦我穷人哎嗨哟。

歌谣四句一节，合辙押韵，以朴素的民间小调配以朗朗上口的俚语歌词，情节画面如在目前，活泼传神，入木三分，男女老幼皆传诵无碍。水深火热的悲惨生活孕育着反抗的种子，赤贫的底层民众从"东奔西逃度日光"的蒙昧中愤然觉醒，举起刀矛和锄耙，集结在红旗之下，如一股奔泻的洪水，把秘密而小范围的地下结社活动势不可当地推向高潮。

春生夏长，革命的力量也在悄悄凝聚、生发，惊天动地的爆破已箭在弦上，迫在眉睫。

民国十八年（1929）五月初五日，鹁鸪集德丰商号聚集三十三人的队伍，手执锄、镰、耙、锨、扁担、连枷等农具起义。

民国十八年（1929）五月初七日，小杨村一百二十一户农民在当地农协负责人的带领下点燃了地主的粮仓。

民国十八年（1929）五月十一日，水竹园班氏祠前，五十四名青壮年男子歃夜歃血后揭竿而起。

民国十八年（1929）五月十二日，走马坪孙氏以祭祖为名，合族议事，捐出看家护院的八支手枪和三百发子弹，成立手枪独立大队。

民国十八年（1929）五月十五日，手枪独立大队剿灭赵家河民团。

民国十八年（1929）五月十九日，两百余乡民齐聚火神庙，红旗招展的游行队伍高擎火把，照得河街彻夜通亮……

周廷三早就坐不住了，按原定计划，六月初一是瓦解周元甫民团的好日子。那天是周元甫的寿诞。往年这时候，附近商绅农户都会从四邻八乡赶去府上贺寿，并缴送各种摊派的课税，门庭车马喧嚣，红飞翠舞，唱戏的、打糕的、送礼的、坐席的进进出出，热闹得不像话。主子一高兴，必会赏赐酒菜，除当值团丁外，内外防务空虚，正是起事的好时机。

这一年却与往年不同，西镇周边各地纷纷举事，周元甫虽不惧那些扛着镰刀锄头的乌合之众，但对共产党还是心存忌惮的。当局明令：共产者，杀无赦。不过到目前为止，周元甫还没有和共产党正面打过交道。乡间无稽传闻，共产党红胡子绿眉毛，个个凶神恶煞，手眼通天，他们奔袭当地财主，犹如探囊取物。鉴于端午节后各地刁民暴动的消息不断，周元甫传令下去，今年既不摆席，也不唱戏，那些鸡课、鸭课、稻课一律提前收缴。只要天一落黑，就子弹上膛抵住门户，谅共产党也奈何不了他这土霸王。

眼见一天天热起来，再有几日便是小暑了，周廷三每日坐在营房里，像是坐在蒸笼上。他心里焦得起泡，眼睛也熬得通红。挨到五月二十四日这天，他终于咬牙切齿地让周廷顺送了一枚缺口的铜圆给张子诚，决定提前暴动。

厝寄在义庄的棺材撬开了，十二支钢枪整整齐齐地码靠在西墙边，像是十二名笔挺的战士。虞章华很激动，他搓搓手心，走上前去，拿起一支枪，端握住枪托，哗啦一下拉开枪栓，瞄准——周廷三正抱着臂站在对面，一脸严肃地说："别玩儿了。"准星后面，周廷三的印堂因为天气炎热直冒油光，亮晃晃的，虞章华盯着他的眉心看了一会儿，笑嘻嘻地放下枪来。

除周廷三之外，西墙下还站了十个人，虞章华从自己开始数，詹凤佐、吴勖、卢骥轩、张子诚、张其坤、十二岁的周廷顺，还有附近农庄的两个把式和一个回乡不久的社会主义青年团成员。周廷顺踮起脚来，尽量把自己往上拔，这样看起来会比枪高一些。即使这样他们还是多出一把枪来。

"他奶奶的！"虞章华咧着嘴在周廷顺屁股上拍了一巴掌，"你二哥、三哥要是能回来就好了。"

周廷顺不服气地一梗脖子，小脑袋昂得更高些，说："我一个顶他们俩。"

刚才，那个穿豆青色短衫的把式懊恼地说："后庄的老马，原是说定了要来的，不知怎么，一早上突然跑肚蹿起稀来，这会儿已经拉得下不了床啦。"这样他们今晚的行动就缺了一个人，不过也没有大碍，按周廷三的意思，寅时那班岗是他的人，正是人困马乏的时候，团丁们都在会周公，他们里应外合，轻轻松松就能把周元甫的十几支枪都缴过来，这样，他们的装备恐怕比得上县里的保安大队了。人不是问题，有了枪，还愁没有人吗？张子诚也说西边的红三十一师和东边的红三十二师都缺枪少弹，他们这次偷袭就算不成功，也能趁着夜色跑出去，不管是去西边还是东边，路都走得宽。

周廷三今晚是向周元甫告了假的，他说铺子里缺人手，两个弟弟都在外面求学，因而他这个做大哥的要常回家看看。这也是当初他回乡后投靠周元甫的说辞——方便照顾家中老小，不然外面天高地阔，正是大展拳脚的时候，他又何必回来韬光养晦？周元甫对此笃信不疑，因这个远侄自小就有过人之处，又在外面闯荡历练过，远近都

知他"神威能奋武,儒雅更知文",即使这年轻人一时有
些不如意,不过是潜龙在渊,日后必有发达之日。趁这机
会聘他做教官,多加笼络,想来是不错的,故而待他比别
人都宽厚些。

　　此时,周廷三的身影已倏然隐没在夜色之中,犹如
一条鱼滑入深海。在中国乡土的宗亲社会里,基于亲缘关
系的人情世故通常是优质的润滑剂,不过在无情的革命中
也算是一剂猛药。反动民团头子周元甫错误地判断了阶级
关系和社会形势,因而一败涂地在所难免。就宗族之谊而
言,周廷三对周元甫抱有一种隐晦的同情,但在宏大的国
家和民族革命面前,任何个人情感都是琐碎而多余的。今
晚他就要痛下杀手,如果周元甫不抵抗革命,他还会给周
元甫留一条活路,否则,即便是爱贤惜才的同宗叔叔,他
也绝不会手软。

　　夜色黑如浓墨,在曙光没有到来之前,大地上的一切
都在沉睡。山乡的夜晚宁静而纯粹,却也黑得惊心动魄。
这种伸手不见五指的黑暗给人以错觉,似乎四面八方都充
满未知的危险,每走一步,都有狠狠摔下悬崖之虞。那些
没有被黑暗吓住、还咬牙摸索着朝前走的人,因而被视为
亡命之徒。现在这十一个亡命之徒潜入浓墨当中,以夜蒙
面,仍掩不住狰狞之色,看起来像是十一头黑色的兽。獠
牙般的十一杆长枪端举在身前,犀利地刺破了重重夜色。

　　"跟我来!"周廷三压低嗓子,猫腰蹿在前头。黑暗

中瞧不清楚他的面目，想必那两道剑眉如临大敌地拧在一起，像在深邃的眼眶上压了两座沉郁的山峰。周廷顺紧紧跟在哥哥身后，倒未曾觉得前途如何叵测危险。像是鸭子的印随，他们兄弟前后脚踏上这条吉凶未卜之路，只因哥哥走在前面，小小年纪的周廷顺便也理所当然地表现出过人的悍勇和无畏。

周廷顺少不更事，只远远地见过周元甫几面。那个远房叔叔有一张油腻的肥脸盘子，笑起来小眼睛几乎埋进皮肉里寻不见一点光来，要不是哥哥说他是个双手沾满血腥的反动派，周廷顺还以为这人心肠不坏。每年周元甫过寿都要大摆筵席，镇上人也都是欢天喜地的，就连那些交不上课税的乡民，也会笑嘻嘻地拱手作揖说些"福如东海、寿比南山"之类的吉利话。周廷顺跟着吃过几次流水席，觉得周元甫甚是大方，肥猪肉和白米饭都管饱。哥哥说周元甫吃的是穷人的肉，喝的是穷人的血，周廷顺就明白了，怪不得周元甫摆席那么大方，原来并不是吃他自己的。

周廷顺听哥哥在墙下打了个呼哨，两人多高的墙头便垂下一根绳子。

事后想起来还是觉得像在做游戏，那绳子在周廷顺腰间绕了两匝，紧紧缚住了，哥哥又打个呼哨，他便腾云驾雾地飞起来。他以前也常常爬墙头，手脚利索得很，但是这样高大的墙还没有机会爬过。他手脚并用地攀上墙头，骑在那里，望见院子当中成行的银杏、红杉和香樟后面藏着一弯月亮，低眉顺眼地盯着他看，只觉新奇无比。

这种藏着很多秘密的深宅大院，在他心里是陌生的，毕竟家里只做些小买卖，前店后坊的屋架子，连个跨院也没有。他骑在墙上一眼望进去，望不到尽头，心里便生出几分雀跃，似乎是坐实了周元甫果然是个盘剥欺压百姓的大坏蛋，连带他们这次的行动，也变得比想象中更加正义而伟大起来。他想到他们一家人终日苦作，也不过混个肚圆，连几个哥哥出去念书的钱，都要父亲四处爷告奶地借了贷来还呢。家里虽开着油坊炸点心，肚里却缺油水，他有时忍不住嘴馋，从笸箩里偷拿一两块点心，若是叫父亲瞧见了，必拿了炸点心的长长的竹筷子敲他的手背，边敲，边嘴里嘶哈着骂他："你这倒霉孩子，又偷嘴！我且问你，你兄弟几个，你捏一块，我捏一块，这生意还如何做？全家还不得吃风屙屁去！"凭什么周元甫有这样为所欲为的气派呢？那么斗争他是当然的喽！

陆续又爬上来几个人，都落在银杏树后面那个眉目弯弯的月亮的眼里。安静的月亮略带羞涩地垂下眼睑，风来了，吹得它摇摇晃晃，颤动的树影簌簌遮住半边脸。它从树杈的缝隙里惊讶地看着这群不速之客，只见墙头人影幢幢，几个黑影神不知鬼不觉地跳下墙，分两路摸进院子。

周廷三在墙根那里和一个团丁模样的人击了个掌，料想必是投绳的内应。那人面色如水，站在墙下暗影里无声无息，像是匍匐在背静处的一只训练有素的黑猫。他回身一招手，带着张其坤等人奔袭门岗而去。

剩下周廷顺紧紧咬住周廷三，一前一后猫着腰径直往营房那边跑。这里的地形早已在周廷三心中烂熟，他们兄弟二人不费劲就趸到窗下。不当值的团丁们都在熟睡，十来杆长枪一律呆头呆脑地挂在墙上，要缴他们的械，周教官一人足矣。周廷顺看哥哥一脚踢开了房门，对着大通铺上一溜儿光屁股蛋子喝道："共产党来了，要命的不要抵抗！"

这边张其坤等人从背后摸去门岗偷袭，只用两把匕首就缴掉两支枪。他们打开大门，又把其余几位同志放进来。这时听到营房那边一声枪响，晓得周廷三已经得手，众人便拉开枪栓朝后院周元甫的老巢跑去。一路乒乒乓乓，打掉几个措手不及的巡值团丁。慌乱中也不及分辨，或许那几个团丁本就无心抵抗，听到枪响便抱头蹲到地上，哆嗦着让出道来。平日里民团训练，周教官就开玩笑似的说过，共产党不杀俘虏，只要老老实实地投降，就把小命保住了。团总不过赏他们一碗饭，人家共产党干的可是杀头的买卖。

如此一路畅通无阻，痛快地杀到周元甫的住处。

那周元甫万万没有想到，自己这支"训练有素"的队伍竟然如此不堪一击。正做着美梦，耳听啪啪的枪响，还以为哪家放炮仗，待醒过神来，方知大事不妙，一骨碌从床上滚下来，尚未爬到门口，早被人飞起一脚踹得眼冒金星。

"周元甫！"一声断喝，"你已经被包围了，还不投降！"

周廷顺跟着哥哥和众人杂沓的脚步跑进来，兴奋地瞧着地上灰头土脸、狼狈不堪的远房堂叔。那具肥胖的身体蜷成一个滑稽的球，滴溜溜地滚到床底下。不知道从哪里飞出来的那一脚踢得太狠，把周元甫踢得魂飞魄散。下床的时候他还从枕头下面掏出了那把贴身的手枪，没想到也给一脚踢得滚出来，啪的一声落在离门口两尺处，被人一脚踏上，踩得死死的。现在周元甫瞪着死鱼般的眼睛，绝望地看着一屋子凶神恶煞，其中那张他所熟悉的、曾经对之青眼有加的年轻面孔，也是那样的狠鸷和倨悍，丝毫没有缓和的余地。他这才惶恐地想起来，自己正是被眼前人算计了几个月的蠢货，哪里还有资格乞求得到一点好声色呢？

周元甫的六姨太是个刚娶进门还热乎着的小户人家的女子，此时披头散发、衣衫不整地瑟缩在床角，抖得玉体乱如筛糠。她没见过这阵势，原先在家里做姑娘的时候，只晓得织布绣花；后来给周元甫做小，也是大门不出二门不迈，最多是远远地听前院那边操练的团丁们喊几声罢了。这时亲见传闻里杀人不眨眼的"黑杀党"真枪实弹地闯进来，早已吓得花容失色，眼泪鼻涕飞了满身。

"小兰，别怕！"一个壮实的黑影扑上去，一把就将羊羔似的六姨太熊抱在怀中，嘴里激动地胡乱咕哝着，"俺，是俺哪！小兰，是俺！是俺，小兰！"

那被唤作小兰的六姨太想是吓得傻了，痴痴呆呆的也不说话，只是抱头呜呜地哭，哭得周廷顺心里毛躁起来，端着长枪跳到花团锦簇的月洞雕花床上大喊一声："哭个屁呀！周元甫抢了你给他做姨太太，我们都是来帮你打倒他的！"

这一声把小兰喝得抬起头来，眼泪汪汪地看向身边的男人。

那男人穿着件豆青色短衫，粗粗壮壮的身材，一脸油红疙瘩，正是周廷三、詹凤佐他们邀来的农庄把式。他原是一棍子打不出个闷屁来的厚道庄户人，和瑟缩在床角淌眼泪的小兰情投意合，早定了亲。不承想小兰的父亲是个老不成器的，跟人赌钱输了个一塌糊涂，只好拿女儿抵债。那放印子钱的见小兰颇有几分姿色，转手便把她卖给了好色的周元甫。两个月前周元甫迎娶小兰进门，可遭人恨上了。那个年轻而老实的庄户把式，既不能派他的准岳父赌钱输掉女儿的不是，又不能破坏规矩找那放印子钱之人的麻烦，只得把一腔怨愤撒在为富不仁的周元甫身上，恨这年迈多金的老流氓截了他的和，五六十岁的糟老头子，竟要强娶他十八岁的未婚妻。

这个梁子结得迫切而深刻，周廷三、詹凤佐他们一说要端掉周元甫的老巢,他第一个捏着拳头跳出来,恨不能一时三刻就杀进去,把他心爱的小兰救出魔窟。现下小兰既已温香在怀,一副梨花带雨的泪容,更显娇弱可疼,他再也耐不住这两个月的折磨和相思之苦,立刻红了眼睛拿枪抵在周元甫的脑袋上,恨声道:"俺日你奶奶的,受死吧!"

周元甫吓得面无人色,早已瘫软在地,死鱼样的眼睛直往上翻,似乎不待被枪毙便要蹬腿见阎王去。周廷三拦住那被妒火烧得头顶冒烟的把式,威严道:"不急,我们明天召开公审大会,他的罪状可不止欺男霸女这一条。"那把式梗着脖子还闹着要现杀活剐周元甫,周廷三劈手夺下他的枪,轻轻松松一拧,就把他拧到一边去了。

周廷三把夺下的枪往周廷顺怀里一扔,拍了拍手转身劝那把式,语重心长地说道,杀周元甫不是目的,要唤醒民众的觉悟,共同缔造一个人人平等的没有剥削和压迫的全新的世界,这才是他们革命的意义。当下,众人把周元甫捆成一只螃蟹,前庭后院点得灯火通明,周廷三叉着腰站在院子里喊话:"弟兄们,你们信得过我周某人,这就跟着我一起闹革命去!若是不愿意,也不强求,回家好好过日子,强过给富户当打手走狗。"

那几十个团丁原就是周廷三的旧部,素日里与其说听命于周元甫,不如说是周教官一手带出来的兵,这时周廷三振臂一呼,无不应和,纷纷要求加入共产党的队伍。

周廷顺瞪大眼睛，竖着耳朵，抱着两支枪站在那里，眼见许多只钵子大的拳头在头顶上挥来舞去，一时竟有山呼海啸的气派。他一个字也没听懂，不过他觉得大哥说得好极了，直说得他心旌摇荡，佩服得五体投地。

这一夜闹得痛快，待天光大亮，周廷三又舞着一面红旗率众占领了镇公所。

那镇公所不过是个办事的所在，不曾有兵丁驻守，镇长白同柏凭着交情向周元甫借了两个持枪的岗哨而已。站岗的两人见周元甫睽眉耷眼地被周廷三捆了来，早掉转枪口，主动报告周教官："反动镇长白同柏听到枪声便屁滚尿流地躲进了牛角塘。"

果然，虞章华带了一队人去牛角塘搜查，不久就在荷叶田田的水域那边活捉到滚了一身塘泥的白同柏。虞章华仰天大笑，直呼过瘾，亲自押了白同柏过来。在镇公所门口，虞章华照着白同柏的屁股踢了一脚，那力道刚好够让白同柏趴在地上摆出一个"狗吃屎"的造型，惹得众人哄然大笑。

笑声里一轮火红的日头从东面冉冉升起，当空洒下万道金光。时已至盛夏，白昼以最大之可能碾压着黑夜的长度，迎来一个万物葳蕤的季节。卢骥轩看着太阳升起的方向，心中一片光明。他一晚上也没有说一句话，这时却感到一股强烈的冲动，激迫着他想要对着太阳大喊大叫起来。

昨晚夜袭周元甫民团，他在高墙下仰望着周廷顺身轻如燕地第一个攀上墙头，然后是周廷三、张其坤和那个年轻的社会主义青年团成员。他觉得他们都比他更接近革命，甚至是墙下那几个同被安排在门外待命的同志，也比他更坚定一些。他们等待的时候都是满脸严肃，紧迫的期待当中，伴随着扑面的焦灼之感，人人都那样急切地要把自己当作上膛的武器，轰轰烈烈地奉献出去。唯独他，都已经兵临城下了，还抱着侥幸的心理，想着未必一定要往前走出那一步。他也不知自己怎么想的，明明扛着枪出来，却盘念着最好不要放一枪就能够和平地取得革命的成功；又或者不成功也没有什么要紧，他们在黑暗中悄悄地退回来，第二天照样做活儿的做活儿，做少爷的做少爷，对生活中早已固化下来的、逻辑自洽的习惯并没有什么不良的影响。这荒唐的想法当然是在听到枪响之后，一下子就被狠狠地击穿了。

之前周廷三教过他们放枪，他学得倒是不慢，周廷三还说假以时日他也可以做个神枪手。他听了只是暗暗摇头，实在并不期待这份不切实际的荣誉。可是，当周廷三"哗啦"拉开枪栓，把"汉阳造"高举在空中动情地说"同志们，我们一定会把红旗插遍山冈"的时候，他还是抑制不住冲动地决定，跟他们一起在这条充满危险和不测的道路上走下去。现在他看到了火红的太阳，觉得终于找到了自己瞻前顾后、首鼠两端的根源——原来人在黑暗当中的时候，是看不到光明的。人家跟他说，前面有光，他心里就算有一些向往，也不肯全然相信。直到他亲眼看到那光，他才惊讶地认识到自己的力量。这力量让他对自己生出了崭新的希望，他猛然觉得，自己也可以有资格享有一种丰盛的新生活，并不是父亲说的那样，命里只有八分米，走遍天下不满升。道家也说，我命由我不由天。他亲眼看到周元甫的下场，那个命里满坑满谷的人物，竟然就这样赤条条地落在他们手里！嗬，他们要革他的命哩，这个倒霉的家伙只好束手待毙。

待日头长到三丈高，镇上的公审大会便开始了。全镇的人都自觉地拥到河滩这边来，流芳桥上也站满了看热闹的人。大约以为站得高看得远，这样就能够看清楚反动民团头子周元甫和反动镇长白同柏的真面目。也有没来得及挤上桥的，那么就拥在乱石滩上，目光越过黑压压的人头，抻脖探颈、见缝插针地寻找那两个恶贯满盈的家伙。站在前面的，都是革故鼎新的先驱，他们刚刚参加了暴动，把五花大绑、蔫头耷脑的周元甫和白同柏围在当中；后面那些刚刚从睡梦中醒来的群众只好踮着脚，踩着石头，努力朝革命发轫的方向张望。有谁大喊了一声："打倒恶霸周元甫！"于是"打倒周元甫"的喊声就此起彼伏、一浪一浪地翻涌过来。

周元甫和白同柏的亲眷也都来了，他们形容痴傻地站在河滩上，远也不是，近也不是，怎么也摆不正自己的位置。他们的表情也很古怪，在痛苦和兴奋、羞耻和愤怒之间扭曲着。有人想哭，却咧着嘴不敢发出声音；当然，笑更加不合适。他们被吓坏了，这种浪潮汹涌的洪流足以让全家卷入灭顶之灾，但眼下的情况，似乎他们还没有避坑落井地受到株连——这要看他们的表现，但是如何表现，这也很让人困惑。他们只好不知所措地站在河滩上受刑——精神的酷刑。

　　卢骧轩站在一块滚圆的鹅卵石上，脚底板被灼得发烫。没办法，河滩上的日头就是这样毒辣，入夏以后就燃烧起来了，如果没有特别的事情，谁也不轻易顶着烈日跑到河滩上来。现在，人们却都争先恐后地拥到了河滩上，这足以说明西镇发生了翻天覆地的变化。卢骧轩被淹没在人群当中，变成了滔天巨浪中的一滴水，眼前渐渐模糊。太汹涌了，他什么也看不清，周元甫那张原本就很肥胖的脸盘子被泡发了，像浸泡在水中的宣纸一样迅速分解，与无数的水分子化为一体。在这种汇入和融合中，卢骧轩完全找不到自己，却又感觉自己无处不在。一个声音在头顶炸裂："今天我们就要好好算算这笔账！"他仰起头，看见周廷三站在一块凸起的巨石上，身后长出刺目的光圈，就像教堂里壁画上那些正大光明的圣像那样，充满堂皇而深邃的宗教意味。周廷三的身下，脸如死灰的周元甫双手反剪，跪缩成一团，脑袋完全塞进裆里去了。同是罪大恶极的白同柏却跪在那里讨好地点头哈腰地说："我有罪，

我有罪，大家好好说嘛，都是乡里乡亲……"一块愤怒的石头省却了抛物线，直不棱登地砸中了他的额头，他哀号一声，接着引来更多愤怒的石头。

场面很快变得不可控制，仇恨一旦被点燃，就迅速蔓延到整个河滩。既然全西镇的人都集中到了河滩上，一人一块石头就足够垒起埋葬旧制的坟茔。等到卢骥轩发现周廷三不杀周元甫是为了让他死得其所的时候，公审大会已经接近尾声。周元甫被压在乱石堆下奄奄一息，目光凌乱而倦怠；另一边的白同柏则趴在滚烫的卵石上一动不动，带着他不被饶恕的罪孽升了天。周廷三站在那块凸起的巨石上，面色凝重地宣布："从今天起，西镇有了自己的红军队伍。"

一阵雷鸣般的欢呼声让头顶的太阳晃了晃，流芳桥上有人在喊："这下变了天啦！"

长时间的曝晒令卢骥轩头晕目眩，几乎有些体力不支，他的目光变得迷离，惝恍地扫过河滩，看到父亲卢方伦的身影一闪。

第五章 流芳桥

虞章华是卢骥轩的入党介绍人。那天卢骥轩宣誓的时候，虞章华用难得的庄严语气说了句："卢骥轩同志，从今往后，我们将在同一条道路上并肩走下去，为共产主义奋斗终身！"虞章华的眼睛里似乎隐隐闪烁着泪光，卢骥轩觉得太不可思议了，他还从未见过这样的虞章华呢，不由得胡乱猜测，这个纨绔子弟很可能是从他卢骥轩的眼睛里看到了泪水——那么他看到的，其实是由虞章华眼睛里折射出的自己的样子。卢骥轩本就是个眼窝子浅的人，常常是不需要什么特别的理由便会使自己陷入情绪潮湿的感动。有时候卢骥轩会无端地浮想，他和虞章华就像一面镜子照出的两个人，但究竟是谁在镜子外面，谁又在镜子里面呢？必有一个人是被魇住了，总也挣不脱那咒语似的镜像。

和卢骥轩一起入党的还有吴幼菊，她的介绍人是周廷三。自从那次出山买枪之后，吴幼菊和周廷三就走得越来越近。现在吴幼菊说起话来，总是不自觉地模仿周廷三，就连向群众挥手的动作都一模一样。她本来就很有革命的热情，加上她是女同志，宣讲革命道理的时候，能够做到刚柔并济、声色俱美，远近的大姑娘小媳妇们，甚至很多小伙子老太太都愿意信服她。因此到了区苏维埃政府成立的时候，年纪轻轻、身体瘦弱的吴幼菊被选为妇女会主席。她虽然看上去弱柳扶风，干劲儿却铆得很足，工作起来非常敬业，常常为一个具体的革命问题思考到深夜。比如为了庆祝区苏维埃政府成立，她花了好几个晚上拟订庆祝大会的节目单，灯油都熬干了几盏。

吴幼菊精心准备庆祝节目，特意从乡里找了几个有名的把式，还从立言小学要来几十名学生，在区苏维埃政府成立大会上又唱又跳地表演了一曲《大别山上出太阳》：

姐在房中绣麒麟呀嗨哟
耳听门外闹纷纷
不知是啥事情哎呀嗨哟
不知是啥事情哎呀嗨哟

用手打开窗户望哎嗨哟
长枪盒子一片鸣
红军起了身哎呀嗨哟
红军起了身哎呀嗨哟

站在革命的前线哎嗨哟

不怕牺牲冲在前
为的是政权哎呀嗨哟
为的是政权哎呀嗨哟

巍巍政府已建成哎嗨哟
就是工人和农人
大家来拥护哎呀嗨哟
大家来拥护哎呀嗨哟

完成民权的革命哎嗨哟
反动势力要肃清
团结向前进哎呀嗨哟
团结向前进哎呀嗨哟

大别山上出太阳哎嗨哟
人民政府人民爱
共产喜洋洋哎呀嗨哟
共产喜洋洋哎呀嗨哟

　　编舞的时候吴幼菊专门找周廷三商量了几次，究竟是让小孩儿打花棍还是叫乡里把式撑旱船。最后决定，老少咸宜，普天同庆，花棍和旱船都搞起来，热热闹闹地耍一回。花棍两头绑上铜钱，打起来哗哗响；旱船呢，结上红绸、扎上红花、插上红旗，跑起来一片红。周廷三笑着对吴幼菊说："我在外面打仗，家里都交给你啦！"他说的是红军到处转战，不断扩大革命根据地，当然也需要有人在苏区搞工农政权建设，但他把"我们"简化成了"我"，又把"你们"简化成了"你"，这就让吴幼菊红了脸。

颊上飞红的吴幼菊怀里揣着十几只兔子，像是被人当场捉住的小蟊贼，她飞快地瞟了周廷三一眼，抿着嘴说："你放心吧。"一甩头发，噔噔噔跑远了。她原先长及腰臀的大辫子早就剪掉了，现在换成利落的齐耳短发，一跑起来柔软的发丝就散开飘飞在风中，像是千万条多情的丝绦，撩拨得周廷三心头直痒痒。

正是山南最美的季节，长空明净，秋染层林，桂花的香气阵阵袭来，在猎猎红旗下，一个新生的西镇发足了力勃然生长。

卢骥轩没跟着周廷三、虞章华他们出去绕着山头打仗，他和吴幼菊一起，按照《临时土地政纲》和"土地问答"等相关规定，把红军田热闹地管起来，在田畴上立了一块高大威武的铭碑。暴动以后，民众拥军、参军的热情高涨，周廷三带领的那支原先主要由旧式民团改编的几十人的小队伍很快就发展壮大为几百人的大部队。家家都有红军，户户都分了田，为了让红军战士们更好地"享受土地革命的胜利成果"，这公田就刻成了一座丰碑，立在通往西镇的路边上。"红军公田"四个大字，出自镇上手艺最好的雕刻师傅之手，一人多高的碑，一望无际的田，红彤彤地连成一片。

竖碑那天，农协、赤卫队、妇女会、少先队、儿童团以及各界群众都从四面八方拥向会场。会场当中，正是那块巍峨的石碑，上面披一块鲜艳的红绸子，在朝阳的映照下光彩夺目。在一片锣鼓声、欢呼声中，几个年轻力壮的小伙子把碑抬到公田旁竖了起来，那碑便迎着朝阳屹立在山脚路旁，像个雄赳赳、气昂昂的卫士那样，从此守卫着劳苦大众经过斗争而得来的胜利果实——土地，凛然不可侵犯。

一方面是穷人欢天喜地，一方面是富户心惊胆战。

富户里面，自然又以周元甫最为豪横。西镇革命一开局就以迅雷不及掩耳之势瓦解了周元甫的民团，可以说是给镇上所有被革命唤醒的民众吃了一剂定心丸。

周元甫的六个老婆，除了结发的正室夫人之外，都愿意被新政府解放。那天在公审大会上，她们表现得也相当激动。三姨太拉着女儿的手，在滚烫的河滩上跳来跳去，哭得泣不成声。她说周元甫凌虐她，连她的女儿也不放过，这些年她们娘儿俩过着不是人的日子，做牛做马，猪狗不如。

三姨太的女儿，也是周元甫的女儿，已经十六岁了，长得还像个十一二岁的孩子。掀起她的衣服来，和脸色一样蜡黄的身体平平坦坦的，见不到青春女子的凸凹有致，倒是能看到深深浅浅的瘀伤和疤痕。河滩上的众人皆哗然。虎毒尚且不食子，周元甫竟然对亲生女儿下这样的狠手，一时群情激奋，如蝗的石块扔到周元甫身上。鲜血迸溅出来，泼洒了他女儿一身。那呆女子任由三姨太牵扯，一会儿被推到周元甫面前，一会儿又被拉到三姨太身后，横竖不吭一声，像只扯线木偶。后来三姨太当众扒开她的衣服，她就痴痴傻傻地立在那里，配合地抡搡着手，好让众人看得更清楚些。那么多的眼睛和嘴巴对着她品头论足，她只是空无一物地嬉笑，笑得分外瘆人。她那对失掉神采的眸子里，似乎既看不到她母亲的泪，也看不到她父亲的血。

这样一来众人便像是在看戏，嗡嗡嘤嘤地交头接耳，有这样说的，有那样说的，有说黑的，有说白的，有说方的，有说圆的，凭空多出好多稀奇古怪的故事来，不过终究没有一个故事使所有的人都满意。大家哄哄闹闹、吵吵嚷嚷，公说公有理，婆说婆有理，鸡同鸭讲，对牛弹琴，谁都说自己的故事最可靠，于是河滩上到处滚来滚去的故事比石头还要多，还要杂，还要乱。

卢骥轩自然也看到了这一幕，这让他心里很不舒服，然而又找不出确切的谬误来。他竖着耳朵把每一个故事都听了一遍，每一个故事都令他感到更加不舒服，几乎忍不住作呕。头顶上明晃晃的太阳照得他发昏，他眯着眼睛看过去，滚烫的河滩上，很多只扑朔的影子虚晃着，看不清面目，幢幢的人影里却没有一张人的脸，这景象好不诡异。他不得不强迫自己稳住心神，把迷离的目光固定在一个焦点上——罪大恶极的周元甫。是的，周元甫是应当被打倒的，三姨太的血泪控诉情真意切，让很多软心肠的人流下了同情的泪水，包括卢骥轩自己也湿润了眼眶。那么，和众人拾柴火焰高的热情一起喷发出来的山呼海啸的愤怒，自然也是可以理解的。只是这种铺天盖地的啸嚣、狂热和颠覆，让卢骥轩瞬间被吞没在一种失掉重心的叵测感里。他像是被一个浪头狠狠打在滩涂上，狼狈地触摸到自己的渺小与无助，仿佛自己也变成了那个可怜的身体蜡黄的女孩子，变成了一枚曝晒在滩涂上的破碎的贝壳。

等到六姨太小兰跌跌撞撞地被人推上来控诉时，卢骥轩的脑袋里还是嗡嗡的如同弹棉花，虽也有一根弦，却分不出宫商角徵羽。周元甫似乎也已经把自己的故事听累了，这个老地主的脑袋软绵绵地垂到裆里，像是在打瞌睡。六姨太的哭声没有三姨太那么高亢激昂，她只是低着头抽泣。说到自己"被逼无奈给人做了小，这都是命"时，她哭得背过气去。即使是这样伤心欲绝，她的哭声也是低沉的，柔柔弱弱，幽幽咽咽，像是要钻到地底下，生出看不见的根须来。她那有情有义的未婚夫再也按捺不住，终于义愤填膺地从旁跳出来，举起一块巨石向周元甫狠狠砸去。

这一回周廷三没有阻拦他。周廷三气定神闲地站在另一块巨石上，以居高临下的姿势俯瞰着汹涌的人潮，发出深长而阔大的叹息。他大约是在叹息自己违背了某种心灵的契约，"如果周元甫不抵抗革命，就给这个颠顶的远房叔叔留一条活路"。谁想到革命的潮涌吞噬一切，他开启了这道洪流的闸门，却无法左右势不可当的潮流——当然这一切只是卢骥轩的无稽猜度，他和周廷三隔得不远，但要看清楚周廷三却要微微仰着头。尴尬的是，太阳正好高悬在周廷三的头顶上，因此他看周廷三的时候，双目刺痛得厉害，头脑中的晕眩也更加厉害了。

那天，几乎被石头活埋的周元甫并没有立刻断气，而是在河滩上苟延残喘地曝晒了一天。没人理他，他像一条死狗一样，被嫌弃地丢在河滩上。等到晚上，周元甫的大老婆和她儿子偷偷摸到河边去，发现周元甫已经救不回来了，也没敢声张。因为白天的时候就有人警告过周元甫的大房，说他们帮着周元甫为非作歹，很不得人心。周元甫的大儿子早已成人，原是要承袭继产的，这时候也不得不夹紧尾巴，做一条俯首帖耳的丧家之犬。相比之下，白同柏的老婆泼辣贞烈得多，她见到白同柏被当场砸死后就哭闹着一头撞过去，两个仆妇没拦住，她就这样脑浆迸溅地倒在了同样是脑浆迸溅的白同柏身边。

区苏维埃政府成立后，六姨太小兰满怀对新生活的向往之情，嫁给了她情深义重的未婚夫，过上了"太阳出来喜洋洋"的幸福生活。只是好日子没过多久就发生了一件不愉快的事——她的未婚夫，也就是她现在的男人，在一次醉酒之后，极猖狂地打了她一顿。她不过是看他喝得烂醉还要馋酒，就伸手拦下了他手中的酒碗。他立刻勃然大怒，劈头盖脸地一巴掌甩过去，一边打还一边鼻子不是鼻子眼不是眼地胡乱骂她："你这小娼妇，伺候自己男人不快活吗？连酒也不给我喝，难道是贴给外头的野男人？你们一家都见钱眼开、财迷心窍，妈的，老子捡了个烂货！"小兰磕掉一颗门牙，愣在血泊里，终于明白自己在男人心中原来早已不是良人。她狠狠哭了一场，半夜摸到流芳桥上，一头栽了下去。

这事叫吴幼菊知道了，怒气冲冲地跑到周廷三的一〇七团去兴师问罪。

小兰的男人当初因为小兰被周元甫霸占，冲冠一怒为红颜，跟着周廷三他们暴动，后来又跟着周团长参加了红军。因为队伍四处转战，他和小兰聚少离多，本该珍惜这来之不易的幸福生活，可他趁着队伍回驻地休整的机会回了趟家，竟然酗酒行凶，无事生非，最终导致小兰投河自尽。吴幼菊认为这是一桩迫害妇女的恶性事件，小兰是被红军解放了，可后来又重新落入了封建主义的牢笼里，而她的男人，正是极混账地充当了封建主义的刽子手，他根本不配当红军。

周廷三他们的队伍刚刚在另一个山头打了一仗，虽说挫败了敌人，却伤了不少弟兄，回到驻地不久就发生这样的事，他也很恼火。吴幼菊让他这个团长给个说法，周廷三只好把小兰的男人从营房里拉出来，抄起马鞭狠答了二十下，以整肃军纪。周廷三说这二十鞭是替小兰讨个公道，不过仗还没打完，反动势力还很猖獗，要留着战士的性命上战场杀敌。吴幼菊怒道："你手下兄弟的性命值钱，我们女子的命就不值钱吗？迫害妇女就是破坏革命，你姑息养奸，做了破坏革命的坏人的帮凶，我再也不要见你！"说完气哼哼地跑了，一连好几天不理睬周廷三。

这事让周廷三和吴幼菊闹得很不愉快，周廷三花了几个晚上的工夫才把吴幼菊哄好，让她相信他绝不是个欺负妇女的坏蛋。吴幼菊是个嘴巴很厉害的姑娘，虽然那些革命道理还是周廷三教给她的，但她说起来头头是道，比周廷三还言之有理论之有据。周廷三说不过她，只好直接动手。他轻咳一声，说："吴幼菊同志，你看！"

吴幼菊不明就里地看了他一眼，然后就莫名其妙地倒在了他怀里。周廷三的手上功夫和吴幼菊的嘴上功夫一样厉害，吴幼菊一下子被周廷三抱在怀里，动弹不得，只好红头赤脸地啐他道："看什么看！你还说你不欺负妇女？"

周廷三只是不放手："我这是保护妇女。"他抱着她，铁箍一般紧紧的，一心想把她化成他胸前的肋骨。

深秋的夜，月色明净，不过山里的风已经很硬了，刮得人脸蛋子疼，吴幼菊把脸埋在周廷三怀里，果然又暖又安心。

吴幼菊和周廷三在小树林里讨论妇女问题的时候，虞章华和卢骥轩也在酒桌前讨论妇女问题。他们面前早已杯盘狼藉，虞章华吃掉了一只烧鸡、一条烤鱼和一整盘肥腻的红烧蹄髈，瓷钵中半只汁水淋漓的清炖老鹅也差不多只剩下了骨架子。卢骥轩的脑袋在他眼中变成了两个，他还要不停地往杯子里倒酒。

卢骥轩大着舌头说："差、差不多了，我头晕。"

虞章华摇摇手说："不、不行，好不容易喝，喝一场，过两天又、又得把嘴扎上。"

他们已经接到上级命令，两天后穿插到四道河去，配合那边的赤卫队搞一次突袭。行军打仗，就算把酒壶掖在裤腰上，也不能开怀畅饮，这让嗜酒的虞章华很扫兴。这是参加革命以来，他唯一感到不满和遗憾的地方。但是他又不能在酒和革命之间做出选择，只好一边革命，一边到处找喝酒的机会。现在他顽固地把持着酒壶，怎么也不肯放下来，晃晃悠悠地又斟满了酒杯。这样一来，卢骥轩只好继续陪着贪杯的虞章华，把那些高度的粮食发酵液不遗余力地往肚子里倒下去。

很快卢骥轩的酒就从肚子里漫上来，沿着食管漫上了喉咙，好像一张嘴就能流淌出泡沫丰富的酒液。可是当他真的张开嘴巴的时候，却发现流淌出来的不是酒，而是醉醺醺的酒话。

"你、你说，你、你们，有钱人，要、要娶几个，几个老婆，才、才知足？"卢骥轩喷着辛辣的酒气，摇头晃脑地抛出黏附在肠胃里的疑问，让虞章华回答他。虞章华的父亲虞连海也娶了好几个老婆，卢骥轩觉得虞章华应该能回答这个问题。刚才他们聊到吴幼菊逼着周廷三鞭答小兰男人的事，又由吴幼菊逼着周廷三鞭答小兰男人的事聊到小兰嫁给周元甫的事，由小兰嫁给周元甫的事又聊到了有钱人对妇女的肆意霸占和玩弄。

"别、别问、问我呀，"虞章华张着嘴，把同样辛辣的酒气喷回到卢骥轩脸上，"我、我他妈，一个老婆，一个，"他伸出一根手指头，在卢骥轩面前晃了晃，"也、也还没工夫娶呢。"

卢骥轩点点头，又摇摇头说："你、你不算，你没钱，你的钱都、都、都是问家里要的……你、你本质上，是、是个无产阶级者。"

"有、有道理。"虞章华咧开嘴巴笑起来，"我、我觉得吧，有钱人娶、娶老婆，那、那就跟、跟赚钱一样，没有、没有嫌多的。"

"不……尊重妇女。"卢骥轩一巴掌拍在桌上，"所、所以，吴幼菊生气了。"

"不、不是，她、她生气，是因为周元甫的老、老婆，被、被别人打了。"

"不、不是，别、别人怎么打，打周元甫的老婆？是他打、打、打自己的老婆。”

两人颠三倒四地讨论了半天，也没有把问题搞清楚，也有可能两人说的根本不是同一个问题。卢骥轩的意思是，妇女也是人，那么她也有人的想法和欲望，如果妇女有了钱，是不是也会“娶”很多个丈夫呢？妇女之所以被压迫，是因为妇女都是无产阶级。这就像穷人被压迫因为他们是无产阶级一样。他一直都在想，如果穷人有了钱，他们也很有可能变成压迫别人的人。这样，“经济基础决定上层建筑”这句话就解释得通了。

虞章华当然听不明白他在说什么，连卢骥轩自己也不明白自己在说什么。他总是这样胡乱想些没用的东西，对于怎样搞土地改革，如何坚决而卓有成效地废除封建半封建的土地所有制，他没有一点建设性的意见，通通都是听吴勖、吴幼菊他们的。

他虽然也是区苏维埃政府委员，却对眼下“实行农民的土地所有制”的革命运动感到迷茫和困惑。他已经知道“农民是最讲实际的，他参加革命与否，不是靠几句动人的口号、讲一通革命的道理就能解决问题”，因此“最根本的是要维护其切身利益”，但他觉得一部分地主和富农也没有那么坏，如果不给他们分田，或者只分坏田给他们的话，假以时日，他们有可能和那些分到很多田、家里壮劳力又多的贫农颠倒了个个儿，成为新的“经济上受剥削、政治上受压迫、生活贫穷、社会地位低下”的农民。

这些话不喝酒的时候他是不敢说的，要是换个喝酒的对象他也不敢说，但对着虞章华他就敢胡说八道。因为虞章华家里的田差不多都被分出去了，铺子也不打算开了。虞寡妇说她养了个白眼狼，她日夜勤作苦扒熬白了头发，不过是为了虞章华；可虞章华倒好，这个挨枪子儿的，把她的心肝脾肺通通从腔子里活活摘掉，半点也不留余地，都掏出去糟蹋干净，她苦撑着还有什么意思呢？

卢骧轩问虞章华，究竟要怎样待他那可怜的寡母。虞章华翻翻白眼，吐一口气说，他自然会好好奉养他的母亲，毕竟她生他来这世上的时候差点死掉。尽管她未经他的允许，便把他带到这个早已腐烂到根子里的世界，但他还是愿意用一点力量来刺激她生活下去的勇气。至于铺子，肯定是不能关的，散在各地的敦本堂都是他们的联络点，所以他还要哄着他母亲，好生看住这些店铺呢。卢骧轩恍然"哦"了一声，暂时放下心来，那么他父亲的账房先生一职还是安稳的。

卢骧轩和父亲卢方伦私下里谈到目前的形势，都是晕头转向。卢方伦只是叹气，倒并没有过多地责怪儿子。这前清的秀才一生循规蹈矩，见惯了日升月落，一心只图安稳。他拉住一时被胜利冲昏头脑的儿子，心有余悸地说："我先前还道你整日里做梦，没头没脑地犯糊涂，现在，我自己也是糊涂了。"卢骧轩劝父亲把心放宽些，卢方伦摇头说："我只担心你们这样不能长久，仗着天高皇帝远，一时管不到这个山头，可普天之下，莫非王土，你们这是担着杀头的罪名哩。"

卢骥轩只好垂首道："父亲说得是，不过那都是老皇历了，您是亲眼看着大清朝完蛋的，眼下的局势，也不好说……我们，嗯，总是在找一条更好的路，并不是一心要往火坑里跳。"这话说得卢方伦一呆。

卢方伦再不能管着卢骥轩，虽然火热的苏区形势使这个没落的前清秀才感到一种极叵测的巨大危险，但眼下似乎全家都要仰仗着卢骥轩那点莫名其妙的政治资本，在新政府里获得合法的身份和稳妥的地位，因而他只能虚弱地叮嘱自己的儿子，凡事要留有余地，老祖宗的道理总是不错的，中庸之为德矣，其至矣乎！也不知儿子听进去几分。先前替儿子在燕子河说下的那门亲事，自然也是不了了之。卢骥轩既一心投奔了革命，连身家性命也不顾了，哪里还顾得上娶亲？老两口儿只得装聋作哑，悻悻然不知所谓。好在革命形势如火如荼，据说燕子河那边闹得也凶，那家人倒不曾讹卢家的彩礼钱，是怕引火烧身。卢骥轩母亲不住地喊阿弥陀佛，也不知老太太是为了那老实可靠的亲家感到遗憾，还是蒙着双眼预见到了什么。

一〇七团又要出去打仗了，沿街都是火焰一样跳动的小红旗，那些挥舞着红旗的人和走在队伍里将要上战场的人一样激动，甚至还要激动些。吴幼菊带着她的妇女会，早早地站在流芳桥上欢送队伍。这些解放了的妇女摇旗呐喊。队伍经过的时候，有人大声地喊："哥哎，你安心去打仗呀，家里有俺哩！"

又有人扯了嗓子喊："他爹，你好好打仗呀，俺孩儿都说他爹是大英雄哩！"

还有人又哭又笑地喊："儿呀，上了战场你莫慌呀，咱手里也有枪哩！"

吴幼菊喊的是："周廷三，你早去早回，镇上的妇女都需要你保护哩！"

周廷三骑在一匹高大的白马上，鲜红的辔头惹人耳目，吴幼菊一喊，他就笑嘻嘻地回过头来，朝流芳桥上的吴幼菊招招手。两人的目光碰在一起，两双眼睛里都遥遥地盈满了笑意，好像他这一去，不是去打仗，而是去求取功名，回来就要迎她进门。金榜题名，洞房花烛，他是天底下最得意的男人。

一旁骑着匹红鬃马的詹凤佐拿胳膊肘虚拐了他一下，揶揄地努努嘴："哄好了？"

周廷三在马背上摇头晃脑地嘻嘻笑："那还用得着哄吗？吴幼菊同志的觉悟是很高的。"

现在他俩搭档，一个是团长，一个是副团长，一个有勇，一个有谋，连县里的保安大队都知道一〇七团不好惹。鲍平安还说："周廷三连周元甫都一锅端了，真他奶奶的无毒不丈夫！遇到这头六亲不认的'老虎'，识相的还不得绕着圈子走？"附近的几个民团头子也都商量好了似的，只弹压农协闹事，绝不与一〇七团正面冲突。上面若是问起来，就说实力悬殊，无论剿共还是缉共，都要求国军支援。都知道一〇七团的周团长，黄埔四期毕业，三头六臂，悍勇无匹，人送外号"周老虎"。老虎屁股摸不得，鲍平安他们都是聪明人，自然不会抄后路来摸"周老虎"的屁股。西镇的形势一片大好，尚未有"返乡团"大规模地杀回来，也与此有关。

老百姓过日子，但求安稳，哪怕是暂时的安稳。现在既不用缴租子，又不用给地主老爷扛活儿出力，流的汗全都浇在自己的地里，哪有不舍得流汗的？就是那些扛着枪出去流血的，也是心甘情愿。因此西镇上的人都喜笑颜开，除了虞寡妇这样的，家里有些浮财，难免心惊肉跳。不过虞寡妇这样的到底不多，那些知道自己成了别人眼中钉的富户，早收拾细软逃了出去。至于搬不走的房子和地，共产也就共产了，到底是人比房和地重要。那些富户走的时候，仓皇如丧家之犬，照苏维埃政府和人民的说法，是"屁滚尿流地逃跑了"。西镇变了天之后，一下子天高地阔，吴勖、吴幼菊他们都忙得很，唯独卢骥轩常坐在河边发呆。

这天西镇来了个姑娘。

卢骥轩坐在河边，看到那姑娘从流芳桥上走下来，又径直朝他走过来。西天上云蒸霞蔚，烧得他一阵恍惚，以为那姑娘是从天上走下来的——西镇上可没有这样好看的姑娘。她的裙子质地很好，长长地拖曳到脚踝上，头发也是长长的，又黑又亮地拖在身后。而西镇的姑娘，大多都像吴幼菊一样，把蓄养了多年的辫子剪掉了，穿短短的对襟褂子。她们一律短发短衫，行止利落，走起路来像一阵风。

当卢骥轩看清楚姑娘裙子上精美的刺绣和胸前镶满珠翠的压襟时，姑娘已经迤迤然走到他面前。那距离近得很，只要伸伸手臂便能将他推个跟头。他被这个想法骇了一跳，脸色也变了。她不知他为什么突然红了脸，心里感到奇怪，不过那也没什么要紧的，她浑不在乎地朝他喊了一嗓子："哎，我问你，你们西镇现在全都共产了吗？"

卢骥轩一怔。那姑娘笑起来，说她一路看过来，西镇果然跟先前大不一样了，那么虞章华他们是成功了。卢骥轩问她怎么认得虞章华的，她老实不客气地说，虞章华做过她的俘虏。这一来卢骥轩心里就有数了。他一口就叫出了她的名字："王春芳！"这下轮到王春芳怔在那里。

王春芳来西镇是因为她怎么也说服不了她爹王大花鞋和她哥王秋林。他们都是茅坑里的石头——又臭又硬，加上我行我素惯了，受不得拘束，任她说破大天去，他们也不愿意率众出谷参加热火朝天的革命。她爹王大花鞋还说，功名利禄全是狗屁，没有功名利禄支撑的所谓"理想"更是狗屁不如。王春芳一气之下就偷偷从花剪径跑了出来，决定和虞章华一起在西镇实现共产主义。这正是她爹说的那种"狗屁不如的理想",大而不当,往而不返,除了滚烫的决心之外,一点也没有实际的用处,她自己却被感动得一塌糊涂,无限的柔情蜜意里包裹着一颗火热的芳心。

卢骥轩告诉她,虞章华不在西镇,他跟着队伍去四道河了。王春芳有点扫兴,但很快就调整好心情,决定踏踏实实地留在西镇等虞章华。因为吴幼菊告诉她,队伍很快就会回来,这里是他们的家。妇女会主席吴幼菊一听说王春芳的事,就兴兴头头地找了来,拉着王春芳问长问短,重点问到了王春芳有没有受人欺负的问题。王春芳说没有人欺负她,她不过是和她爹爹、哥哥吵了一架。吴幼菊问她为什么要和她爹爹、哥哥吵架。王春芳说她爹爹、哥哥不同意她和虞章华好。吴幼菊就回过头来对卢骥轩说:"你看,我说的吧,妇女解放是个多么迫切的问题!"卢骥轩只好表示赞同和支持吴幼菊的观点,抿着嘴直点头,心里却想,王春芳可是个女匪,她怎么会受人欺负?她欺负别人还差不多。

既然来到西镇,难免入乡随俗。王春芳学着吴幼菊的样儿,也把乌黑油亮的长辫子剪断,扯掉繁复累赘的绣花长裙,换上粗布短衫,走起路来像刮过一阵风。这样她就和吴幼菊她们一样,成为西镇的姑娘。她一惊一乍地说她在花剪径的时候也喜欢一身短打,还以为到西镇来得好好地打扮打扮,原来西镇的姑娘早就和以前不一样了。她上次来西镇，还是正月里。那时的花灯好看得紧，她左看右看，前看后看，看什么都欢喜，谁想到凭空跳出来一个虞章华，一口秽物全吐在她的新裙子上，她心疼了好久。这一回，她想着来见虞章华，心里又是十分的欢喜，托人买了新裙子，漂漂亮亮地穿来西镇。没承想西镇变了天，女子居然不以长裙为美啦。她两次来西镇，两次都穿错了衣裳。

　　吴幼菊哎哟哎哟笑得肚子疼，拍打着王春芳说这丫头口无遮拦，全无女子的羞臊，不过这正是她吴幼菊所喜欢的女子的模样。她们妇女会，就是要把全西镇的姑娘媳妇们都塑造成新社会的女子，既不听父母之命媒妁之言，又不用躲在闺房里描眉绣花诵读女德，而是像王春芳这样，喜欢什么便大胆地说出来，为自己的幸福做不屈不挠的斗争。王春芳听吴幼菊这样说，心中越发欢喜，一迭声说自己来西镇是来对啦。她原先还以为虞章华奇奇怪怪的，万人之中也未必有一个像他那样抱有无穷稀奇古怪的想法，原来西镇的年轻人都是这样。她很愿意跟他们一起，创造一个人人平等、文明进步的新世界。

　　王春芳变成西镇的姑娘以后，还大大方方地去敦本堂见了虞寡妇。她本来胆子就大，加上吴幼菊陪着她，她见到未来的婆婆，一点也不胆怯。

　　彼时，逞匹妇之勇的王春芳是这样对虞寡妇说的：虞章华在花剪径的时候就允了她，将来要娶她过门，因此她才铁了心跟他在一起。她不怕跟她爹爹和哥哥做下对头，只怕虞章华变心。在花剪径的时候，虞章华有一次酒后对她说，他以前喜欢过别的女子，她心里就很不舒服。她还从来没有喜欢过别的男子呢，这样虞章华就算占了她的便宜。她之所以到西镇来，就是要做虞章华"喜欢的女子"，而不是"喜欢过的女子"。

虞寡妇愁眉苦脸地听王春芳自说自话，不置可否，等她说完了，才有气无力地搭一句："他的事，我管不了。"

王春芳听到这话，反倒放下心来，居然喜滋滋地接口道："不用您管，您等着抱孙子吧。"

虞寡妇点点头，闭上眼睛，像是耗尽了力气似的，颤悠悠地说："好吧，恶人自有恶人磨，我也操不上这份儿闲心。"

原本吴幼菊还准备帮着王春芳说几句硬气话。她是妇女会主席，最关心妇女问题，担心虞寡妇是个老封建，不同意王春芳和虞章华在一起，现在看来，这担心有点多余。从敦本堂出来，吴幼菊对王春芳说："虞章华以前名声是不大好，但现在他和周团长在一起，已经找到了正确的方向。他们周团长非常支持妇女工作，如果虞章华敢变心，我们就去找周团长，看他还敢不敢！"

王春芳惊讶地说："原来现在西镇是这样的。"

吴幼菊没明白她指的是什么，王春芳解释说，她来之前以为找到虞寡妇，她和虞章华的事才作数，没想到虞寡妇两手一推说管不了这事，原来这事归周团长管。吴幼菊听罢哈哈大笑，说周团长管的事多着哩。

周团长外号"周老虎"，顾名思义，那便是山中之王，吴幼菊说虞章华不过是周团长手下的一个兵，周团长发一句话，他不敢不听。王春芳听得半信半疑，她认识的虞章华天不怕地不怕，再大的官也不放在眼里，并且还要推翻压在民众身上的三座大山哩！其中的一座，便是官僚主义，他怎么会只肯听当官的话？吴幼菊就耐心地跟她解释，说此官非彼官，这个周团长，是带领西镇人民闹革命的长官，因此民众都很拥护他，他说的话，可以当作革命的指南来学习。虞章华是真心实意地佩服周团长，才肯听他的话，这和以前的老百姓不得不听那些作威作福的官老爷的话大有不同。

吴幼菊拿出自家的熏鸡、腊肉来招待王春芳，王春芳还是感念吴幼菊的情谊的，加上她在西镇人生地不熟，找个说话的人也难，因此两人十分亲近。吴幼菊待客热情，有什么好吃的都一定要让王春芳尝一尝，生怕王春芳不知她西镇革命成功后丰衣足食的好光景似的。那眼药膏烤鲤鱼最是稀奇，不过王春芳不喜鱼腥气，吃了几口便放在一边，要不是吴幼菊说这道稀奇古怪的菜肴是虞章华的"发明"，她连这几口也吃不下。那桂花蒸栗子却让王春芳爱不释口。新打的板栗拿干桂花上屉蒸了，配上农家的野蜜，香软甜糯，入口即化，简直一食难忘。王春芳在花剪径时也不缺新鲜栗子吃，但那都是炒着吃、煮着吃，从未尝过如此的美味。她一吃便喜欢上了，自己勤学了来做，揣一把放在怀里，随时剥来吃。这甜蜜的味道让她权且忘却了对虞章华的思念，或也可以说，这让她对虞章华的思念散发出更加甜蜜诱人的味道。

王春芳留在西镇，跟教她做桂花蒸栗子的吴幼菊热火朝天地干上了革命。不过她有自己的想法，这只是暂时的，等虞章华回来，她就和他成亲，以后他去哪里，她就去哪里。她知道虞章华现在是在部队上，那么她就跟他到部队上去。虽说他们队伍里到目前为止还没有一个女同志，但她觉得自己和其他女子不同，她八岁就骑在马背上舞刀弄枪了，论力气，她不比男子弱；论枪法，她比虞章华准得多。现在，既然虞章华还没有回西镇，她就和吴幼菊一起敲着花鼓，唱着山歌，到西镇街头，到四邻八乡去宣传共产主义政策，维护革命秩序。

西镇解放以后，周廷三、詹凤佐他们为了安定群众，宣传红军，决定发布一些规定和布告，例如：保护工商业正当经营、逮捕逃亡的地主豪绅等。因为乡民大多不识字，区苏维埃主席吴勖就提议由吴幼菊她们把安民告示编成顺口溜，打着花鼓唱遍红色苏维埃。王春芳来西镇以后，一面学做桂花蒸栗子，一面学唱革命歌曲，很快就学会了这套宣政安民的花鼓调。她嗓子亮，气息稳，吆喝一声，翻个山头都能听到，加上模仿力很强，所以唱起来一点也不比吴幼菊差，甚至水平还高出一大截子：

> 照得我军宗旨，实为解救贫民。
>
> 军行所到之处，纪律各戒严明。
>
> 勿信反动威吓，在外受冻受惊。
>
> 凡我工农学友，各自回里安身。
>
> 一切枪支弹药，俱以缴送红军。
>
> 如有瞒藏不报，视为反对革命。
>
> 没收反动财产，一律分给贫民。
>
> 以此明白布告，望请善自为尊。

有一次王春芳和吴幼菊去南汇乡搞宣传，走到洪家祠堂门口，见有个女人鬼鬼祟祟地匿在门前的鸡爪槭下探头探脑，神色可疑，吴幼菊抬腿便要进去查看。王春芳提醒她小心点，吴幼菊大大咧咧道："没事，这可是苏区，还怕反动派吃了我不成？"王春芳没拉住吴幼菊，只好由着她愣头愣脑地往里冲。

吴幼菊刚跨进门槛，门后就闪出一个手执大刀片的男人向她"呼"地砍过来。说时迟那时快，王春芳一个箭步猛身上前，扯开吴幼菊，飞起一脚踢在那人的手腕上。闪着寒光的大刀当啷落地，花容失色的吴幼菊这才反应过来，连滚带爬地翻出门槛高声呼喊道："有白匪！快来抓白匪呀!"

　　闻信而来的其他宣传队队员和革命群众迅速包围了洪家祠堂,活捉未肃清的团匪三人。大家将望风的婆子和几个白匪绑了,团团围在祠堂前的鸡爪槭下审问。那鸡爪槭色艳如花,灿烂如霞,几株便能连成一片,烧得四面云蒸霞蔚。祠堂门口栽了一排,红红火火地将一片白地烧起来,此时此景,正和这场史无前例、声势浩大的群众运动相得益彰。几个反动派淹没在群众激愤的声讨中反抗不得,俱低下头来痛哭流涕地认了罪,表示要将一颗白心剜出换作红心,众人都拍手称快。唯吴幼菊拍着胸口心有余悸道:"幸亏春芳心思密,功夫好,救了我一命。我要和王春芳结拜为姐妹,从今往后,王春芳的事就是我吴幼菊的事,谁要是敢欺负王春芳,我吴幼菊绝对不会放过他!"王春芳呵呵笑,周围的革命群众也都呵呵笑。

　　王春芳笑是因为她已经知道了吴幼菊和周团长的关系非同寻常,那么她和虞章华的事就算是板上钉钉了;周围的革命群众则是笑吴幼菊净说漂亮话,她从小娇生惯养,除了脾气大之外,什么也拿不出手。但是她有一个好脾气的哥哥,她哥哥吴勋待人和气,见到人总是笑眯眯的。吴勋五短身材,像个秤砣,平常不轻易说话,说起话来,却不容小觑,句句都有分量。他还不是区苏维埃主席的时候就肯帮人,现在更是和贫雇农打成一片。

　　春荒时候断炊,吴勋组织农民向地主豪绅进行借粮、均粮斗争，在西镇是家喻户晓的。他家算是富农，按说官商大贾囤积居奇，粮价一日三涨，他家的日子倒并不如何难过，但那么多贫民卖儿鬻女、逃荒要饭，他看不过眼，就主动挑头，带着一帮吃不上饭的农民兄弟到地主家先宣传后借粮。那些好说好借的也就罢了，若是不听宣传，拒绝开仓借粮，那么他们就把冥顽不化的地主带到农民协会进行"会商"。吴勖他们大多都能"会商"成功，所借粮食由农协统一出具，统一分配，皆大欢喜。只有一次，遇上个姓朱的大地主，仗着是周元甫的亲家，油盐不进，软硬不吃，吴勖一气之下带着断炊的农民破仓分粮，跟朱地主结下个大梁子。那朱地主在当地也算是一霸，哪里肯吃这样大的亏，连惊带吓地煎熬了一晚，终究是意难平，第二天一早便找周元甫来了。周元甫听亲家发了一通恼火，儿媳妇又从旁哭得泣血椎心，比死了老娘还要凄惨，他这做公爹的磨不开面子，便派人把吴勖抓去，吊在梁上狠狠打了一顿，说是小惩大诫。要不是后来别处的"除劣绅摸瓜队"干掉几个土豪劣绅，传出"黑杀党杀人"的风声，料想吴勖还要再吃些苦头。

　　一〇七团成立后，吴勖留在地方上工作，也是周廷三的意思。照山南特委的部署，兵工厂和红军医院的筹备工作都需要尽快开展起来，培训地方武装骨干、扩充农民自卫军武装力量也刻不容缓。这样，吴勖的担子并不比周廷三他们扛枪打仗要轻哩。

这天吴勖正在“招兵登记处”检查工作，周廷三的父亲满头大汗地找过来，连说“不好了，不好了”，鲍平安给他带了话，要“先文后武”，西镇怕是要出大事。吴勖忙问周父是怎么一回事，周父说县里接到省主席的手令，限期剿灭当地红军。鲍平安派了人来周家封官许愿，劝降招安，若是周廷三不降，休怪他不念乡党之谊。这回鲍平安可是背靠大树，胆壮气粗，县保安大队配合国军主力对根据地进行南北会剿，别说是西镇，整个山南的根据地恐怕都凶多吉少。吴勖凝眉道：“周老爹，廷三是什么脾气，你比我清楚，咱们急也没有用。”周父顿足：“是啊，廷三他们到底啥时候回来？”吴勖直挠头，说：“该回来的时候，自然就回来了。”

也不知是秤砣样的吴勖压得住阵脚还是怎的，反正西镇平安无事。

因蒋冯军阀大战，原定南北会剿的国军第四十八师被抽调到中原地区。第十三师某部进入根据地没几天就遭到红军和赤卫队的迎头痛击。红军利用地形优势诱敌深入，国军损失惨重，不敢在苏区逗留，随即撤离。周廷三他们隔着山头打了几个漂亮的胜仗，转回西镇的时候，秋天刚好收束在第一场雪被下。

雪花一片片落下来，山头变白了，村庄也变白了，就连镇上的流芳桥，也铺盖上厚厚一层白雪。全镇都在雪被下睡得安安心心、暖暖乎乎。清早起来，桥洞下挂着尺把长的冰溜子。桥面上，第一个人踩上去，咯吱咯吱的，第二个人踩上去，还是咯吱咯吱的，不知道多少人踩过以后，就变得光溜溜的，再有人上桥、下桥，就得小心翼翼。卢骥轩走得小心，他怕自己摔在地上。他这前怕狼、后怕虎的性子，实在让人着急，若是虞章华在，一定又要教训他，不过这会儿虞章华顾不上他。

红军都是好样的，没多久的工夫，县城也给打下来了。虽说一〇七团没参加那场总攻，但周廷三、虞章华他们也没闲着，一路东征，收编了两个民团。卢骥轩在西镇一直替他们捏着把汗，听到"周老虎"和他的"老虎团"的故事，就兴奋得几天几夜睡不着觉。吴幼菊和王春芳听说一〇七团打胜仗，还只是高兴；他呢，是狂喜，有时候甚至喜极而泣。他也不知道自己眼窝子怎么就这么浅，遇到什么事儿，高兴的还是不高兴的，都作兴哭一场。哭一场，心里才舒服。

好在他哭的时候没人看见——他晚上睡不着觉，裹着被子翻来覆去，想到"老虎团"就心潮澎湃，越想越睡不着，好像自己没能跟着周廷三、虞章华他们出去打仗是一场特别浩大的遗憾。但他是不可能去参军打仗的，他父亲说了，好男不当兵，好铁不打钉，越逢乱世，越不能当兵。这是古训，也是父亲对他最低的要求。

他拿脚量了量，地上的积雪足有两尺厚。有些地方还没有被人踩过，那里就显出尚未开垦的洁净和纯白，白得晃眼，叫他舍不得踏上一脚。可他又管不了自己的脚，忍不住要往那片白上踏。他尤其喜欢这时候的河滩，看上去白得没有一丝杂质，使他的心也变得宁静和洁白。他蹚着雪走过去，站在一片银白的河滩上，看见白色的天空和白色的大地融为一体。

队伍上为了加强思想建设，解决党内、军内存在的缺乏马列主义革命理论的问题，由政治部编写、翻印了《马克思主义》和《列宁主义》几本小册子，党代表张子诚也送给他们地方上一些。虽说当年在立言小学就秘密接触过马克思主义，但现在看到这些广泛印发的马列读物从地下走到地上，还是使卢骥轩感到由衷的兴奋。曙光，终于越过了那道地平线！他读到"无产阶级革命与殖民地民族运动"，读到"无产阶级专政与农民"，读到"反对机会主义与盲动主义"，读到"新经济政策和军事共产主义"，不觉手舞足蹈，喜上眉梢，他心里是那样的亮堂，那样的欢欣鼓舞，参军的想法也就愈加强烈，简直凶猛得不可阻遏。

他把这些小册子和山南特委下发的《告西镇全体同志书》拿给父亲读，父亲略读了几页，读得瞠目结舌，皮里阳秋。卢骥轩也不说话，盯着父亲的脸色，不声不响地在一旁立得端正。父亲看看他，又读了一遍，这遍读得仔细得多。读时脸色阴晴不定，有时叩着桌板直呼"荒谬"，有时又若有所思地用手指蘸上唾沫翻着页说"此处也有几分道理"。到后来，父亲终于缓缓地抬起头来，勉强同意"冲破地域保守观念，以争取新的胜利前途"是有希望的，"共产党的建设"也使他原先"兵匪一家"的观念动摇起来，从而有所保留地相信，红军不大会像国军那样，变成"合法的土匪"。卢骥轩遂决定，去"招兵登记处"报名参军，和周廷三他们一起打出去。他知道一〇七团已经接到了命令，南下作战，威逼长江，牵制敌人，巩固阵地向前发展，以配合中央根据地的反"围剿"斗争。

下　部

木有枝兮

第六章　轩辕台

　　1934年冬是个难熬的冬天。

　　这一年，几乎是第一阵秋风刚刚吹起，大别山就进入了严酷的寒冬。山和树和人都静默着，蛰伏着，在风雪中艰难地等待着未知的春天。

　　雪花大如席，吹落轩辕台。凛冽的西北风飕飕刮着雪片，卢骥轩抱着枪靠在一个雪窝子里，强打精神，却总也不能把目光集中到一个焦点上。过了一会儿，四周还是没有动静，除了风吹雪落，万物都睡着了似的，这样的天气，连小动物也不肯出来觅食了。他渐渐垂下眼皮来，一直紧绷的神经已偷偷做了逃遁的准备，可又猛的一个激灵，不知从哪里来的振奋，把眼睛蓦然睁大。

　　困在山上的县委机关和游击队都濒于断炊，伤员的口粮尚且不能保证供给，全须全尾的游击队队长卢骥轩肚子里更是没有一粒米。这使他感到非常羞愧，倘若虞章华还在，总能给他们搞到一点粮食和药品。可是现在，全排的人都指望着他，他却一点办法也没有。

　　敌人利用暴雪封山之际大搞"雪地搜山"，筹粮变得愈加困难。白天是最危险的时候，卢骥轩不敢眨眼，万一遇上搜山的敌人，如果来不及撤退，他身后的伤员一个都跑不脱。吴幼菊跟他说，放心吧，如果敌人来了，她们就算爬，也要把伤员都背在身上。卢骥轩很感动，这些姑娘跟着他，吃野菜，嚼草根，穿密林，卧冰雪，在饥馑和苦寒的撕咬下面黄肌瘦、瑟瑟发抖，身体里却仍旧潜藏着惊人的能量与热情。他不禁难过地说："我，我对不起你们……"

吴幼菊一甩头发，斜眉瞪眼地打断他："这是什么话！"

红军主力部队北上长征后，留在山南的这支队伍被反复"清剿"。为牵制敌人，县委在组建山南游击大队的同时，将地方党政干部中的女同志、原红军医院的部分护士和红军家属三十余人编成妇女排，由县委委员卢骥轩具体负责，坚守在轩辕台。卢骥轩是妇女排中唯一的男性，这让他不仅感到责任重大，而且动不动就会生出莫名的负罪感。

吴幼菊她们倒是劝他，现在白匪剿的是红军，并不独独是我们妇女排，大家都没有吃的，凭什么我们妇女要搞特殊？话是这样说，可卢骥轩心里还是不得劲，他宁愿自己挨饿，给姑娘们搞一点特殊。可眼下的情况，就算他把自己饿死，姑娘们也吃不上一口粮食。他一想到这儿，就恨不得拿枪托敲自己的脑袋。心里总有个声音，钢丝一样绞着他，偶尔撑不住，想打个瞌睡，那声音便陡然冒出来，吓他一跳。他那莫名其妙的睡症算是彻底痊愈了，现在他总是睡不着觉，有时候上下眼皮一沾，便吃痛似的弹开来，强迫自己盯着对面随时有可能带来灭顶之灾的危险的雪地，两眼只是茫然。

那段日子遇到了太多的杀戮，不独独是卢骥轩他们的人遭毒手，他们的敌人也不好过。每天都是杀人放火，谁也不肯服软。就这样，你杀过来，我杀过去，山上也没有一处干净的地方，到处都是呛人的血腥味儿，到处都是冲天的火光。

他原本是个软心肠的人，这时候也一点点变得硬起来——要是不把心变硬，日子简直没法过下去。他哭着埋了周老爹，埋了吴勋，后来还埋了周廷顺。那个嘴唇上还没有来得及冒出胡髭的少年，牺牲的时候把自己站成了一棵树。树梢冒着烟，行刑的还乡团说是点天灯。这样的酷刑用在一个孩子身上，他想一想就觉得自己的肝肠都一寸寸地被生生扯断了。什么样的禽兽才能做出这样的事呢？可是，终究还是发生了，他赶到的时候只能替这孩子收尸——周廷顺是道区儿童团骨干，为保卫苏维埃献出了年仅十三岁的生命。

起先遇上不幸的事情，卢骥轩还会哭一场，可是他的眼泪没有换回任何人，所以到后来，他再也不哭了，只剩下心底里深深浅浅的痛。

他抱着枪靠在雪窝子里的时候，还会想起周廷顺那张红苹果似的小脸。那小脸红通通的，总是晕染着兴奋的潮红，它就像是向日葵的花盘，永远朝着太阳的方向。那是近乎本能的图腾，起初是从哥哥们的身上懵懂地看到一种喷薄的力量，后来慢慢地，随着形势越来越严峻，斗争越来越残酷，那被唤醒的孩子把自己全部的生命都拿来投入勇敢的战斗了。他们这些孩子呀，是时刻准备着做将来的主人的，因而把参与这场伟大的斗争看作自己应尽的本分。

事实上，在苏区，没有孩子是绝对安全的。

所有七到十六岁的孩子都有一根四尺长的红木棍，他们站岗放哨，盘查往来路人。如果你没有介绍信，想走进任何一个村庄，都会先被他们押送到当地的苏维埃政府。就算是最宁静的乡村的夜晚，孩子们也不肯疏忽自己童子团员的责任。他们悄悄地摸到村头屋后，组成"听话队"，躲在某个可疑人家的墙根儿下，偷听这家人是否说了反动话。对于那些逃跑的反动派，他们更是比大人还要警觉，因为他们的职责就是搞到反动派是否在夜间偷偷潜回村庄的情报。除此之外，孩子们还很认真地反对浪费，禁止烟酒；反对封建迷信，禁止烧香烧纸；他们锻炼身体，积极参加少年先锋队，捋袖高呼"打倒土豪劣绅，打倒反动走狗"的口号，把红旗插遍村落山冈。

卢骥轩很清楚地记得周廷顺带领几百个孩子高呼口号

的样子，那振臂一呼应者云集的场面，简直和周廷三领导暴动时一模一样。

西镇暴动后没多久，区苏维埃和十三个乡级苏维埃政府相继成立，周廷顺毫无悬念地被推选为西镇儿童团大队长，一时麾下集结有数百名和他一般活蹦乱跳的队员。与他大哥周廷三的一〇七团不同，周廷顺他们童子团的装备不是闪亮的钢枪，而是涂成赤红色的木棍。在西镇儿童团成立大会上，手执红木棍的周廷顺跳上几张方桌拼凑成的临时讲台，虎虎生风地挥起了胳膊："各位兄弟姐妹，俺们童子团成立了，每个童子团队员，不再是父母面前的淘气娃，而是革命队伍中的一分子……"三百多个孩子和他们的父母站在台下，欢声雷动地拍着巴掌，让周廷顺扬起的小脸上迸发出夺目的光彩。那些借着送孩子的名义赶来看热闹的成年人，还从没有见过这样能说会道的娃娃，你看他站在台上侃侃而谈，把"穷人为什么这样穷，富人为什么这样富"说得透彻明白，让很多一辈子蒙了双眼苦作的大人也被撩拨得心明眼亮。有人叹道："俺家的娃娃什么时候也能这般有出息哟！"便有人拿来当笑话："呔！你也配？那是周家的娃娃哩。"

周家的娃娃，似乎天生就是领导者。他们对于革命有着极敏锐的触觉和超前的理解，使卢骥轩这样时常犯糊涂而不够纯粹的人感到惭愧。

等到周家的老二和老三回乡，正赶上主力红军整编发展，他们也扛着枪走了。周家那间狭小局促却孕育了西镇最初的革命种子的榨油铺，只剩下一老一少。

由于当地如火如荼的革命形势，地方豪绅联名致电国民党反动派中央政府，恳求"立震天威，火速调军痛剿，以遏乱萌，不胜急切待命之至"。保安大队长鲍平安在城门口开了"人肉铺子"，两把嗜血的铡刀，每天都要铡死十余口人。他恶狠狠地放出话来：凡是不想好好过日子，一心跟着共产党犯上作乱的，早晚拉来他的"人肉铺子"——喂刀。按周老爹的意思，世道不太平，孩子他娘走得早，他靠一间榨油铺养大四个孩子，度荒躲灾，已是天大的福气，从没想过要满门忠烈。只是孩子们大了，心思也大，他拦不住，要想后悔不该借债送他们出去念那么多书，却也是不能了。他一辈子并不识字，家里却藏着成摞密密麻麻的文件。孩子们干着杀头的差事，他也怕，不过当西镇沦为炼狱之后，他已经没有时间去害怕了。

这一天的太阳是黑色的，似乎还没有升起就已经含恨死在当空。不知道被进剿了多少次，铺子早就开不下去了。镇上的人家，哪一家没有被烧掠过呢？周老爹稀疏的白发几乎可以数得清根数，但还勉强覆在头皮上，他自嘲地笑笑，哈，像是剿而不灭的几粒火种。革命的道理，他也晓得几分哩。仲秋的田野一片疮痍，无人耕种和收获，"劫耕牛""毁青苗"，那些被浪费在季节里的种子都沉睡在土地深处。除了等待还能做什么呢？

在马叉河，"跑反"的周老爹被"铲共队"逮住了。

其实他是不想跑了。这样的日子使他厌烦，他总是在跑，往山上跑，往河边跑，往林子里跑，往无人的地方跑，跑得上气不接下气，跑得把隔年的陈谷子烂芝麻都呕了出来。他一面想着从前贫瘠的安稳，一面把那些密密麻麻的文件藏好，手脚哆嗦得像是并不属于自己。他将文件藏得很妥帖，就算白匪把他的房子再烧一遍也不怕。他花白的头颅迎着风抖得厉害，看向旷野里黑色的鸦群。

他与它们对视着，摊开手脚，祖胸露腹地躺在大地上，以这种精疲力竭的回归，来拒绝仓皇的日子里无休无止的"跑反"。活了大半辈子，他似乎还没有搞明白自己身处的这个世道。那些人对他张牙舞爪，向他逼问情报，他说不出来。他只是个不识字的老头儿，本本分分地做一点小生意罢了。啥是情报呢？他的三个儿子都是共产党，这算不算情报？就是小四子，那个还没来得及长开的小不点儿，也和共产党脱不了干系。儿大不由爹，他们做的事他并不懂得，但因为他们都是他的儿，他自然是贴着心头护着，就像保护那些看不懂的文件一样。保护好党的文件，就是保护好他的儿了。这一年秋风起来的时候，他们都走了。走得好，越远越好，他一直替他们捏着把汗，这回把怦怦跳的心放进肚子里吧，他闭上眼睛，皱成一团的脸上有了笑模样……

卢骧轩埋周老爹时，简直被那笑魔住了。

接连好多天，他脑子里都是周老爹皱巴巴的笑容。

卢骥轩走到西镇的小街口，向东转，走两百米，左首边，打着黑色棉布帘子的那家就是周记榨油铺。他看着已经是一片废墟的那处所在，两只拳头捏紧，指甲深深抠进肉里，却不觉得疼。这里太熟悉了，坐河朝山的当街铺面，屋后是紧靠河沿的两棵茂密的椿树，若是同志们来，顺着一处狭长的厕所由后门进屋，来去皆可掩人耳目。周老爹做生意时总要支棱起耳朵，打起十二分精神——革命，毕竟是没本钱的买卖，屋后这些迎来送往的秘密行为，若被当局拿住，下场必是血溅五步。然而老头儿还是极认真地为他们站岗放哨。他们走时，他也总是笑眯眯地关照："慢走。"

卢骥轩记得老头儿的那声"慢走"，还有他塞进自己怀里的半包点心，温温热热的，似乎还带着刚起锅的热乎劲儿。然而永远不会再有那样的情景了，他禁不住潸然泪下，滚烫的泪水滴到襟子上，很快被西北风吹得冰凉。

又是西北风，刮得凛冽而薄情，在白地里旋起一阵雪沫，迷住卢骥轩的眼睛。他抬手抹了一把脸，结果把脸上抹得湿漉漉的。

山上能吃的都抠挖出来吃了，现在只剩下满山的雪。他抓了一把冰冷的雪塞进嘴里，咯吱咯吱地嚼起来。那味道又凉又涩，透出一股埋葬一切的凄苦。不远处，王春芳压着嗓子在唱歌："山沟石洞是我房，树枝稻草盖身上，山菜野果能当粮,三天不吃打胜仗……"她的嗓子好,唱起山歌来婉转悠扬,伤员们都爱听,缺医少药的时候甚至能用来镇静止痛。但是现在,山菜野果也早就没得吃了,她的声音有些嘶哑,细听起来,似乎还能听得到嗓子眼儿深处因焦虑和忧愤而迸溅出来的缕缕血丝。

王春芳不是西镇的姑娘,但这几年她和西镇牢牢地黏附在一起,甚至有了入血入髓的关系。她的西镇口音越来越地道了,外人简直听不出分别来,还以为她是土生土长的西镇人。要是有人问起,她就大大方方地说,她是西镇的媳妇儿。再问她是哪家的媳妇儿,她便咯咯地笑起来,说是老革家的。"老革家,晓得不?全西镇没有不认得我的。"她笑得灿烂,眉眼弯弯,闪着光华,在好看的脸盘上画出一对喜庆的鹊桥,好像真有那么回事儿。她说她嫁给了革命,卢骥轩不知道那是因为爱,还是因为恨。说起来,他和她倒是一直在一起工作,比她和虞章华在一起的时间还要久些。

那年一〇七团南下,卢骥轩没有跟着部队走,因为虞章华被抽调到三里坡刚刚筹建的军需处,他也被点了将。虞章华打仗差点火候,他天天喝酒,喝得眼花手抖,拿枪的时候尤其控制不住自己,越想瞄准目标,越是抖得自己眼晕心慌。为了不让虞章华这毛病耽误革命,张子诚推荐他去军需处报到,专门负责一条供给线,也算是人尽其才、物尽其用。上级信任他,长枪不让他摸了,给他佩了一把匣子枪，用来防身，打得准最好，打不准也就那么回事儿，自己为自己负责吧。虞章华挺高兴，把卢骥轩也捎带上了，说是他俩打配合，一个顶俩，两个顶仨。从花剪径来西镇投奔革命的王春芳算是编外人员，她整天跟着虞章华，虞章华甩不脱，正好白使唤她。

一开始王春芳对她和虞章华之间恋爱关系的发展不太满意。虞章华总是忙得跟头趔趄，不是去敌占区搞物资，就是围着地图研究怎么截击敌军的运粮队；他还变着花样儿地使唤她，让她也忙得脚不沾地。她和他在一起，连句热乎话都说不上。王春芳闹着要回花剪径，虞章华装聋作哑不理她。王春芳只好跟卢骥轩倒苦水，委屈得不行。卢骥轩就感同身受地劝王春芳，让她别往心里去，虞章华就是这么个人，他喜欢一个人的方式，就是把对方当作自己人。"他干什么，你就干什么，你俩就算好上了。"卢骥轩跟王春芳这么朴素地一解释，王春芳就明白了。她也看出来了，虞章华和卢骥轩的关系也是这样奇怪。虞章华从不把卢骥轩当外人，想到什么，半夜里就把他提溜出被窝去商量，或者干脆直接行动起来，也不管卢骥轩的衣服是不是掖好了，裤腿儿是不是捋顺了。有时候卢骥轩明明满脸都是不情愿，但是也不当面拒绝虞章华，因为他知道拒绝不了，虞章华总是有办法让他跟在屁股后头不离不弃。

王春芳想通了以后，就和卢骥轩一起，成为虞章华的左膀右臂。虞章华很高兴，觉得王春芳懂事，比以前那个爱得死去活来的日本女朋友更值得交往。他常常拍着她的肩膀说："臭丫头，我觉得我越来越喜欢你了！"实则虞章华和王春芳的交往，以及他对她的喜欢，也不过就是兄弟似的喝喝大酒，相互亲热地拍拍肩膀，而他们做这些事情的时候，卢骥轩必定秤不离砣地陪伴左右。王春芳甚至没有听虞章华对她说过一句温柔的话，好像他对她一温柔，她就会把辫子翘上天不再搭理他一样。可她明明已经把大辫子剪掉了嘛。

王春芳问卢骥轩，虞章华是不是不敢对她好。

卢骥轩摸不着头脑，他不知道王春芳说的"对她好"是什么意思。

王春芳有些忸怩，她毕竟是个大姑娘，虽然卢骥轩有时候行事扭捏也像个姑娘，但他到底还是个男人，有些话，王春芳不好直接跟他说。王春芳在虞章华面前的时候是很豪横的，什么话都敢说，可对着虞章华之外的男子，即便是卢骥轩这样温良如玉的人，她也不好意思把自己的意思挑明。

虞章华总是敷衍她说，革命尚未成功，同志仍需努力。她问他如果革命不成功，是不是就准备打一辈子光棍儿。虞章华嘿嘿笑着说打光棍儿倒也不至于，一个好汉还需三个帮呢，他现在手头就有两根棍子，指哪儿打哪儿，顺手得很哩，所以王春芳一定要帮他，不然他就只剩下卢骥轩这根光棍儿了。他总是这样，说起话来半真半假、半实半虚，叫人踩不到点子上，想拿他又拿不住，白白生一肚子气。

王春芳又找吴幼菊商量，说虞章华可能并不打算娶她。吴幼菊问她是不是虞章华亲口说了这浑蛋话，王春芳支支吾吾说那倒不曾说过，只是他一心想着他的共产主义，她在他眼里，连共产主义的小手指头也算不上，未免让她生气。这一来吴幼菊便有些看不起王春芳了，十分严肃地批评她格局小，眼皮子浅，只顾打自己的小算盘。眼下的当务之急，自然是牢牢地守住根据地，捍卫来之不易的胜利果实，把革命进行到底。普通民众尚且为了支持革命把一己之私放到一边，何况虞章华是党员，他难道有时间拿来浪费？周团长他们在南边打仗，不知道哪天就会遇到危险，她吴幼菊难道像王春芳一样，叫周团长回来娶了她再去打仗不成？这一顿抢白把王春芳噎在那里，她直翻白眼，却说不出一句话。

王春芳心里实在窝火，她在花剪径时，何曾受过这样的气？那时就算她蛮不讲理，谷里人也要让着她几分；现在她明明揣着理儿呢，却被人说成无理取闹，好像全天下的人都心底无私天地宽，唯独她不做正经事，整日缠着虞章华，讨个不得要领的名分。

她一气之下便要回花剪径去，这一回是极认真的，脸孔板得像生铁块，谁的话也不听。虞章华不敢怠慢，连忙嬉皮笑脸地扯住她，又伸手在自己脸上抹一下，这才端端正正地说："你既从花剪径出来了，回去也是没脸，不如在西镇跟我们干革命。嗯，一个人放下'小我'，经一番陶熔鼓铸，汇成'大我'，那才是真正的天高地阔，舒情畅意。我可不诓你，革命是一个大熔炉，可以叫你获得灵魂的升华。我以过来人的经验告诉你，你放在心里最好，若不肯信，我，我，唉，真是没有办法了……"他说到最后，平日里总是没心没肺地两边翘起的嘴角渐渐垂下来，倒似显出几分真心，让王春芳呆了半天。

这句话，要到半年以后，虞章华倒在去敌占区筹粮的路上，王春芳才恍然悟出其中的道理。

那天明明没有风，她却隔着几座山头，远远地听到了凄厉的风声—— 一粒子弹从虞章华的身体当胸穿过，他的肺叶被打穿了，气喘得像扯风箱。他呼呼地喘着气，仿佛要把身体里啸叫的狂风都释放出来。他被鲜血浸透的身体里藏着一团风暴，那风暴就像一头困在笼中的暴怒的狮子，张牙舞爪，金刚怒目，却找不到出口。

"告诉……告诉，王……春芳同志，"虞章华剧烈地喘息着，用颤抖的手从怀里掏出一张带有体温的纸片，"我，我欠她，一场，神圣的婚礼……"

便衣队的一名小战士把这句话转告给王春芳，听闻噩耗后尚处于震惊之中的王春芳忽然悲从心来，放声大哭。她握着那张血染的遗书，哭着笑，笑着哭，疯了一样。她不知道它曾经在虞章华的胸口安静地匍匐了多久，但它总归是写于他牺牲之前，写在那些她和他朝夕相对、辅车相依，他却不能向她表白的日子。

春芳同志，我这样称呼你，自己也觉得别扭，我总是叫你臭丫头，就像你总是叫我老虞一样，顺口。人生有很多奇妙的境遇无从解释，你我的遇见，便是其中的一种。从那时起，我们就结下了珍贵的情谊，这情谊比男女之情更要丰富些，我简直找不出合适的语汇来形容它。直到有一天，你奋不顾身地来寻我，我才知道，自己也深深地陷入同一种情感，只不过，这情感使你冲破了束缚，却将我紧紧地缚住了。我很害怕你会像从前的我一样，因为奋不顾身，所以伤害自己。我的责任，便是让你知道，世间有比飞蛾扑火的激情更值得我们追求的东西。它或可以称作理想，或者是信仰。当然，我们不惮于死去，只是这死去的意义，是深植于希望之中的，是即使熄灭个体的生命，也看得见生生不息的焰火的。当你看到这封信的时候，我希望自己生命的焰火点燃了你，而不是使你熄灭了热情。这样，我在这条路上便可走得愉快而坦荡。王春芳，我爱你，假使我有这样的机会，我愿意做你一生的伴侣，可惜我不能在危险和痛苦面前蒙上你的双眼，请原谅我的自作聪明。

那张纸轻飘飘的，风一吹，簌簌发抖，王春芳不禁抱紧了双臂，把那张薄脆的纸片小心翼翼地护在心口。

卢骥轩呆呆地望着她，不知道怎样劝慰这个为了爱情奋不顾身却终于失掉了爱情的女孩子。他没有恋爱过，对那种汹涌的情感所带来的甜蜜和痛苦都百思不得其解。先前王春芳来征求他的意见，他还劝她不要多想，虞章华就是那样没心没肺的人，按镇上人的说法，好一个浑不懔！他可不晓得整天没个正经的虞章华早把遗书写好了藏在怀里，藏着那样深的哀婉、那样深的遗憾。他看着失魂落魄的王春芳，看着她渐渐把自己埋在两手之间的流泪的面庞抬起来。王春芳眼中露出坚定的光芒，她说："把老虞的枪给我吧，我替他拿着，手不会抖。"

王春芳又掏出那把匣子枪，觑着眼睛朝对面的山头瞄准。

对面什么也没有，除了厚厚的雪，和这边一样空荡荡的。但也说不准，那边和这边一样，都披着伪装，要不然敌人怎么发现不了他们？

她得意地笑笑，把枪收回来，藏到后腰上。

王春芳的枪法出神入化，指哪儿打哪儿，好像从来用不着瞄准，目标就乖乖地撞到她的枪口上来了。她不时地把老虞的东西掏出来看看。卢骥轩心里明白，她是睹物思人。他目睹了这一幕，心里也酸酸的。

刚才给伤员换药，王春芳才发现，就连从被套里拆下来的旧棉絮也没有了。她只好临时从自己的袄袖上扯下一截絮子来，勉强算是做了顿"无米之炊"。卢骥轩批评她不该扯破自己的棉袄，这天寒地冻的，抱床棉被尚且受不了，怎么能没有棉袄穿呢？她就挤对他，说棉被已经拆了，不拆棉袄怎么办！卢骥轩答不上来，懊恼得直敲自己的脑袋，说他来想办法。

他能有什么办法？王春芳抓住卢骥轩的手，把它们从他的脑袋上掰下来，有些心疼地说："拆都拆了，今天的办法不用想了。"卢骥轩要把自己的棉袄给她，她推开他说："我闻不惯你身上的味儿。"说完头也不回地走开了。不走不行，她要是留在那儿，卢骥轩肯定还要跟她啰唆，非把棉袄让给她不可。

他就是这样的性子，黏黏糊糊的，对谁都好，谁出了事，他都觉得自己有责任。当年一起搞暴动的几个兄弟，除了他，没有留下来的。有时候他夜里哭醒了，她倒还要劝他想开些：革命是残酷的，他们要替牺牲的人活下去。他说他知道，可心里还是难受，一难受就控制不住自己，叫她笑话了。她说谁笑话谁呀，她的丑事，他知道的也不少。两人就轻声笑起来，像是两个疯子。

虞章华牺牲的时候，她真是心痛得发了疯，拿着枪就要去和敌人干。她不怕死的，虞章华都说了"革命者不惮于死去"。还是卢骥轩拦住她，急赤白脸地说："你别干傻事，我看了老虞的信，他不是这么说的。老虞说的是

'宁愿卑微地活着，而不是壮烈地死去'。"王春芳和他争论起来，说老虞明明说的是干革命就要不怕死，因为革命随时都会死人。卢骥轩把两条眉毛拧成一股绳，挠着脑袋说："不怕死也不是主动去找死。老虞是为了给我们搞粮食才牺牲的，为什么要给我们搞粮食呢？因为我们要活下去呀！老虞给你留了封信，就是想让你好好活下去，活得有意义、有目标、有希望。现在倒好，你读了信就去找死，完全把他的意思弄拧巴了。他要是知道，准得把自己再气死一回。你看看，你再看看，好好看看那封信，他为啥活着的时候不敢对你好？那时候你问我，我答不上来，现在他给了你答案，你却不肯接受。你，你……"他喘了口气，这才义愤地说道："你就是他担心的那种因为奋不顾身所以伤害自己的傻女子呀！"

她听着卢骥轩的话，渐渐地，身体里的冲动就像水塘里漫上来的水被抽干了，一动不动地傻站在那里。她真是傻，她以为自己识了字的，谁想到没有一个字识得对。

她又把虞章华的信从心口掏出来，细细地读。读一遍，就流一遍眼泪；再读一遍，又流一遍眼泪。

直到第七遍，她的眼泪流尽了，卢骥轩问她："看懂了没有？"

她点点头，说："懂了。"

卢骥轩这才放下心来，把匣子枪还给她，又叮嘱一遍："你得好好替老虞活着，一定把他的枪收好。"

现在老虞的这把匣子枪已经跟了她三年，随时掏出来都带着她的体温，她觉得够对得起老虞的了。每天都有人倒下，而她，还活着。

她心里轻快，忍不住又想唱歌。她从小就习惯了摸枪，对打枪是有天分的，但是好像到西镇以后才发现自己还有唱歌的天分。西镇的歌儿她都会唱，后来她唱着歌儿满山跑，山这头的歌儿，和山那头的歌儿，她不久也都学会了。现在，所有的山头，这绵绵无尽的大别山的歌儿，她都唱得有板有眼、有声有色。她摸摸腰间的匣子枪，兴兴头头地小声哼唱起来："青山绿水陡石崖，为了革命上山来，坚决与敌斗到底，誓死保卫苏维埃……"

王春芳的乐观感染了卢骥轩，他也觉得眼前的一切不那么难挨了。望着王春芳快乐的背影，他心里竟升腾起一股钦佩和肃穆之情，不由得朝那个方向立正，抬起手臂"啪"地敬了个礼。他知道她看不见的，不过他这个军礼还是行得十分端庄肃穆。

山上的日子不好过，山下又何尝容易？

红军主力转移后，敌人在根据地找不到红军，在短时消灭红军主力的企图落空后，更是拼命地摧残红军家属和平民百姓。由国民党当局扶持的地主豪绅，组织成立了"清乡局"，建立了联保办事处以及铲共团、还乡团、编练队等反革命武装，大肆烧杀抢掠，疯狂洗劫苏区。为使红军断绝繁衍，明令凡共产党员、红军家属、农协会骨干者，烧其房，抢其财，家中青年妇女一律抓捕卖往外地。地方当局实行移民并村，保甲连坐，其株连法规定，五家连坐，相互监视，一家通共，五家同处，一户犯法，十户同罪。"清乡局"挨户搜捕共产党员，搜之不尽，捕而不绝，便改用摊派的办法，各乡每日保送二十名共产党员，斩立决。若少送一人，唯保长是问，责以银圆一百块抵偿。此政一出，怨声载道。

卢骥轩初时还担心家人安危，待便衣队从山下带来消息，说是卢方伦早带了一家老小跟着虞寡妇躲进县城避难去了，这才稍稍放下心来。县城是敌占区，想必日子安稳些。

想起爹娘，卢骥轩愧疚不已，他躲在山上，照卢方伦的话说，"人不人鬼不鬼地东躲西藏"，不仅不能尽孝，反让老两口儿受了连累。

家里其他孩子学着大哥的样儿，要参加童子团和先锋队，卢方伦虽不拦着，却也绝不像别人家的长辈那样替孩子高兴。先是大妹风风火火地剪掉了辫子，在吴幼菊领导的妇女会里鞍前马后地打边鼓，绣鞋垫；然后是二儿子，看到街上锣鼓喧天，戴大红花的男青年们个个顾盼自雄，便闹着要到"招兵登记处"去报名参军，被母亲死活摁在家里；小妹那时候才八九岁年纪，也握了一杆小小的红缨枪，屁颠屁颠地跑东跑西替大人送鸡毛信……后来根据地的形势急转直下，西镇遭到围剿和血洗，卢家只得惶惶如

丧家之犬，跟着众人四处"跑反"，卢骥轩的小妹就丢在
"跑反"的路上。卢骥轩母亲哭得肝肠寸断，哪里还寻得
到，只能盼那孩子自求多福。

卢骥轩甚是自责，却也无法，他带着妇女排上了山，
家里的一切便丢在了脑后。

有时他盼着午夜梦回，或能见到爹娘。可是奇怪，
自从参加革命，他那莫名其妙的睡症，竟不再发作了。不
仅没有再睡死过去，连寻常睡觉也不能深沉，就算睡下去
了，两只耳朵还醒着，周围有个风吹草动，他立马抱着枪
站起来。

只有一次，他抱着枪在树林子里睡着了。

那天他倚着一棵不知结过多少年栗子的板栗树，藏身
在粗大的树干后面，本来是观察敌情的姿势，突然就看见
虞寡妇婷婷袅袅地走过来。

他认识虞寡妇的时候，虞寡妇已经不年轻了。可是
现在朝他走过来的虞寡妇明明是大姑娘的模样，一条粗黑
油亮的大辫子一会儿撩在丰满的胸前，一会儿又甩在浑圆
的臀上。他迷惑地看着她，心想她比他母亲好看得多，至
少，干瘦的母亲没有这样丰满的胸脯和浑圆的臀部。他怀
疑年轻时的父亲也这样不错眼珠地盯着虞寡妇看过，说不
定还在心里暗暗比较过他那拘谨的母亲和这个浑身洋溢着
奔放气息的女人。

虞寡妇丰赡的身体看起来那么放恣，金光灿灿的风

吹在她身上，撩起锦绣的裙裾，露出圆润的脚踝，轻盈地踏出去，窸窸窣窣的，满地的落叶似乎都害羞了。就连她的脚踝也那么让人心动，卢骥轩大吃一惊，他还以为自己只忠实于母亲那样纤细矜持的女性呢。这幅画面实在是扭转了他多年来的审美，使他对自己的品位和格调产生了怀疑。

虞寡妇走到他面前，有意无意地向他投过来一个幽怨的眼神。他立刻如遭电击，半边身子发麻，耳中似乎还听到电流穿过那只囚在身体里的局促的灵魂时的吱吱声。她不用开口，他便已经把她的眼神读懂了，读懂之后很快明白了自己原先的浅薄和愚蠢。他张口结舌地怔在那里，虞寡妇却又转身踩着落叶窸窸窣窣地走开了，好像她来这里不过是为了幽怨地看他一眼。他有心问她一句话，她也不给他机会，窸窣声渐远，兀自消失在金色的风里。

这时一颗熟透的毛栗子掉在他头上，下坠的力道使那钢针一样的球刺扎得他头皮一麻，他蓦然醒了过来——四周静悄悄的，没有虞寡妇，也没有危险的敌情，对面那只觅食的松鼠还在原来的地方，不曾挪动半寸，小眼睛滴溜溜地瞪着他。他疑心自己方才并没有睡着，甚至连眼皮也没有合上，不过是闪电般地做了一次灵魂出窍的旅行。

这样古怪的梦境，或者说是幻觉，他无从和别人说起，或许见到父亲的时候，可以探究一点其中的蹊跷。但那恐怕也很不容易，一来不知道战争何时才能结束，父子重逢的机会便很渺茫；二来呢，父亲大抵会斥责他荒谬，哪里有父亲向儿子发表自己年轻时对待女人的见地的？细细回想起来，虞寡妇待他一直很不错；父亲对虞章华的态度却矛盾得多，章华虽是少东家，父亲背后提起来却多是不屑和鄙夷。章华牺牲的时候，父亲沉默不语，他看不出父亲的悲伤，可是那无声的悲伤却又明明漫漶在空气中，托得起一张沉甸甸的梨花木椅子。父亲就坐在那张老旧的梨花木椅子里，陷入了奇怪的沉思。

等到山下便衣队带上来消息，说他父亲卢方伦已经拖家带口迁往县城，卢骥轩便觉得那如梦似幻的一幕或许是一种奇异的昭示，但并没有什么实际的意义，因为眼下的一切都以保存革命的有生力量为重，而父亲保住的那些落后、陈旧的东西，天然的于具有先进性的革命并无裨益。

虞寡妇将敦本堂总部迁往县城，自然是为了躲避战乱，作为敦本堂的账房先生，卢方伦亦步亦趋。坦白说，此举对于保存虞家的实力和卢家的安危自然都是相宜的，卢骥轩除了感激之外，竟别无挞伐的余地。那虞寡妇也真是了不得，她一介女流，连私塾也未曾读过，不过是在家中念过几本《女诫》《内训》之类的旧式书籍，但她天资聪颖，竟是个经济管理方面的奇才。敦本堂自她接手以来日新月著，有了长足的发展，虞家祖宗在天有灵，不知是感到欣慰还是羞赧。为打开敦本堂的销路，她苦学中医药理，秘密研制新药，在世传祖方的基础上不断更新改良，将本是外用的鲤鱼膏药又变化出内服的用法，远近无不称奇。

理论上说，鲤鱼膏药的主要成分白铅粉是有一定毒性的，内服风险极大。但敦本堂的膏药非同寻常，除家传的熬制方法颇为独特外，虞寡妇另又悉心添加了若干辅材，使白铅粉在适宜的火候中产生物理变化，毒性溶解得以挥发，因而适当口服竟有意想不到的效果。此贴小小膏药，不仅外敷可治痈疽疔疮、疥癣湿气，又可口服治疗伤风及解毒、祛瘀等，甚至对炎症之类也有阻抑作用。这样一来，在山上药品奇缺的情况下，敦本堂的鲤鱼膏药便大有用处。便衣队的老谭说，虞寡妇倒是肯帮他们，虽县里抓得严，私下却给了他们不少货，就连过冬的棉衣，也有一半是敦本堂捐的。

老谭提起虞寡妇，言语间颇为敬重，因他欠着虞寡妇天大的人情。他有次在县里遇到伏击，肩膀上挂了彩，跑也跑不远，城门也关了，正是宵禁的时候，全城都在搜捕他，他心想这下完了，就是有九条命也交待了。谁想到旁边上了门板的铺子留着一道缝儿，他心一横，挤进去碰碰运气也是好的。这边他刚把自己塞进去，那边保安队的人就齐刷刷地端着枪跑过来了，他的心提到了嗓子眼儿，贴在门板后头不敢喘气，正担心被保安队发现，冷不防一块板子抵上来，把剩下的那道豁口挡上了。他一看，原来是进了敦本堂的药铺。那上门板的小伙计擦了把额头上的冷汗，说："你命真大，若非我们主母交代，这道缝儿是断不能给你留的。"

卢骥轩听了暗自感叹，心说虞寡妇到底是烈士的母亲。虞章华牺牲后，虞寡妇很是消沉了一阵子，但不久又振作起来。她说敦本堂上下那么多张嘴都要吃饭，她不是为了她自己把铺子开下去。初时还有人不信，料想她不过是嘴上说得漂亮。卢骥轩却觉得虞寡妇的胸襟气魄，比一般男子还要宽广些。她这样说，这样做，必然是心意如此。

只要敦本堂的招牌不倒，他父亲卢方伦就有谋生之所，家里便不愁断炊忍饥，这确是虞寡妇的德行。度人者自度，又有什么错呢？

由此及彼地想到父亲，卢骥轩不禁愧怍难当。他在山上自顾不暇，更不要说照顾一家老小了。和当初为虞章华伤神的虞寡妇一样，父亲怕也是一面痛骂着"逆子"，一面暗地里替他这个"逆子"担着心。他、虞章华、周廷三，他们这样的不肖子，对于自己的父母，实在是有所亏欠，他们非但没有回报生养的恩情，还要在老人家的心上捅刀子，找出堂皇的理由来折磨老人的身体和精神。这愧疚就像大地上的苦难一样深重。

好在老谭总有好消息带上来。

老谭他们的便衣队，是插在敌人心脏上的一把尖刀，他们配合山南游击队，伪装奔袭，锄奸筹粮，为把艰苦卓绝的游击战争弦歌不绝地打下去做出了突出的贡献。除此之外，确保战时通信，山上山下互通有无，他们更是功不可没。

老谭说詹凤佐老婆也带着孩子躲进了县城，就住在魁星楼对面的七星巷里。卢骥轩也替詹凤佐感到高兴。詹凤佐牺牲的时间比周廷三还要早些，几乎是一〇七团刚刚从西镇开拔南下作战，他就倒下了。那颗流弹没有方向，钻进詹凤佐的身体里完全是个意外。这样的事在马革裹尸的战场上算不得什么，对詹凤佐一家来说却是塌了天。詹凤佐的老婆是个肩不能挑、手不能提的小脚妇人，在家里原是使唤着两三个仆婢的，詹凤佐一革命，她也成了红军家属，再不能"剥削"别人了，为此她和詹凤佐狠狠吵了几架。好在詹凤佐在家的时间也不多，自然处处忍让。那次出门之后，詹凤佐再没有回来，妇人这才狠狠伤了心，哭得涕泪滂沱，整个西镇都差一点发大水淹了去。

卢骥轩对那妇人的印象是，一副大嗓门儿有惊天动地之声。寻常过日子时，那妇人常叉着腰用两指钳了詹凤佐的耳朵来骂。她本就认定自己十分有理，再加上这样如雷贯耳的高声大嗓额外加持，更是提了三分气，简直是气壮如牛，山河色变。詹凤佐在外面也算个人物，到了妇人面前却低声下气，显出十足的奴才相来，往往赔了笑脸认错；有时为了让妇人消气，啪啪打自己耳光也是有的。卢骥轩不明白詹凤佐为何这般忍让，问起来，詹凤佐就神秘一笑，掩住半张嘴道："等你成了亲，自然便知道了。"

　　这都是好几年前的事啦，想想，却还如在眼前。詹凤佐牺牲竟这么久了，卢骥轩不禁黯然，脑子里仍印着詹凤佐笑嘻嘻的模样。

第七章 下 山

　　日子虽艰难，到底也数着时间的刻度，一天天地熬下去了。想来生命有如草芥，轻贱却也蓬勃。这一年春暖花开的时候，山上又开满了映山红，粉的，白的，紫的，红的，星星点点簇簇，那曾经被仇恨的火焰烧荒的山头，也重新冒出一层层喜人的绿色。王春芳望着漫山遍野的春色，忍不住又想放开歌喉——冰雪已经消融，马齿苋、苦菜、婆婆丁、野韭菜都冒出头来，敌人想把红军困死在轩辕台的计划又流产啦，啰哟喂！

　　忽然一个慌里慌张的声音打断了王春芳的好心情："春芳姐，你快来看看！"

　　王春芳猫着腰赶过去，看见山凹处那间"人"字形的草棚里，一个新送来的伤员正紧咬牙关把身体蜷缩成一团，将痛苦的呻吟死死压在喉咙里。他因为拼命忍耐着极度的痛苦，喉部发出呼噜呼噜的声音，这使王春芳没来由地想到虞章华倒下时的剧烈喘息。她虽没有见到虞章华牺牲时的样子，却在梦里无数次地迎头撞见过他饮弹的瞬间，像是一座山的倾圮，轰然绝尘。汩汩的鲜血从伤口冒出来，像是一眼活泼的春泉，她想，他就是这样忍着剧痛说出最后一句动人的情话的。他说完那句话之后就永远地闭上了眼睛，她怎样乞求他再看她一眼也是不能。

王春芳悲悯地看着眼前这个身负重伤的年轻人，这是个在敌人枪口下死里逃生的战士，弹头留在体内，伤口红肿发亮，流脓不止。那枚狡猾的弹头深嵌在腰眼里，若非立即做手术取出来，他必然会有生命危险。刚刚在棚外唤她的卫生员还是个半大孩子，遇见这样棘手的情况束手无策，只能干着急。

其实王春芳也并没有十足的把握，她的手摸枪的时候稳得很，遇上摸手术刀的时候，却保不齐要发抖。因为她们没有医疗设备和麻醉药品，连缝合针都是用兽骨磨出来的。在活生生的战友身上动刀剪，饶是她见多识广，也忍不住头皮发麻。眼下的情况，也只有硬着头皮把伤员的伤口划开，将镊子掏进去，有多深掏多深。

"你忍着点。"王春芳叮嘱年轻人，要是他喊疼，她的手就软了。

他抬起头，看看她，眸子里那种让她感到心疼的似有若无的东西一闪而过。

"你扶我起来。"他艰难却不失威严地说，朝棚子外面努努嘴，"那边有棵树，我抱着树干就行。"

王春芳微微一怔，心里有些不快，但还是听话地把他扶过去。他说话的时候有种不容置疑的豪强和坚定，让她不得不听他的，尽管她才是主刀大夫。

现在，他牢牢地抱住草棚子外面的那棵鹅掌楸，像是怀里抱着什么要紧的宝贝，万万不能让别人抢走。她感到有些好笑，却也不由得生出几分敬重。

等他积蓄好全身的力量，咬牙点点头："开始吧。"她的刀便轻轻划上来，接着是镊子。

刀在皮肤上掠过的时候还不怎样打紧，她知道，他们都是刀口上舔血的汉子，早就对此免疫了。那把镊子却要人命。伤口实在是太深，掏进去一寸，两寸，两寸半，还见不着弹头，王春芳几乎捏不住手里的镊子。那颗弹头像是会遁术，忽左忽右，忽隐忽现，脓血不断地渗出来，很快将她的一双手浸透了。那名战士紧抱着树干，额上已有豆大的汗珠滚出来。山里的春天，背阴处仍旧寒凉，他头上竟腾腾地冒出热气，像是坐在蒸笼里，却是半声不吭，硬扛着一口气。王春芳好生佩服，心想他一口钢牙怕是全给咬碎了。这样想着，自己倒先忍不住，皱着眉轻声呻唤起来，只觉腰上什么东西硬邦邦的，抵得她又酸又痛，十分难受。

她以为这不过是自己的错觉——她的腰眼上，也就是和他中枪的地方相同的部位，因为这次手术而产生某种奇怪的"变异"，难道他身上的疼痛转移到她身上了不成？忽然耳听背后传来嘤嘤的哭声，王春芳心中一动，身旁那个小卫生员竟"疼"得哭了起来——是看到战友受难而心疼呀！她这才晓得，原来自己也是感同身受。

收摄心神，王春芳按捺住十指发抖的冲动，僵直的镊子探得更深些。她不能肯定自己还能坚持多久，至于能不能成功地从那名战士身体里取出弹头，更是听天由命。

搅动的时候她发现触碰到一颗硬东西，啊——她深吸一口气，捏紧手中的镊子，死死夹住那颗恶作剧的弹头，拉，拉，一寸一寸地，慢慢露出头了，再拉，又是半寸，再拉，终于全出来了！王春芳一屁股瘫坐在地上。

等吴幼菊赶过来，王春芳才知道这个负伤的年轻人姓周。

周营长。他们都这么叫他。怪不得他说起话来由不得人听，原来是个官。刚才王春芳给他做手术的时候就领教过。他让她扶他起来，笃定而威严的样子，她半点违拗不得。不过吴幼菊叫他的时候，却透着特别的亲热。一打听，原来他大名周廷昌，是周廷三的弟弟。

周廷三早就牺牲了，南下之后就没再回来——据说一颗炮弹砸在他头上，脑浆迸溅，肠穿肚烂，胳膊腿儿都飞了出去，一个全乎人，一下子给炸得稀碎，连身下那匹跟着他出生入死、骁勇善战的大白马也没能幸免。吴幼菊听到这消息，当场哭得昏死过去。她本来就长得细弱，这下打击让她又矮下去一截似的，整个人都抽抽儿了。几天前她哥吴勖给保安大队逮住，铡死在城门口，她倒还没有这般伤心。王春芳想到自己的哥哥，又由此及彼地想到虞章华，她心里也摸不准，要是换作她，是哥哥死了她更伤心一些，还是虞章华死了她更伤心一些。虽说是为了虞章华，她和哥哥做下了对头，可在心里，那处最打底的地方，哥哥仍旧是她最亲的人，因为虞章华绝不会像哥哥那般宠着她。在花剪径时，爹爹有时尚且板起脸来骂她任性妄为，要打她的板子，哥哥却是从来都护着她，不让她受一点伤。她也不明白当初自己为何能够那样绝情地跑出来，伤哥哥的心。虞章华和哥哥，实在是两个让她左右为难的男人。

　　随后王春芳又想，吴幼菊也可能是接连着伤心，这前后脚的噩耗彻底把她打倒了。吴幼菊看起来弱不禁风，心气却是极高的，果然，她醒了之后，又风风火火地开始了她的革命，好像不曾受到过命运接连的打击。王春芳心里也有几分佩服她，只不过那次被吴幼菊批评之后，王春芳觉得吴幼菊装腔作势，拉虎皮做大旗，不大愿意再和她说心里话了。吴幼菊倒是还一如既往地待王春芳，并不因为她"格局小，眼皮子浅"就放弃她。相反，吴幼菊还经常找王春芳谈心，给她讲革命道理，极愿意拿出春天般的温暖来对待她这个思想觉悟不高的新同志。到最后，王春芳倒有些不好意思了，暗自思忖自己是不是小人之心。他们西镇的人，究竟和花剪径的人不一样，比如虞章华，如果不是他牺牲了，她也不会知道他的心意。那么吴幼菊或许也是这样，有时候看起来不近人情，实则她的情义也很绵长，不然她不会见到周廷昌就像见到自己的亲弟弟一般。

　　吴幼菊拉着周廷昌问长问短，竭力把自己扮作那个"如母"的"长嫂"模样，这让王春芳觉得好笑。吴幼菊明明比周廷昌还小上一岁，并且吴幼菊和周廷三相好的时候，周廷昌尚在外面念书，对她的印象恐怕还停留在幼时同乡的阶段。现在吴幼菊一下子跳出来，以嫂子的身份相见，周廷昌难免尴尬，却又拒绝不得，这边说着话，额上已冒出汗来，紧张得好像在做第二场手术。他说自己在省府师范念书的时候，就受到大哥的影响，先是看了一些进步书籍，后来又积极向党组织靠拢，一切都是顺理成章。本来他爹送他出去读书，是要他日后做廖校长那样的大先生的，不过先生只能教书，并不能够改变命运。吴幼菊直点头，握着拳不住地附和："我们穷人要逆天改命，只有革命这一条路！"后来她又问起周廷玉的情况，周廷昌说他二哥的情况也差不多，不过在另一支队伍，已经跟着主力部队北上有段日子了，眼下消息不通，也只有各自珍重。说到他大哥周廷三和幺弟周廷顺，两人都相顾黯然。吴幼菊红了眼圈儿，撩起衣襟在睫下擦了好几回，再不敢提话头说到周老爹的事。周廷昌皱起眉，嘴唇微微发颤，也不知是想起一家老小心里难受，还是腰上疼痛的缘故。

　　王春芳手不自觉地伸到腰间，这才发现刚刚给周廷昌做手术的时候腰痛是有缘由的——虞章华留下的那把匣子枪就别在那里。当时周廷昌抱着树，她为了凑合他，就得别扭着自己的身体。因为全神贯注，她竟浑然未觉枪把子顶住她的腰眼，硬是顶得一片瘀青。她把掀起的褂襟放下来，抬头见小卫生员正在草棚外探头探脑地朝里看，蜡黄的小脸上满是好奇。那小卫生员适才亲见王春芳从周廷昌的腰眼里生生扒出那颗弹头来，十分地佩服，一方面真心赞叹周营长是条好汉，有着钢铁一般的意志；另一方面又觉得春芳姐胆大心细，她也心中敬佩得紧。这时见王春芳从棚里低头出来，赶紧招呼一声："春芳姐！"

王春芳应声点了点头，发现卢骥轩也在棚外，兀自抱着一杆枪，呆头呆脑地守在那里。他怎样看也不像个干部，王春芳忍俊不禁地扑哧笑一声，嘿，他和周家的兄弟们真是天差地别，但不知为什么，他却让她觉得亲切和心安，比周家人更得她的欢心。不过，像吴幼菊那样的人，恐怕并不这样想。

她掩口胡卢而笑，让小卫生员莫名其妙："春芳姐，你笑啥？"

"没笑啥，"王春芳把脸转向小卫生员，仍旧笑模笑样地问，"小菲，你说，你为啥参加革命？"

那叫小菲的女孩子怔了怔，咬着嘴唇道："不革命，我……我还能干啥呢？"

"这叫什么话！"王春芳笑得更大声了，"你识字不？读过书没有？"

"以前家里倒是请过先生，"小菲点点头，又摇摇头，"不过那是给我几个兄弟请的，并不让我坐在馆里读书。我只是躲在边上，偷学了几个字。"

王春芳怜惜地伸臂抱了抱她，又鼓励她说："那等革命成功了，我们一起到外面读书去，东洋和西洋的书，都读它一大箩筐。"

小卫生员的眼睛里放出光来，拼命地点头。

王春芳在花剪径时，也只是识字而已，后来认识了虞章华，听他眉飞色舞地讲些游学的经历，心中便十分向往。虞章华讲故事往往滑稽而夸张，她却愿意听，并且牢牢记在心里，因为这些都是日后可供反刍的美好记忆，或也可以当作一种美好的期待。虞章华说女子也多有到海外去读书的，穿漂亮的小洋装，学习哲学或者艺术。在邮轮上，都是这样时尚的女子，她们会几国语言，在甲板上晒着太阳喝着英式下午茶，交流画报上的流行消息，还会优雅地跳舞……王春芳初时还笑话说跳舞有什么了不起，等到虞章华向她脱帽鞠躬，请她搭着他的一条手臂，他又把另一条手臂探到她的腰后跳起舞来，她立刻红了脸，接二连三地踩错步子，显出一个不会跳舞的乡下女子的笨拙。王春芳从那时起就暗暗下了决心，以后要读书，要学跳舞，要比虞章华以前的女朋友更有文化和教养。可惜，这愿望因为虞章华的牺牲变得遥远而模糊起来。她还以为自己早就忘了这不切实际的愿望，可是看到小菲又委屈又迷茫的样子，她忽然觉得革命的目标又清晰了起来，像是在眼前画了一张大饼，连饼子面上的一粒粒芝麻都瞧得清清楚楚，比吴幼菊的大道理可清楚明白多了。

要不是周廷昌被送到轩辕台来，卢骥轩差点忘了那个叫小菲的卫生员也是姓周的。

周小菲很骄傲，因为从辈儿上论，周廷昌是她没出五服的堂哥，他们周家的男儿，都是英雄一般的人物哩！但周廷昌对她很冷淡，因为，她是周元甫的女儿。

周元甫的女儿，就是那个被三姨太扯线木偶一般拉拽着，在滚烫的河滩上跳来跳去的小姑娘，现在已经二十岁出头了，但是看起来还只有十五六岁的样子，蜡黄的小脸像是从没有机会展开过。她身上也不知有什么病，导致她发育不良，又瘦又小，加上皮肤黄得如同抹了一层暗黄的化学涂料，就连头发也是稀黄的，因此很不起眼。

周小菲在西镇的时候，就不得周元甫的欢心，常常因为一些小事受到亲生父亲的虐打；上了轩辕台，更是低眉顺目，和谁都好说话，脏活儿累活儿都抢着干，因而倒不讨人厌。王春芳问她怎么会来红军医院，她说她早和周元甫划清了界限，并且她母亲也在一次"清乡"中悲惨地死去，她觉得自己苦大仇深，因此和共产党是一条心。她说这些的时候，脸上的表情很平静，不像是经历过父母惨死的孤儿。事实上，卢骥轩也感到非常诧异，在此之前，他还以为周小菲的脑子不是很清楚，因为在周元甫的公审大会上她表现得很不正常，现在看来，她或许是故意装疯卖傻，不然一个弱不禁风的小姑娘，怎么躲得过那样暴风骤雨般的不堪场面？他因而特别怜惜她，觉得她蜡黄的小脸上满是凄苦的风霜。这些迫人的风霜压得她总也来不及长大，可又有一种见惯风霜的懂事，小小的身子勉力去做那些吃力的事情，让人看着就心疼。

她吃得很少，省下口粮来给伤员，自己的那份野菜糊糊也要匀一些给别人，惯常的借口是：她的胃口本来就小，吃不下太多东西。其实谁都知道山上的日子有多苦，饿成那样，再小的胃口也喂大了，放开来吃的话，横竖吃得下一头牛才是。但她还是坚持说自己不怎么饿，吃不掉就浪费了，把吃的留给需要的人吧。她越是这样说，卢骥轩越是觉得心疼。

好在不久之后山南大队与便衣队配合，在挥旗山下设伏，截击了敌人的一支运粮队。足足有五百多担粮食哩，算是解了燃眉之急。卢骥轩煮了粥，给每个人都舀了一大碗。轮到周小菲，卢骥轩说："你必须把这碗粥喝掉，这是命令。"周小菲看看卢骥轩，把碗端过去，端到别人看不见的地方，这才狼吞虎咽地喝掉自己碗里的那份粥。

卢骥轩摇着头叹息，除此之外，并不能再多做些什么。

卢骥轩跟便衣队的老谭相熟，他在区苏维埃工作的时候，掩护过老谭的老婆。老谭有什么消息，不管是跟革命密切相关的消息，还是跟革命毫不相干的消息，都能送到卢骥轩这里来。老谭告诉卢骥轩，周小菲的母亲，也就是周元甫的三姨太，并不是敌人"清乡"的时候死掉的。她死得很不体面，所以周小菲不愿意提。有一年栗子成熟的时候，三姨太突然发了疯。她看见晒场上人家打下来的新鲜板栗，就脱光自己的衣服跳进毛栗堆里，不管不顾地打起滚来。三姨太滚得浑身鲜血淋漓，滚得晒栗子的人家心惊肉跳。人家把她拖出来，她又跳进去，拖出来，又跳进去，如此三番五次，人家只好把她捆螃蟹似的捆起来。周小菲把她母亲接回家去，又用绣花针帮她母亲把身上的刺一根一根挑出来，一边挑刺儿，一边流眼泪，问她母亲为什么这样糟践自己。她母亲只是傻笑，淌着口涎说："报应啊，报应……"此外再没有别的话。这以后三姨太便每况愈下，常常脱了衣服到处逛，周小菲捂也捂不了，锁也锁不住，她母亲总有办法逃出来，把一身白花花的肉暴露在太阳底下。终于有一天，三姨太光着身子跑到河滩上，一头栽倒，再没有起来。她头上砸出一个血窟窿，也许是脚下不留神，被河滩上的乱石绊倒了，脑袋磕碰在石头上，就此稀里糊涂地殁了。

听闻这闲事，卢骥轩心里更不是滋味。他原本对周元甫的三姨太没有什么好印象，现在却怀有深深的惋惜。他无端地猜想，三姨太年轻的时候或许也是一个让人心疼的姑娘，后来她嫁给周元甫，心里一定也是有恨的。这恨让她渐渐变得丑陋起来，终于借助一个荒唐的机会，暴露出一个女人最大的恶。周小菲提起她母亲的时候，着力地轻描淡写，反倒显出某种刻意来。他理解那是一种深不见底的自卑，从小在那样庞杂而繁缛的家族里受尽冷眼，委委屈屈地长大；长大了，还是要处处看人脸色，因为身后没有倚靠，甚至提起身后的家庭背景来，还净是耻辱和罪愆。她和吴幼菊这样自身便携带着光和热投身革命的女子不一样，她是要靠革命来给她带来一点光和热的，因而连革命的时候都显得楚楚可怜。

这是卢骥轩私下里的观察和想法，并不能和别人说。

倘若别人知道他这样关心和留意周元甫的女儿，定会认为他别有居心。实则他只是怜惜她罢了，觉得她完全没必要背负那样的包袱，她的地主家庭，她的反动派父亲和发疯的母亲，没有一样是她的错误，她实在不必那样小心翼翼，临渊履薄。

但这话和周小菲也无从说起。他连走近她几步，也觉得没有一个可靠的理由。他是一个男同志，与她也只是上下级关系，在此之前，也就是在西镇的时候，他俩甚至没有说过一句话。是后来到了轩辕台，他才有机会正式认识周小菲。这个发育不良、小脸蜡黄的姑娘，和他说话的时候总是低着头，好像做错了事，或者生怕自己做错事，总之她没有一刻是放松的，脖子上老是挂着一盘无形的磨，沉甸甸地要把她坠到地底下去。他告诉她，在他面前不用这样，她似乎不大明白，眨巴着眼睛看看他，很快又垂下眼睑去。

"是，长官。"她说。

"我们这里不用喊长官的。"卢骥轩纠正她。

"是。"她缩了缩身子。

他心里又疼了一下，懊悔说了这样一句话，她一定是觉得自己又犯错了。

周小菲和别人都没什么话说，只王春芳是个例外。

卢骥轩猜测，王春芳性格开朗，说话做事都百无禁忌，因而周小菲觉得她容易亲近。再则，王春芳不是本地人，这也让周小菲感到心安。在这个姑娘弱小敏感的内心，恐怕西镇以外的陌生人倒比镇上那些熟悉的头脸更安全些，至少，陌生人没有在滚烫的河滩上看过她赤裸的身体，没有看到她生身父亲被砸死的下作样子，自然也不知道她母亲是个让全镇人看笑话的疯婆娘。

那天，苍穹之上皎月如轮。于是，地上有了一片皎白的月光。

被月光浸透的树林子静悄悄的，好像泡在如水的光阴里。一切都朦朦胧胧，影影绰绰，巨大的山体匿影藏形在咫尺之后，看不出白昼里的嵯峨和险峻。

周小菲悄悄问王春芳："春芳姐，你为什么要来西镇？"

王春芳淡淡地说："为了虞章华。"

周小菲又问王春芳："你为什么要为了虞家大少爷来西镇？"

王春芳陷入回忆，轻轻地说："因为老虞答应过我，他会给我一个答案。"

周小菲追着问王春芳："那是什么样的答案？"

王春芳叹了口气，说："那个答案还没有说出来，他就死了。"

周小菲也遗憾地叹了口气："我知道，他牺牲了。"

王春芳摇摇头，眼里都是柔情，梦呓一般甜蜜地说："他还活在我心里，所以现在我已经有了答案。"

周小菲又惊又喜，拍手说："真好。"

她俩在月下说的悄悄话，卢骥轩偷听了一半；这偷听来的一半，他又只听懂一半，所以他摸不着头脑，不知道虞章华在王春芳心里到底是个什么样的人。听起来，王春芳好像是被虞章华骗到西镇来的。但是王春芳并不生气，相反还很开心。虞章华牺牲后，王春芳一度非常伤心，但现在她已经不伤心了，不仅不伤心，还觉得虞章华牺牲得很有价值——他的牺牲，让她明白了一些道理。而这些道理，她若待在花剪径，一辈子也不能想明白。因此，虞章华是用自己的生命启蒙了王春芳，使王春芳相信，每个人都有权利善待自己的生命。

老谭带来一个个令人振奋的消息：我山南游击队在轩辕台十里歼灭史家河民团，击毙其头目"余剥皮"，俘虏团丁三十余人；在野人冲一地击毙反动民团头目"黄百万"，缴获长枪十支、手枪六把；夜袭"熊阎王"老窝，抓获副官陈中华，收缴银圆七百、棉布八十匹……

在山南根据地，坚持游击战争的广大军民一刻也没有懈怠，县委领导制定了军事斗争和政治斗争、公开斗争与秘密斗争相结合的对敌斗争方针，广泛发动群众，分化敌人营垒，建立革命统一战线，利用敌人白天搜山、夜晚撤回据点的空隙，采取奔袭、夜袭等手段，严肃镇压了一批反动联保主任和恶霸地主。这有力地打击了敌人的反动气焰，也很快打开了工作局面。通过教育争取和分化瓦解，对国民党当局阳奉阴违的"两面政权"为便衣队筹粮大行方便，一批批粮食、药品、布匹、帐篷等重要物资绕过敌人的封锁线陆续送到山上。由于保甲长白天为国民党办事，夜晚为共产党工作；壮丁队白天为国民党守防，晚上协助便衣队向地主征粮，山南县委逐渐掌握了根据地工作的主动权。

一方面是敌人对根据地采用碉堡线、递步哨、倒林"三位一体"的反革命手段进行"清剿"；另一方面，便衣队扎根于群众之中，与群众结成了水乳交融、生死与共的紧密关系，实际上也形成了地方党政军三位一体的组织，成为游击战争最好的武装工作队，反"清剿"斗争如火如荼。从1934年到1937年，国民党当局的反复"清剿"并没有让共产党武装在山南彻底消失，相反，因为游击战争的不断扩大，革命的红旗始终飘扬在大别山上。

1937年7月，由于国内政治形势有了进一步变化，停止内战、抗日救国成为人心所向、大势所趋，国民党地方当局被迫接受了中共地方代表发出的停战谈判的倡议，并在数轮激烈的谈判之后最终达成停战协议，甚嚣尘上的反共内战暂时宣告结束，国共开始合作抗日。

这消息传到轩辕台，吴幼菊第一个跳出来说不可能。

王春芳问她为什么不可能，吴幼菊吵架似的嚷嚷道："那还用问吗？国民党杀了我们那么多人。"

王春芳点头说："我们也杀了国民党不少人。"

吴幼菊眼一瞪："那就更不可能了，这是血海深仇。"

王春芳不动声色地说："可现在日本鬼子杀到家门口了，咱们自己人还跟自己人干吗？"

听了这话，仿佛是为了驳斥王春芳的谬论，吴幼菊声音更大、口气更冲了，她气咻咻地说："谁跟国民党是自己人？国民党永远是我们的敌人！"

王春芳看了看卢骥轩，说："老卢，你来分析分析。"

卢骥轩只好清了清嗓子，硬着头皮说："嘻，斗争环境还是很复杂的，不能说国民党是自己人，当然，也不能说国民党永远是敌人，我们共产党人是讲辩证法的。"

王春芳一竖大拇指，笑着拍拍卢骥轩的肩膀："还是老卢的水平高。"

对此吴幼菊虽不以为然，但因为带消息上山的老谭信誓旦旦，也由不得她不信。

老谭的威信还是有的，这几年多亏他山上山下两边跑，不管封锁线拉得多长，布控得多么严密，白色恐怖有多么严酷，他总有法子在敌人的眼皮子底下钻进钻出。他吹嘘说自己有九条命，不过为这三年游击战争，已经死里逃生丢了八条，所以他要好好留着剩下的这条命，掉转枪口打鬼子。老谭振奋地说："我们被抓的同志都给放回来了；卖到山外的女人，也大都送回来了。这说明国民党初步显示了他们合作的诚意，我们也就大人不记小人过，不跟他们计较咯！"只是说到那些给白匪捉去卖到山外头的女人，老谭有些感叹："当初那个惨哪……唉，不提了，现在她们有的在山外嫁了人，连孩子也生了一串，实在不愿意回来的，就算啦。"

吴幼菊听了这话，又尖着嗓子叫起来："什么，不愿意回来？这是什么觉悟！难道我们的红军指战员，我们共产党人，还不如她们在山外随便嫁与的阿猫阿狗？"

老谭嘿嘿一笑，咂着嘴说："也不是阿猫阿狗。你晓得的，那时候凡是剪了头发、穿对襟褂子的女人，只要是没能跑上山的，都给当作'党婆子'捆了卖出去啦。你想啊，既能花钱买个女人回去，那也算是有家底的，搞不好还是个财主哩。不过也有没钱的，强过买只牲口罢了。再有些不济的，摊上一条薄命，卖进窑子也是有的。"

吴幼菊仍旧气哼哼的，她咬牙说："那时候宁愿被卖进窑子，也不上山和我们一道革命，这样的人，是我们妇女的耻辱！"

王春芳实在按捺不住，接口道："谁知道在山下会被卖进窑子呢？要我说，这些女人也是可怜。如今在山外又有了孩子，做了娘的人，总归顾忌要多一些。"

吴幼菊只是不忿，哼一声说："你可怜她们做什么，她们在山里也是有丈夫有孩子的，怎的又没脸没皮地再嫁给旁人？"

王春芳也顶着一口气，执拗地说道："她们怎么就没脸没皮了？那时家里丈夫或是死了，或是被抓了，总之是顾不上他们孤儿寡母，她们叫白匪捆出去卖，难道是心甘情愿的？做女人由不得自己，给人当作畜生买来卖去，就连生孩子，也不过像牛马一样，任人摆布地下崽儿罢了。这是什么样的日子，你可想过？"

吴幼菊便冷笑起来："你说得对，这样的日子，我是宁死也不会苟活一天，怎么还等得到给那花钱买我身子的畜生生下一窝小崽子！"

王春芳还要跟她辩，早给卢骥轩和老谭一左一右架住了，拖到棚子外面，劝道："你看看你看看，国共都合作了，你俩吵什么呢？"

老谭的意思是，吴幼菊就是个要强的性子，凡事都要压人一头，王春芳不必跟她一般见识。王春芳自然不答应，犟头犟脑地说："为什么她要得强，我偏要不得？我非要和她见识见识。"

卢骥轩和稀泥道："她大哥是烈士，你就看在她是烈属的分儿上，让让她呗。"

王春芳一呆，忽然红了眼圈儿，点头说："我知道了，虞章华也是烈士，可我们没有成亲，所以我不算烈属。她吴幼菊要是只有周廷三这个倚仗，便不能压我一头了。"

这话说得卢骥轩和老谭面面相觑，作声不得。

其实卢骥轩也觉得吴幼菊有点过分，她现在不比刚刚参加革命时那个细弱的小姑娘了，简直可以说是粗壮。这粗壮又不仅仅是身体上的，更是精神上的，说话行事自有一种强悍的风格。偏偏王春芳是土匪出身，哪里又是好相与的？两人遇到一块儿，立时天雷勾上地火，他这个救火队员，实在分身乏术。

私下里老谭对卢骥轩说："你手下这两员女将，一个都惹不起，你带着她们在轩辕台坚持了三年，不简单哩！光是让这俩丫头'和平共处'，就不是件容易的事情，嘿嘿，你是咋做到的？"

卢骥轩哭笑不得，苦着一张脸说："我没有办法，不过敌人有办法。只要白匪一来搜山，她们必得噤声。再就是，现在吃得饱了，有力气吵架。"

老谭哈哈大笑，拍着卢骥轩的肩膀说："你老兄本事不小呀，这下有用武之地了，咱下山打鬼子去。"

卢骥轩拊掌道："好，打鬼子去！"

在去七里坪参加抗日游击队干部培训班前，卢骥轩特意去了趟县城。

几年没下山，城里倒还是原先那样迎来送往、车马喧嚣的样子。人头挤挤挨挨地攒动着，从东到西，从南到北，迎着各自的方向，摩肩接踵呶呶不休。四周的铺子花样林立，店招飘摇，吆喝声、招呼声、讨价还价声响成一片。叮叮当当的银器店和铿铿锵锵的打铁铺都热闹，各色人等为各色营生进出各色地方，并没有因为逢着乱世而不打算把日子有声有色地过下去。卢骥轩站在街头，一阵恍惚。

闹市里，东南角有一处斗拱飞檐的明代古建筑，青砖门额，彩绘花墙，正是高崎城东的魁星楼。还是多年前，卢骥轩在城里念书时，曾去魁星楼拜过，正殿里金身青面、赤发环眼的魁星让他接连做了几个噩梦。

说起来是个笑话，人家拜魁星都是求功名，他那时已绝了科考的路，不用再像他父亲那样祈求榜上有名了，然而读书人心里还有些传统的念头，不堪其用，亦不足为外人道矣。他读的是县隶甲等农校，晏阳初先生所推行的平民教育很是切中他的心意，他想自己日后或也可走乡村振兴这条路，到积贫积弱的乡间去，帮助农民"除文盲、做新民"。只是后来他受他父亲"调教",到敦本堂当差,难免有拜尘之嫌,亦与自己的理想相差甚远;再后来,平地一声春雷,西镇暴动成功,他不知不觉被裹挟进一条更为浩荡激悍的洪流,这样便错过了和风细雨式的乡村教育实践,只能以革命的手段来解决农民"愚贫弱私"的问题。

那天他走进魁星楼,在头上长着两只角的钟馗面前立定,正欲躬身下拜,却被那狰狞的面目唬住了,一时怔在那里。那至高无上的魁星右手握一管大笔,左手执一只墨斗,右脚金鸡独立,踩着一条大鳌的头部,正是"独占鳌头"的造型。自古有道是"拜请钟馗,中榜得魁",他父亲卢方伦年轻时读书勤奋,早早地便录了秀才,之后来魁星楼不知参拜了多少次,却连乡试也未曾中过,反倒是邻里那些有钱人家的荒唐少爷屡有中举的,可见这魁星并不如何灵验,手中一支朱笔也是点得乱七八糟。料想神佛都是泥胎凡塑,何曾读懂人心,又岂能把前程寄托在它们身上!想到这里,他一时双腿便打不下弯来,怔怔地和那吓人的钟馗对视了一阵,茫然而不知所措,半晌,只得躬身退出来。

这天夜里他便长长地做了一个梦,梦见自己骑在那大鳌鱼的背上,横冲直撞地,只是在海里翻波滚浪,却如何也踏不到它的头上。赤发环眼的钟馗在一旁瞪着他道:"你这呆子,既能翻身坐在鳌鱼背上,怎的又踏不住它的头？是了，你是个假把式，一辈子也不堪用的。"他急欲辩白，一个浪"哗啦"打过来，他吃进一大口咸腥的海水，就此把想说的话都和着海水吞咽进肚腹里。他捧着肚子翻江倒海，恶心作呕，一不留神从鳌鱼背上滚了下来。那钟馗哈哈大笑，左手掰住鳌鱼头，右脚倏地便踏上去，稳稳地一个金鸡独立，"哗啦"摆开浪头，一边踩着鳌鱼远去，一边留下话来在海上飘忽往复："你啊你，浑浑噩噩地只是做梦，做梦啊……"这句话飘来荡去，始终也醒不转，急得卢骥轩一头一脸的汗。他心里清楚得很，自己长这么大，只晓得翻山，从来也没有见过海，怎么会梦见如此浩瀚的海水？明知做着梦，却陷在梦里，如何挣扎也上不了岸，年深日久地只是随波逐浪……

现在回想起来，他喉头还是一阵阵发紧，浑身潮乎乎的，裹满了细密的冷汗，不禁"咕嘟"吞一口口水，翻翻眼皮，这才发现自己已经走进魁星楼对面的一条巷子里。

这巷子叫七星巷，是个闹中取静的所在，家家户户的小院都很整洁，闾巷两侧树冠俨然，花枝纷披。一条麻石小径弯弯曲曲，并不像城中大多笔直的街巷那样一眼望得到头，加之两边花墙内五彩缤纷，种着姿态婀娜的蔷薇、凌霄和茑萝，越发显得曲径通幽。卢骥轩心中暗道，这里倒很宜居，凤佐兄当年寻下这处所在，想来是等革命成功了，便携着妻小搬到此地安居养老。他老婆是个大嗓门儿，叫嚷起来，几条街都听得见，藏在这里便听不着了；

他的一双儿女活泼可爱，也一定喜欢在小巷里捉迷藏，可惜……想到这里，卢骥轩黯然地垂下头来。

当年，除虞章华之外，詹凤佐是最肯和他谈心的。或许并不是谈心，不过是谈天罢了。詹凤佐性子开朗，和谁都有话说，但卢骥轩宁愿把他当作交心的朋友来看待。那次去佛堂坳，詹凤佐领着他，他心里忐忑杌陧，一路只觉得难堪。詹凤佐却逗他开心，拿自己说笑道："你看我，老婆日日骂得我狗血淋头，我也并无不开心；你父亲不过每日说你两句，那都是他老人家攒下的体己话，你又有什么道理愁眉不展？"詹凤佐又拿他的小舅子说事，说他岳父从小把小舅子顶在脑门儿上养大，从来不舍得撂一句重话，宠得这小子无法无天，只差老天爷作法收了去。凡天下做父母的，无不爱护自己的孩子，只是有人这样爱，有人那样爱，爱得五花八门，稀奇古怪。"他们又不是天生就会做父母，不过是生下你，才做了你的父母，因此你要体谅他们第一次做这个角色，难免时有乖谬荒唐之处。"他把道理说得浅显明白，诙谐有趣，由不得卢骥轩不展颜，心下也明白父亲是爱之深、责之切，这一路便走得不那么沉闷了。

詹凤佐生性乐观，在他眼里，实在没有什么是值得烦恼的，他使卢骥轩看到一种天塌下来索性拿它当被子盖的豁达与坚忍。在以后行路的时候，卢骥轩心中便有了几分笃定，纵使是在黑暗中摸索着前进，也比裹足等待要强得多，起码，一旦行动起来，就会有进步的力量稀释一些莫名的恐惧。那是连他的父亲也没有教给他的。

　　现在他已经走到了那座小院前，门头上垂下的凌霄花零落得差不多了，但也还剩下几朵颇有毅力的驻留在月洞上，点染出几抹鲜艳的红。这点点红色在九月的阳光下显得分外艳丽，闪耀着卢骥轩的眼睛。他举起手来敲门，刚敲了两下，便听院内一个妇人扬声喝道："小兔崽子，看我不揭了你的皮……"接着喊里咔嚓、哐里哐当，也不知是踢翻了桶还是打翻了盆。看来是詹凤佐的儿子又闯祸了，卢骥轩暗忖自己来得可真不是时候，这样左支右绌、鸡飞狗跳的场面多半会让那孀居的妇人感到难堪。不过开门的妇人倒并没有他想象中的那般局促尴尬，她呼地打开门，见到他，愣了一下，然后就咧开嘴巴笑起来："哎哟，我当是谁！"

　　妇人一口一个"卢兄弟"地招呼他进门，似乎对他的到来并不感到意外。看来老谭已经把他们下山的消息带给她了，这样也好，免得他还要费一番口舌。他笑吟吟地看着她，把城门口买的一包糖炒栗子和各色点心递过去。孩子们想必是喜欢的，那个刚刚受了责骂的男孩在一根檐柱后面探出小脑袋，不断地咂舔着嘴唇，只是慑于母亲的脸色，一时不敢上前。卢骥轩朝他怜爱地招了招手，他这才犹犹豫豫地挪过来，从刘海儿的缝隙里飞一点眼色瞧他的母亲。卢骥轩索性把孩子拉到身边，捡了麻花、糖角几样点心塞到他手里，问他可吃得惯。若依着卢骥轩，只有"周记"的酥油点心才正宗，但这孩子从小就离开了西镇，他觉得有些遗憾，"周记"是烟消云散了，再不能有那样的味道了。

孩子将嘴巴塞得鼓鼓囊囊的，点头道："好吃。"顿了顿又说，"我记得你，你那时叫我爹出去开会，我娘还骂过你。"

他娘便在一旁笑起来，作势朝他头上劈一掌："小兔崽子……"

他灵敏地一缩脑袋，趔开身子躲了去。这套动作想是练熟了的，他一双小腿捯得飞快，转眼已跳在两尺开外，手里点心却半分也没洒。

詹凤佐老婆问卢骥轩可去敦本堂看过了，卢骥轩勉强道："还不曾。"他心里知道自己实在是彷徨，只是不便开口。詹凤佐老婆听他这样说，当即快言快语地说开了。她扬起脑袋，眉开眼笑，十足兴致勃勃的样子。

"敦本堂换了当家的，虞寡妇被气得半死。那又如何呢？到底是今时不同往日。俗话说'人无千日好，花无百日红'，又道'三十年河东三十年河西'，'不是不报，时候未到'，真是半分也不错！"她一张嘴开合着，说得又快又密，容不得旁人插半句话，"你知道的，当年虞寡妇把二房赶走，用的手段可不光彩。如今二房回来了，她儿子和县党部那是有交情的……"

据说当年被逼出走的二少爷虞谟华和县长的儿子是
陆军炮兵学校的同期生，因"剿共"得力，一路升迁，如
今在军界颇有些地位，虞二太太便仗着儿子的威风抖起来
了。这虞二太太断不是寻常女子，竟有卧薪尝胆的心力。
这些年她过得委屈，谁也不知她躲在什么地方，想来孤儿
寡妇，乏人照拂，日子也必艰难。谁知她竟没有半个字的
怨言，好似这么多年过得极轻松，往事恰似流水，连回首
望一眼也是浪费时间。她回敦本堂后，便泼剌剌放言说，
自己被赶出虞家后也没有做什么惊天动地的大事，不过是
把虞谟华培养成才。那个浑不懔的大少爷虞章华早殁了，
现下嘛，自然是她的谟华才担得起虞家的门楣。她话撂在
这儿，若不是她家谟华的关系，老虞家但凡有名有姓的，
便通通都是县党部名录上"通共"的匪逆。这样的罪名，
是足以抄家连坐的，从老的到小的，就是仆妇帮工，也是
一个都跑不脱。唬得虞家上下屁滚尿流，虞寡妇乖乖地把
敦本堂的交椅让出来，捏着鼻子竟是一句话也诉不出，想
来也是后继无人，心灰意冷，只得由二房去当这个家罢
了。这中间的曲折，卢骥轩也听老谭零零碎碎地提过，只
是不曾往心里去。詹凤佐老婆原是个能说会道的妇人，平
日里找不着说闲话的人便罢了，这时见到卢骥轩，端得是
喜不自禁，一路绘声绘影活灵活现地讲下来，由不得卢骥
轩不屏息静气细听分明。

　　"你父亲倒会来事，"那妇人眉飞色舞道，"虞寡

妇被二太太请到后院颐养天年去了，他仍旧做他的账房先生，算盘打得噼啪响哩。"

卢骥轩一呆，讪讪道："这个嘛……我父亲……他做得一手漂亮账，不管大太太还是二太太，总归是要用人的，做生不如做熟……"

"话不是这样讲，"詹凤佐老婆头摇得像拨浪鼓，"老话说一朝天子一朝臣，二太太难道请不起账房先生？"

"那么……嫂子告诉我，究竟是怎样呢？"卢骥轩摸不着头脑。

那妇人便得意地点拨他道："那是因为你父亲够精明呗，当年算账的时候并不曾亏待二房。"她便如亲见了一般，当下把虞寡妇如何赶走虞连海的众位姜室，又如何杀伐决断把持虞家大势的情形细说了一遍，连虞二太太被扫地出门的时候裹了几只香炉、那香炉是金是银还是铜都说得清楚明白。

卢骥轩"哦"了一声，轻声道："原来如此，嫂子是跟着一旁算的账。"

詹凤佐老婆"扑哧"笑起来："你就打趣你嫂子吧，我说得对不对，你回去一问便知。"

从詹家出来，卢骥轩脑袋还是嗡嗡的。那碎嘴子的妇人让他晕头转向，天上一脚地上一脚的，连吴幼菊和周廷三苟且时让她撞破好事、周元甫的三姨太和长工眉来眼去、詹凤佐替白同柏私置外室这些陈谷子烂芝麻都翻拣出来说了个底儿掉。

"亏那死鬼先前在城里头细细摸过一遍，将各处售卖的宅子位置、行情和我说了个大概，我那时叫天天不应，叫地地不灵，拖着大的、抱着小的，一路哭得眼睛滴血，寻下这处宅子可是不容易。我不是夸口，那吴勔家的，长得斯斯文文，又念过几年女校，可是当得起大家闺秀吧？当初和她男人也是自由恋爱，两人好得蜜里调油，说什么'天地合乃敢与君绝'，我呸，谁晓得这边吴勔身子还没凉透，那边她就寻下了人家。两个孩子也改了姓，他老吴家从此算是断了根，哎呀，真正是人不可貌相……"

卢骥轩只是点头，插不上半句。一旁，詹凤佐的大女儿已在厨下默默烧好了中饭，怯怯地问她母亲，可要将饭菜摆上桌来。

詹凤佐老婆拍着大腿呵斥道："你这傻女子，哪有这样问的！白吃了这么多年干饭。"

卢骥轩赶紧站起身来告辞，任詹凤佐老婆怎么留客也是不肯再待下去了。

从县城东门进来，至小街口径直往南去，不远便是历史悠久的药王庙。此地人烟辐辏，旗幡相接，那矗在风雨中斑驳了日月的药王庙不知多大年纪了，每日雍容地坐落在熙攘的街头，迎来送往善男信女无数。斜对面一处旺铺，正是赫赫有名的敦本堂。卢骥轩识得那镶着金箔的门面店招——虞家老祖宗，诨号"虞大头"的，穿过百年的光阴停在一面杏黄色旗幡上，头戴瓜皮小帽，笑微微地远远点着头，迎风笑出几片褶皱；门前是一尊铜铸的铁拐李塑像，与真人一般大小，想来是逃难时从西镇搬来的，见到这个，便是见到声名远播的鲤鱼膏药了。这一切都熟悉得很。卢骥轩板直了身体，一步步走过去，十分郑重而端肃的样子，走得一步一顿。由于常年钻山穿林，他的身量有些佝偻了，永远是弓着背前倾的姿势，明明是壮年人，行走在平地上时倒有垂暮之感。他很快意识到这一点，赶紧调整自己的步态。可是，好端端地，双腿忍不住想打架，他不得不耗费极大的力气扳直它们，唉，竟然好像不会走路了。离得越近，脚步便越发沉重，似有千斤的砣往下坠着他的身子，又有万钧的弓朝后拉着他的双腿。唉，这是近乡情怯了，他真不知怎样面对多年未见的父亲。

　　印象里，父亲的一张面孔总是板着的，他对自己的孩子，永远只有一种声色，那便是刻板的严厉。这严厉因为年深日久，得到一种特别的巩固，以至于孩子们长大成人之后也不能忘掉自己的身份，面对父亲，永远是战战兢兢，像许久许久之前，那个担心在父亲面前行差踏错的小孩子。卢骥轩有时无稽地想，自己那样心疼周小菲，或许是因为在她身上看到了那个小小的、卑微的自己。现在他就要见到久违的父亲了，他早已顶风立雪成长起来的高大身躯，竟有些微微地发抖。其实可以不见的，倘若他悄悄地从城外绕道而行，自然也可以平安顺畅地抵达七里坪，不过，他这样一路不惜耗费自己的青春和勇气，去违逆父亲而放诞地成长，到底是为了什么呢？难道是为了永不见他所畏惧的父亲吗？当把所有的注意力集中到这个问题上的时候，他不由得深吸一口气，迫使自己松了松紧绷绷的身体。

九月的阳光照在那尊阅历无数的铁拐李铜塑上，闪动出一片耀眼的反光，卢方伦正要举步跨出敦本堂那高高的门槛，却把半只脚悬在空中，如被人施咒般定住。他的嘴唇翕动了一下，似由嘴角出其不意地飞进一只蠓虫，不知死活地跌落在他的舌尖上。他忽而又紧闭上双唇，仿佛决意要守住这突如其来的秘密。这姿势很容易失掉平衡，他不得不伸出手来，猛地抓住门框。

"父亲大人。"迎面过来的那个年轻人向他躬身拜下去，卢方伦吃了一惊，不相信似的四面看了看。确定并没有另一个窘迫的父亲，这才一把捉住那只手，呼地拉进门来。

"你，你……"卢方伦拉着卢骥轩的那只手抖得如同筛糠，并不完全是因为激动。为了这个逆子，全家人提心吊胆，当局的"清剿"公告就虎视眈眈地张贴在城门头，他竟大模大样地混进来了。待卢骥轩向他解释，国共两党已冰释前嫌，联合抗日，卢方伦还是心悸得厉害，他一手抚胸，一手紧捉卢骥轩的手，不肯松开半分。

　　按例，卢骥轩是"匪"，是"清剿"的对象，可在卢方伦眼里，他实在不过是个糊涂而软心肠的孩子。早年卢骥轩在县里念书的时候，宁愿自己半饥不饱，也会匀一半餐给没有饭吃的同窗。那得他接济的同窗虽只念了不长时间便迫于生计而改做漆匠去了，却记得他的好处。后来卢骥轩的大妹出嫁，这好手艺的漆匠还送了一对漆面如镜的子孙桶来，照得卢家妹妹泪水涟涟。那时候，卢骥轩在山上，许是倚着树妖藤精在做春秋大梦。卢方伦想起这个不中用的儿子，便恼得七窍生烟，却是半点做不得主。

　　卢方伦吃惊地望着眼前这个身材高大的年轻人，微微仰视的角度让他很不习惯。儿子已经长得这样魁梧了，远远超过了父亲对他的想象。谨小慎微的父亲日夜为胆大包天的儿子担惊受怕，却没有想到有朝一日儿子会走到他面前说：这便是你的果报。这个做父亲的，已经好几年没有见到自己的儿子了，这会儿，他定定地看着那张日思夜想的忤逆的面孔，心中感慨万端——他竟然在儿子的鬓边看到了一星斑白。那是风霜浸染过后的颜色，似乎还能听到啸叫的朔风从耳旁掠过，隐隐夹杂着铁马金戈的振荡之声。卢方伦叹息着把目光收回来，最终落在眼前一盏微凉的毛尖上。碧色的茶汤已不再氤氲着热气，茶叶完全舒张开来，慢慢沉入水底，一芽一叶，纤毫毕见。

　　"那么……这就走吗？"卢方伦实在没有力气再去看一眼这个不肖的儿子，他已经走得太远，怎样也抓不住他的半片衣袂了。此番短暂的相见，不过是为了告别。儿子站在父亲面前，长手长脚的，早就比父亲高出一大截，还在西镇的时候，卢方伦已经不能够逼视他。

卢骥轩的母亲早就把眼泪洒了满身，这时一口一个"儿呀"，拖住卢骥轩不肯放他走。瘦弱的母亲积攒了多年的力气似的，两只手臂如同两把铁钳，狠狠箍住卢骥轩，竟让卢骥轩哽咽着喘不过气来。

他回身对母亲说："您这是做什么？"

"自然是不放你走，"母亲哭得立时便要肠穿肚烂一般，一字一顿地说，"我肚子里掉下来的一块肉，烂也要烂在我怀里。"

父亲听得直皱眉，甩袖道："什么话！他长了腿的。"

母亲只是哭："我不答应。除非我死了，到那时他走到哪里我便不管了。"

父亲不耐烦起来："这些年你又不拦着他，现在可是晚了。"

"当年我不晓得你们的事，"母亲颟顸地睁大眼睛，"现在我知道了，便不能让他走。"

卢骥轩任由母亲环抱着他，微笑地抚着母亲的手臂说："娘莫哭，你哭得我心酸哩。"

他母亲哭得更厉害了："你可知道娘的心呀……"

这一来，打定主意硬下心肠的卢骥轩不觉心软起来，竟俯下高大的身子，和他瘦小的母亲抱头痛哭了一场。他的眼泪鼻涕半点也不掺假，心中鼓涌着莫名的悲痛。那悲痛漫漶着他，使他放纵了自己，与漫卷而来的浓浓的夜色达成掩耳盗铃的妥协——唉，不走了，今晚，就是陪着母亲说说闲话也是好的。

母亲果然上了当，欢欢喜喜地拉着他坐在床前。

"轩儿，"她唤一声他的乳名，因衰老而混浊的眼睛里泛起他幼时熟悉的那种温柔的光芒，"你如今这样大了，我却老是想着你小时候的样子。"他听着母亲的声音，不觉回到幼时伏在母亲怀里那种安全而满足的状态，眼皮子黏在一处，有些昏昏欲睡了。

"轩儿，"母亲说，"你小时候爱睡觉，一睡下便起不来。我担心你这睡症，因此自己是整宿整宿睡不着的。人家和我说，这孩子投胎时让小鬼儿魇住了，时不时地便要灵魂出窍，去找小鬼儿，怕是养不活……我只是不肯信！我花十二分的力气养你，我一心想，我比别人家做娘的多用两分心力，总能把你养大。果然，你后来长得高高大大，呵，比别人家的孩子都要懂事。我只盼着你平平安安，其余的，我是半点也不去想……"

他打着瞌睡点头，迷迷糊糊道："唔，娘，我原也是个没出息的，我从小样样努力，却，却总不能让父亲满意……"

"你父亲他口硬心软，实在是对你抱了很大的希望。"母亲反过来劝慰他。"那也是对的，你是家中老大，是日后顶门立户的人，他总想着你能够挑大梁，只不过……"母亲叹息着，如水的目光倾泻在卢骥轩身上，"你要好好的，你父亲现下也不求别的了，我们都只盼你能够平平安安……"

卢骥轩睡着了，把母亲的叹息盖在身上。

这一夜睡得深沉，竟连一个梦也没有进入到他安稳的睡眠里来。翌日一早他醒来，母亲倒吃了一惊。"我见你睡得那样沉，还以为总要睡个三五天。"母亲把小米粥端过来，看着他吃粥，怜爱的目光揉搓着他，"你的睡症……这几年竟好了？"

卢骥轩笑笑，说他也不知道自己的睡症是不是好了。这几年，他睡觉时都要睁着一只眼，是到了母亲身边才这样踏实畅快地睡了一觉。母亲便又红了眼圈儿，撩起衣襟来擦泪，心疼道："那你以后都在娘身边睡呀。"

卢骥轩放下碗来，沉声道："娘，不把日本人赶走，全中国的人都睡不下一个安生觉哩！"

母亲怔了怔，忽然明白过来似的，含泪点点头："我晓得了，你还是要走。"

第八章　鸳　鸯

　　九月的阳光折叠在卢骥轩身上，那件青布褂子吃透了光线，反倒泛出失真的黑红色。他站在火轮般的太阳下，手搭凉棚，前面是一重一重的屋脊。阳光贴在黛色的屋瓦上，贴成一片一片的金箔，耀眼得厉害，他的眼睛很快就受不了这样的刺痛，转而看向地面错落的暗影。不过，视觉神经里短暂留存的金箔镶嵌的影像，仍旧使他感到有无法摆脱的困惑，他狠狠眨了几次眼，这才稍稍恢复些。

　　他到底挣脱了母亲的纠缠，就像他父亲说的，"腿长在他身上"，他两条长腿发力跑起来，母亲那双残疾的小脚是断然跟不上的。她哀哭的样子真是可怜，可他又没有办法成全她一颗做母亲的心。他狠心地把她甩在身后，久久都不敢回过头去看她一眼。倘若回头了，他怕自己的脚就生出根须来，再也移动不了半分。

　　父亲还是明理的，旧式的读书人，多少有那么一点家国天下的情怀，听说他此去是打日本人，便不再黑着脸斥他昏乱无稽了。日本人虽离这座小县城尚且很遥远的样子，父亲却从新闻纸和无线电里得到了这样的结论——倘若匹夫无勇，那么亡国之日便不远矣。每个热血的男儿都应当上战场杀敌，父亲倒并不怀疑，异族的侵略真正地威胁到了体面的正经人，不要说安稳地过日子，即便想安稳地做亡国奴也是不能。因此父亲反过来劝母亲不要糊涂，父亲的语气和神态里透出了一丝欣慰，那欣慰是凝重和慰藉的，似乎这么多年来，父亲第一次认为他不再糊涂地做梦，而是认真地去践行一项人生极重要的职责。他便这样踏着父亲支持的目光，走出了母亲柔情的包围，嗅闻到了秋风中"男儿何不带吴钩"的铁腥味道。

强烈的日光使他在驿路中央稍稍晕眩了一下，待看清脚下的路，便坚定地大踏步走出去，不久就把那座古老而封闭的城池甩在身后。

城，早就老在时光里，怕有一千多年的历史，城墙壁上累累印痕尽显沧桑，抚壁四顾，似能听到、看到那呼之欲出的风霜刀剑。它历经过频仍的战乱与灾荒，也曾经痛苦地倾圮断颓，但为了护着一城人，它又修修补补跌跌撞撞地站成铁壁合围的姿势。远的不说，破城的红军就曾经数次把血染的红旗插到城门楼上。虽说后来青天白日旗又挑了起来，但古城内外还流传着红军破城的故事。卢骥轩听到的最传奇的版本，是十万红军像天兵天将那样，脚踏七彩祥云从天而降，一把天火烧得城头的青天白日旗登时化作一缕青烟。现在的东城门一角，还有大片焦黑的印记，不论近观还是远望，均有触目惊心之感。

卢骥轩走了好远，一回头，还是一眼便能瞧见苍苔青壁上的黑印，像是人脸上一个硕大的疮疤，点在最显眼处。那张疤瘌脸远远地望着他，默默无语，他与它隔着千年的烽烟对视，越看越觉得它像一个人。一个有魂灵的人，痛苦而又安静地老在时光里。他向那人挥一挥手，那人便朝他笑笑，脸上的疤瘌晕染开来，渐渐变得淡了。

他这一路走得不是滋味，脑子里老是萦绕着那张痛苦而又安静的脸。尤其是那惨淡的笑容下面无法掩盖的硕大的疮疤，使他无端地想起很多逝去的人和过去的事。它们如一团糨糊一样搅扰着他，把他脚下长满蒲公英和车前草的驿道都搅得打了结。他明明一步跨出去，踩塌了几枝车前草，可是走过一段路再看，还是回到原地，四下都是看不见的墙似的，那车前草一丛一丛顽强地生在他脚下，每一枝都像是被他践踏过，每一枝又都像是从未被人践踏过，生得热烈而从容。他不敢再看脚下，连忙抬头向前，却猛然发觉已走到一处僻静的山坳。

那山坳谈不上开阔，却也并不逼仄，有一些从山上滚落的石头随意地四散在野地里，像是太虚里的哪尊神仙投掷在人间的一颗颗巨大的棋子。他想象着它们被一只看不见的手凌空搬来搬去，却无论如何想不出这扑朔的棋局到底有怎样纵横的走向和未卜的结果。他正在那里发呆，蓦地从一块巨石后面转出一人一马来，着实将他吓了一跳。待看清来者是个富态的老妇人时，卢骥轩不禁惊愕地张大了嘴巴。

那老妇人一袭玄色的素衣布裙，面色沉静如水，虽无朱翠点染，却不掩梅兰气质，正是众人口中早已失势的虞寡妇。

"我昨晚听说你回来了。"她右手牵着缰绳，迤迤然走到他面前，身后的马匹咴咴地打着响鼻。卢骥轩赶紧躬身作个揖，堆笑道："给梅姑姑请安。"

虞寡妇娘家姓梅，和卢骥轩祖上是邻居。虞寡妇做姑娘时，曾和卢骥轩的父亲卢方伦以兄妹相称。这都是好多年前的事了，待卢骥轩对虞寡妇留有印象，她已是虞章华的母亲——和他母亲一样，是个梳了髻的妇人。这时两家离得远了，若非塾馆放了学虞章华来找他玩儿，他父亲是不许他主动去敦本堂找虞章华的。有时虞章华邀他去敦本堂玩儿，他忍不住偷偷摸摸地去了，见到虞寡妇也是浑身不自在。虞寡妇好像知道他的心思，笑着对他说不碍事，她不会告诉他父亲。他这才放下心来。

至于父亲为何不让他去敦本堂，他却不敢问父亲，只壮着胆儿悄悄地问过母亲。母亲说她猜度父亲的意思，大约是两家门户相差甚远，"章华来找你，你管他不着，但你去敦本堂，那便有攀附之嫌"。小孩子哪里懂得这些，仍旧是稀里糊涂，只是他牢记了父亲的教诲，见到"敦本堂"三个字便自觉地绕开些距离。就连家中必备的膏药，也是他母亲去敦本堂按原价买回来。这或也是他父亲的意思：卢家是卢家，虞家是虞家。

只是后来父亲怎么又肯去敦本堂做账房先生，这真是让卢骥轩百思不得其解。

想来敦本堂给付的聘金实在是丰厚，远远超过了这个自尊的账房先生的尊严。为免瓜田李下，卢方伦和虞寡妇自然没有再互称"哥哥妹妹"的道理，但卢骥轩是后辈，仍旧唤虞寡妇作姑姑。

虞寡妇面色不豫道："你既叫我一声姑姑，怎么难得回来一趟，却不来看我？你呀你，不会是和那些眼皮子浅得只剩下银票的人一样，欺负我是个孤老婆子吧？"

卢骥轩慌忙赔礼道歉："是骥轩的错，不曾到府上给姑姑请安，实在是行走匆忙，若不是昨晚瞌睡得紧，倒头便睡，就连一晚上也不能在家里耽搁。"

虞寡妇叹口气，疼惜道："我想你也不是那样的孩子，终究我是看着你长大的，知道你心地纯良。"她自然也知道卢骥轩自幼时起就有嗜睡的顽疾，一睡下去，便是天昏地暗，着实吓人。卢骥轩既赔了礼，这老妇人便不再深究他失礼之处，转而关心起这孩子这些年身体可好，又悉心嘱咐他，世道纷乱，千万要好好照顾自己。卢骥轩恭敬地答了，说是身体无碍，上山下山都如履平地，只是不能在父母身边尽孝，心中着实有愧。

虞寡妇怔怔地瞧着他，半晌道："好孩子，你从小就心善，又听话懂事，不像章华，只晓得……唉，我章华若还在世上，不知可会惦记他母亲。"

卢骥轩暗暗责备自己触及了一位母亲的伤心处，只得讪笑道："章华心里是有数的，他曾和我说过，这一生最对不起的，便是自己的母亲。"

虞寡妇一愣，喃喃道："他倒不曾和我说过半句体己话……啊，对了，你们是好朋友，他有什么话，自然是和你说。"

卢骥轩摸不着头脑，不知虞寡妇一早特意骑了马来半道上堵他是何用意。这老妇人身手矫健，保养又得当，单是瞧身形，竟全无老态，只是眉梢眼角透出些许风霜之意。或也是因为丧子之痛，叫一个母亲荒了心思，不然这强悍的妇人且风光着呢。按说卢骥轩和虞章华是发小儿，又是革命同志，加之虞寡妇和卢家颇有渊源，他原该去敦本堂拜访她的，但不知是何原因，他可以挤出时间去詹凤佐家里探望，却给自己找借口省下时间没去虞寡妇那里跑一遭。他心里实在是很难过，唉，老实讲，他不见她，可不是像虞寡妇所说的是因为她失了势，成了个不中用的孤老婆子，而是因为他不知道怎样去面对这个晚景不堪的老妇人。

说来也奇怪，在虞寡妇面前，卢骥轩一直觉得自己的形容举止样样都透着窘迫，无缘无故地便感到心慌气短：一面是慑于这妇人杀伐决断的气势和威严，一面心底里又纠缠着来历不明的厌恶和排斥；一面觉得应当感念她对卢家的恩惠，一面又夹杂着莫名其妙的羞耻感。如此复杂而无聊的情绪使他极讨厌这样的自己，直到现在，他想到她的落寞和凄凉，隐隐还会感到一丝负疚，好像他在她吊诡的命运中应当承担一小部分责任。正是这很小的一部分说不清道不明的"责任"，让他无法面对她，甚至看她一眼都觉得浑身不自在，显得人生荒诞不经。他想起在山上时那个短暂得如同幻影的梦境，那灵魂出窍般的一闪念，想到年轻丰满、奔放而又幽怨的虞寡妇，不免神思恍惚起来，一时手足无措地待在那里。

虞寡妇像是许久未曾和人说过话，这时见到卢骥轩，竟和詹凤佐老婆一般，闲聊起来滔滔不绝，以至于让卢骥轩备感荒唐，仿佛詹凤佐老婆的一张嘴贴到了虞寡妇的脸上。虞寡妇说现在敦本堂当家的二太太当初被她赶出虞家，因此多年来二太太心里怀有怨憎，这也在情理之中。做母亲的爱子心切，则为之计深远，可惜自己的儿子并不感念她为他所做的一切。如今她的章华殁了，她成了一个孤老婆子，她也无可计较。这原是有因果的，并无什么意难平。别人怎样嚼舌根子都好，她照样吃得下，睡得着。既然阎王爷没有来收她，那么她且睁眼活着，把什么都看在眼里。她近来诚心礼佛，竟得了神通，天眼也开了，看得见昨日、今日、明日种种，因此心里不急不躁。须知万事万物皆有缘法，花开花落自有时，她掐指算过了，二太太日后也是个没有倚仗的，和她一样，命中注定无子送终。现下老祖宗送二太太回敦本堂，不过是怜恤这个无知的妇人日后没个去处。托虞家老祖宗的庇护照拂，她们都要感念这份恩德才是，因此须一笑泯恩仇，守望相助，齐心协力地把敦本堂守下去……卢骥轩听她越说越奇，心中直犯嘀咕，无奈口不能言，像是被人缚住了，连同舌头都被捆得结结实实。

　　说了半晌，虞寡妇叹口气，眼光渐渐迷离起来："我也问过自己，因是何因，果有此果？虽说看得开，看得淡，我还是不肯甘心，那是没有看透的缘故吧？因此想来问问你，章华究竟是怎样想的。我做了他二十多年的母亲，怎么竟然好像从未真正了解过这孩子。如今他已不在人世，我想找个机会和他说说心里话，却也是不能了……"她的声音笼在一层纱雾里，四野空荡，无物可借，让卢骥轩感到天苍苍、地茫茫的一身悲凉。

　　坦白地说，对于虞章华为什么甘愿做一个无良的逆子和无情的爱人，他卢骥轩多半也是不知所谓。宏观地看来，固然他们是同一类公而忘私的"叛逆者"，实则并不相同。有些私人化的问题，他想替虞章华回答也无从答起。譬如一个人多年来泡在酒坛子里麻醉自己，是不是因为心里藏着很多痛苦呢？

　　卢骥轩记得虞章华第一次偷酒喝时，只有九岁年纪。他们从唐先生的塾馆下了学，一起从镇东头走到镇西头，路过沽酒铺时，虞章华突然心血来潮地对他说："我见大人们都爱喝酒，想必这是一样极好的东西。"

他茫然道："酒不好喝的，又苦又辣。"过节时他曾拿筷子从八仙桌上的酒杯里偷蘸了一筷头，那味道实在不敢恭维。

虞章华却摇手说："你定是没有喝出滋味来。"

那天虞章华从自家的药铺抓了一把铜钱，去沽酒铺换了一碗酒和一包油炸花生米，把自己喝得东倒西歪。九岁的虞章华一边手舞足蹈，一边哈哈大笑道："好啊，好啊，真是好啊！"直吓得卢骥轩魂飞魄散——他到底忍不住嘴馋，陪着虞章华吃了几粒花生米，这下成了"共犯"，想后悔也来不及了。幸而虞寡妇并没有把这件事告诉他父亲卢方伦。

一个孩子，喜欢辛辣上头的滋味，居然还上了瘾。这背后的故事没有人去深究过，就连他母亲也只当他是不学好，打了几顿没有用，也就随他去了。卢骥轩想，这多么奇妙，他和虞章华，是多么不一样的人啊，可他们偏偏又为了同一个目标，走上了同一条路。这个表面得来的方向性结论，让那个失去儿子的母亲紧紧抓住他的手，不依不饶地盘问不休。她问他，为什么她的章华要骗她，一次又一次伤她的心？

卢骥轩期期艾艾地说："这……大抵是为了革命吧。"

虞寡妇的眼泪不觉就下来了，颤声说："很好，很好，我的儿子，果然是做大事的人……"

卢骥轩不知道，是不是所有的母亲，对孩子都这样宽容而又陌生。

他的母亲也并不能够理解他，然而母亲愿意为他做一切事情，包括接受儿子的遗弃和承受儿子带给她的剜心剜肺的痛苦。"你是娘的心肝哪。"他母亲可怜巴巴地说。但他还是头也不回地把她丢在了身后。她花白的头发翻飞在风中，像是白色的经幡，扑簌簌翻开了恒河一样长的岁月。一定是历经了很多次轮回，她才有机会做他的母亲。而他因为信仰，对她的痴心并不在意。全天下的孩子，都是在这样一意孤行地成长之后，和自己的母亲渐行渐远的吧。

虞寡妇拉着卢骥轩的手，像是母亲拉着儿子的手。他们坐在野地里的大石头上，絮絮叨叨地说了很多闲话。

虞寡妇说卢骥轩小时候吃得少，睡得多，长得又瘦小孱弱，简直像一只病歪歪的小猫。虞章华只比他大半岁，看上去却像足足大了几岁，所以虞章华是兄长，卢骥轩是小弟，虞章华说什么卢骥轩都肯听。他们一起出去玩耍，都是虞章华出主意；卢骥轩呢，明知道回去要挨卢方伦的骂，也不驳虞章华那些荒唐的想法。

"唉，我就说你们兄弟两个，是一条绳儿上的草蜢子哟。"虞寡妇拍着卢骥轩的手背叹道，"你呀，就像是他的影子。"

　　卢骥轩又是一愣，瞠目结舌地露出一副痴傻模样。他驳不了虞寡妇，她说得对，他和虞章华小时候就一起干过许多荒唐事。虞章华主意多，撒泡尿也能想出一个歪点子。他想出自以为得意的点子来，便兴致勃勃地邀上卢骥轩和他一起去搞事情。卢骥轩傻乎乎的，从来不晓得违拗，只知道有人来找他玩耍，是天底下最开心的事情。往往是闯了祸事，二人抱头鼠窜，跑到安全的地方相视大笑，像是里外照镜子，你瞧瞧我，我瞧瞧你，越瞧越有趣。

　　虞连海是不管虞章华的，卢方伦却饶不了卢骥轩，到头来，还得虞寡妇出面息事宁人。因此卢骥轩喊虞寡妇一声"姑姑"并不吃亏——卢家那柄镌着《弟子规》的桃木戒尺，卢骥轩的母亲从来不敢碰，虞寡妇却能从卢方伦的手中把它夺下来。她护着卢骥轩，口中振振有词："你这当爹的，难道只剩下打孩子这一桩本事吗？"

　　此时此刻难为情，虞寡妇怜爱地瞧着卢骥轩，一只手伸到他的脸侧，摸了摸他的耳垂。"你是个有福气的好孩子，"她笃定地说，"不像章华，含着金汤匙出生，却不得好死……唉，我那时生他的气，骂他是个挨枪子儿的，他果然就在半道上吃了一颗枪子儿，堪堪打在这里。"她指着自己的胸口，追悔莫及。"我把自己的儿子咒死了，你说可是个天大的笑话？"她幽幽地在他耳边吐着气，一声惨笑，露出一口白森森的牙齿。卢骥轩浑身的汗毛都竖了起来，却不敢动弹半分。

虞寡妇像是想到了什么，"哎哟"一声，关切地问卢骥轩："对啦，那个从花剪径来西镇找章华的姑娘，如今怎样了？当初她找了来，我并没有搭她的腔，实在是没有力气管他们的事。章华你知道的，哪里肯听我的话呢，再则，我瞧她和章华也并不合适……不过，依我看，她与你倒是有缘的。"

这话让卢骥轩吃了一惊，像是被人从脑门儿处开了一个孔洞，当头浇下一壶滚水。

虞寡妇轻轻点着头，自顾自地说道："打面儿上看，这姑娘没心没肺，实则满肚子都是主意；你呢，却要别人给你拿主意。你梅姑姑没有别的本事，看人却是很准的……"卢骥轩脑子里已乱成一团，一时僵在那里，半句话也说不出。

好在虞寡妇并不十分为难他，又胡扯了一阵，她抬头看看天，长叹一口气，拍手站起来说："时候也不早了，好孩子，你去吧。"

卢骥轩懵懵懂懂地随她站起身来，似乎虞寡妇清早骑马赶来见他，不过是拉着他说这样一席不痛不痒的疯话。实则虞寡妇的痛痒他也并不能够理解，他只是依稀感到，这次见面使他们双方都得到了一种莫名其妙的解脱。或许，他从此不必再羞于见到虞寡妇，又或者说，他不必因为面对虞寡妇而感到忐忑和难堪，连同那古怪的梦境都有了新奇的解释——他想起在山上时，有一天自己正倚在板栗树后面观察敌情，突然灵魂出窍，见到了年轻的虞寡妇——如今虞寡妇说起王春芳，脸上笑吟吟的，仿佛说起年轻时候的自己，卢骥轩便如同看见了年轻的虞寡妇，与王春芳的影子叠在一处，合成一个看起来没心没肺、实则敢说敢做的姑娘。这姑娘顶有自己的主意，兰心蕙质，冰雪聪明，原不该被"寡妇"的名头降伏一生，她是她自己，嫁与不嫁，都与旁人无关。

这姑娘啊，卢骥轩感叹着，竟让他的眼眶发热哩。

在七里坪集结的时候，卢骥轩第一次见到了王秋林。

王春芳给卢骥轩介绍说"这是被咱们收编的王队长"时，卢骥轩还迷糊着，不知道她说的"王队长"是何方神圣。王春芳便咯咯笑起来，笑得王秋林着了恼，作势要在她脑门儿上凿栗暴。王春芳躲在卢骥轩身后，一会儿从卢骥轩左边探出半个身子，一会儿又从卢骥轩右边探出半个身子，嘴里颠三倒四地打诨说："早知今日何必当初？你在佛堂坳的相好都说给我听了，那是半点脸面也没有啦。"她伸手在自己脸颊上刮了两刮，羞得王秋林面皮发紫，她兀自伶牙俐齿地抢白道："我只说一样，爹爹他早年遭恶人陷害，内外俱受到重创，这才发下毒誓，终身不再出谷来，那也就罢了，可你心里是明白的，在山上做土匪，哪有什么滋味。难道几个小喽啰奉你为山大王，这日子便当真高枕无忧了？是好男儿就去打日本人，不然连小寡妇也瞧不起你。"

卢骥轩依稀记得王春芳说过，她父亲王大花鞋以前也是革命党人。中国早期的革命，刺杀成风，王大花鞋也被安排了刺杀任务。可他冒着生命危险完成任务后并没有得到理想中的荣誉和嘉奖，不仅被朝廷追杀，而且成了小团体内部斗争的牺牲品。他一怒之下便携了家眷入谷，再不问世事。后来虞章华误入花剪径，鼓动王春芳邀她父亲出山革命，王大花鞋只是不肯。王春芳又鼓噪哥哥王秋林，王秋林也不接这个茬儿。王春芳只好单枪匹马地跑到西镇来找虞章华，落下个"为革命私奔"的名声。谁想到现在王秋林倒被新四军收了编。

那王秋林的相好，也就是佛堂坳的小寡妇，娘家是和县的，家乡沦陷前，曾央着王秋林派人接她母亲经武汉来山南避难，孰料在路上遇到日本飞机的轰炸，轮船沉在江里，连尸骨也找不到。小寡妇从此恨上日本人，提起来就咬牙切齿，有时气不顺，还拍桌子、摔板凳地拿王秋林撒气，说他白白糟蹋了一杆枪，只会打劫，不会打鬼子。王春芳来七里坪时路过佛堂坳，在那里打尖，吃了小寡妇一顿酒饭。那小寡妇恨不得油煎了小鬼子拿来下酒，言语间颇为义愤，因此王春芳知道了这事，把王秋林的短处拿捏在手上。

王秋林左扑一下，右扑一下，只是捉王春芳不住，不由得气歪了嘴巴："你这促狭鬼，我是不是好男儿，还轮不到你来封我的名号。我王秋林在平安埠活捉了一个特高课的人，这事可有假？"

王春芳仰首哈哈笑道："你说的那个倒霉家伙，不过是仗着会几句叽里咕噜的日本话，打个幌子到处招摇撞骗罢了，他可不承认自己是特高课。"

她这一笑大了意，被脸色铁青的王秋林一把薅住袖子从卢骥轩身后拖出来，脑门儿上结结实实挨了一个栗暴。卢骥轩情不自禁"哎哟"一声，王秋林这才笑起来："哎哟，哎哟，这是打在妹妹身上，疼在哥哥心上呀。我当这野丫头如何不肯回家，原来外面的哥哥更会疼人些。"说得卢骥轩的脸唰地一下红到耳朵根子。

那王秋林因为佛堂坳的小寡妇和他爹闹得不可开交，王大花鞋气得发昏，说："你们一个两个都是吃里爬外的东西，那丫头看上个小白脸儿，便不要爹爹了，当真该打！你这逆子更是莫名其妙，私下结纳了一个小寡妇，便打着老子的名号坑蒙拐骗，败坏花剪径的名声，简直该死！"

王春芳说"打个幌子到处招摇撞骗"正是一语双关，揭了王秋林的老底，怎不叫他恼羞成怒。王秋林半真半假地对卢骥轩说："我这妹子长得不丑，脾气却难看，你老弟睁大眼睛，不要事后再来找我王家退货。"

卢骥轩红头涨脸地连忙摇手："不，不是。"

这副憨相可掬的模样引得王春芳笑痛了肚子，故意凑

到他面前问："不是什么？不是'长得不丑'，是'长得
很丑'？"

"不是，不是。"卢骥轩又摇着手慌里慌张地否认。

"不是要退货？"王春芳逗他。

"不，不，不。"卢骥轩手摇得更厉害更激动了，恨
不得把一双手摇断才好。

七里坪整训时期，卢骥轩和王秋林成了朝夕相处的好
朋友。按王秋林的话说："这妹婿我认下了，比亲妹子更
体贴些。"卢骥轩辩解说自己和王春芳只是普通的革命同
志关系，王秋林却说普通不普通不由你说了算。卢骥轩暗
自好笑，心想王秋林在花剪径占山为王惯了，身上匪气甚
重，他说一句话，竟不由别人分说。

转过头卢骥轩请王春芳找王秋林把他们的关系说清
楚，王春芳瞄他一眼，笑模笑样地问他："既然我们的关
系是清楚的，还用得着说吗？"

卢骥轩挠头道："就是因为我们的关系很清楚，根本
不是你哥想的那么回事，所以要和他说清楚哇。"

王春芳不以为然地一甩头发："他要是真这么想，那
就说不清楚了。"说完便不再搭理卢骥轩。

卢骥轩愣在那里，猜度王春芳的意思大概是：如果他
们的关系很清楚，那么就不用和别人说清楚；但如果别人
认为他们的关系不清楚，那么也就不用和别人说清楚了。
总而言之，言而总之，关系是说不清楚的，因为关系本来

就不是说出来的。那么是怎么得来的呢？这个由结论推导出来的问题，让卢骧轩吓了一跳。

1937年冬，国共两党达成协议，将南方八省边界地区的红军和游击队改编为中国国民革命军新编第四军。长江以北的红军游击队改编为新四军第四支队。1938年2月，新四军第四支队正式编成；3月8日，新四军第四支队在七里坪召开东进抗日誓师大会。

大会开得热火朝天，王春芳摩拳擦掌地对卢骧轩说，她的枪快生锈了，得喂点小鬼子的血。以前在山里东躲西藏的，可把她憋屈坏了。卢骧轩挥舞着拳头，向她郑重地点了点头。她却扑哧一下笑出声来，众人都回过头来看他们。卢骧轩给笑得莫名其妙，尴尬得手脚都没处摆，于是惹来更隆重的笑声。王秋林打趣道："我说妹婿，战场上见分晓，这仗啊，得真刀真枪地干。"忽然一个什么东西飞过来，王秋林捂着脑袋"哎哟"一声，原来是王春芳从怀里掏了个栗子砸在他头上。

王春芳下山以后就把吃桂花蒸栗子的习惯给续上了，她有本事把新鲜栗子保存起来，越了冬还能再吃上一个春天，并且味道还和去岁秋天一样新鲜。她怀里常揣着一把栗子，关键时候派上用场，便成了称手的暗器，随手弹出去，往往能打晕一只山鸡。这一下便把王秋林脑袋上打出一个包来。

王秋林捂着脑袋直"哎哟"，轮到王春芳来打趣他：

"这仗啊，得真刀真枪地干，凭你叽叽歪歪能打什么利索仗！"

王秋林恼得不行，又发作不得，因为周围那么多双眼睛都看着呢，他是做哥哥的，不能和妹妹跳将起来打作一团，只得气哼哼地啐道："我上辈子修积得不够，这一世和你做了兄妹，待我下辈子投胎做你妹子成不成？"

惹得众人又是一阵哄笑。

天气逐渐变暖，河滩和水塘里能见到成双成对的鸳鸯了。雄鸳鸯红嘴橙脚，宽且长的白色眉纹向后延伸成艳丽羽冠的一部分，翅上一对栗黄色的扇状直立羽像帆一样立在后背上，浑身闪耀着金属般的光泽，奇特而醒目；雌鸳鸯却灰扑扑的不甚起眼，仅那黑色的鸟喙和白色的眉纹显出一点俏皮。王春芳挎着竹篮去水边清洗绷带，见到这样漂亮的水鸟心生欢喜，可惜总难以接近。那鸳鸯和呆头鸭不同，生性机警，极善隐蔽，稍有动静，便"喔儿、喔儿"地远远飞走了，好似半点也不愿意与王春芳亲近。王春芳想起在花剪径时也有这样好看的鸳鸯浮在水面上卿卿我我，她那时却不晓得盯着它们看，只当是寻常水鸟罢了，后来……想到这里，耳根竟发起烧来，嗡嗡地似有个声音在她耳边说话。那人的声音极轻，调皮起来有几分像虞章华，温柔的时候又像卢骥轩，叽叽喳喳，呢呢喃喃，附在耳旁私语，热乎乎的气流呵得她面红耳赤。

忽然一粒小石子飞进塘里，溅起的水花扑了王春芳一头一脸。

"要死了，小蹄子！"王春芳抬头看见吴幼菊正朝她挤眉弄眼，一副不怀好意的样子。她伸手在水里划拉一下，撩起一捧水泼向吴幼菊。

吴幼菊笑道："我瞧你在这里卖呆，可卖得上价钱，倒把一塘水都看穿了，照得玉容云鬓，皓齿蛾眉，叫人好不心疼。"

王春芳也笑起来："你又好到哪里去，一肚子坏水，淌出来沤了田。偏只我一人知道，旁人叫眵目糊遮了眼，不识你的真面目。"

两人真真假假，说说笑笑，你撩我一下，我泼你一下，登时把边上的周小菲也甩得湿漉漉的。周小菲只顾看热闹，一句也插不上嘴，心里却快活，跟着她俩笑，笑得一池春水都荡漾开来。她是个老实孩子，平常没什么主意，吴幼菊叫她做事，她就做；王春芳叫她做事，她也做；若是吴幼菊和王春芳一起叫她做事，她就犯了难，不知道先做哪一样。好在卢骥轩会开导她，说这一回你先做吴幼菊让做的事，下一回就先做王春芳叫做的事嘛。不过在周小菲心里，宁愿跟着王春芳做事，因为王春芳说话顺耳，不像吴幼菊那样，动不动就不留情面地把人教训一顿。虽然吴幼菊教训人似乎也很有道理，往往高屋建瓴、高瞻远瞩，甚至大有治病救人立竿见影的功效，但她还是觉得王春芳的快人快语更舒服熨帖。

　　王春芳没那些大道理，不仅没有大道理，连小道理也很少讲。王春芳说，道理人人都会讲，一个人有一个道理，一百个人就有一百个道理，人人都讲自己的道理，还不乱成一锅粥？所以关键不是讲道理，而是实事求是，看准了，做就完了。在王春芳的影响下，周小菲学会了咬着牙给化脓溃烂的伤口拔蛆，学会了根据旗帜和旗杆的角度测量风速以狙击敌人，甚至还学会了用药草控制经期——起初她们在山上饿得头昏眼花，很多女同志身上都不来事，这倒是很能够配合斗争的形势，她们不以为意，因为活下来已经够艰难的了，每个月来一次"那个"还耽误工夫；她们下山之后，脸上的菜色得到了改善，渐渐有了血色，身子也渐渐养得活泛起来，如果跟男同志一起行军打仗，遇到特殊情况，就很有必要控制"那个"，免得自己拖累自己。

　　王春芳告诉周小菲，控制归控制，可也不要老控制，如果一直控制"那个"，"那个"就有可能再也不来了，以后想生娃娃也生不出啦。周小菲想了想，斩钉截铁地说，她想清楚了，为了革命，可以不生娃娃。王春芳白了她一眼，让她不要学吴幼菊那一套。

　　"革命为了啥，你说，到底为了啥？要是革命后继无人，可算是白革了一场命。"

　　话糙理不糙，当场就把周小菲说得面红耳赤，低下头来。照王春芳的说法，革命若是成了事，娃娃们就能在新社会过上好日子，不枉他们抛头颅、洒热血；若是一时不成，娃娃们也能接过他们手里的枪，和敌人继续斗争下去，让飘扬的红旗永远不倒。不论哪一样，都要生娃娃，所以生娃娃是革命的重要组成部分。女同志身上不来"那个"，就生不了娃娃，就没有人把红旗接过去，这将是革命的重大损失。

周小菲听王春芳这样说，不知怎么，突然觉得自己作为一个被镇压的土豪劣绅的女儿，这样极端不洁的身份，也有了某种纯粹的可能性。这种极为特殊的可能性，来自生命本身，来自天性的生长和分蘖。那天晚上，夜幕低合，星垂四野，耳听万物拔节、抽薹、孕穗，嗅闻着醉人的草木芬芳，漫山遍野都是播种备耕的温润气息，周小菲第一次温柔地抚摸了自己女性的身体，第一次感到这具胴体的神圣和不可侵犯，那里峰峦叠翠，河谷湿润，风光锦绣，草木葳蕤……

王春芳、周小菲她们在东进途中被留在桃树岭新成立的后方兵站，这样就和卢骥轩、王秋林他们暂时分开了。

王秋林在奔赴抗日前线的时候，和王春芳做了约定，等抗战胜利以后，就把小寡妇接上，风风光光地回花剪径去成亲，到时候王春芳也把卢骥轩带上，大大方方地去拜见食古不化的老丈人。他和小寡妇要生一窝小崽子，王春芳和卢骥轩也加把劲儿生上一窝，他们兄妹比一比，谁家的娃娃生得多。

王秋林开玩笑地说："这可是胜利的果实呀，娃娃生得越多，果实自然就越大。"

王春芳乐不可支地拍打了一下他粗壮的肩膀："胡说八道什么呢！子弹不长眼睛，记得全须全尾地回来哟！要是有机会碰上小嫂子，我先谢谢她。她虽不是什么良家妇女，却晓得民族大义，最最重要的，是不曾图你的财害你的命。"

王秋林朝王春芳眨眨眼睛，扛着枪走远了。他身后的卢骥轩涨红着脸皮没说话，但湿漉漉的目光在王春芳身上停留了好一会儿。

王春芳也湿漉漉地看着他："你……有什么话跟我说？"

"我……没、没什么，你多保重。"

"你也是。"王春芳眼底隐隐掠过一抹失望，脸上的笑容似乎也变得稀薄了，但她很快调整过来，使劲朝卢骥轩挥了挥手。

后来，这次分手让卢骥轩悔断了肠子，要是他能够大胆地说一句："我想让你等着我！"也许再回来的时候，他就能看到王春芳的笑脸，还像以前那样，或者，比以前还要亲热。但他没有机会说出这样的话，王春芳就点点头，潇洒地挥挥手把他放走了。他走在队伍里，不止一次地回过头来，可是只看到王春芳挥舞的手臂，看不清她脸上的表情。

后来，卢骥轩在行军路上还不止一次地想到王春芳，想到她蓄愁含嗔的笑容，不由得替她感到难过。他脑中不断地复现着分手时的情景，越想越不是滋味儿。他把自己的嘴角咧起来，又憋住一点泪意，让自己的目光湿漉漉的，交替着饱满的期待和枯涩的失望，以体会王春芳那天复杂的情感。结果他越是体会，越是陷入深深的愧怍和自卑，简直不能容忍自己的愚蠢和懦弱。

后来，卢骥轩也在春天的河滩和水塘里看到过鸳鸯，他看得如痴如醉，迷迷瞪瞪。涨满了春水的河滩和水塘，到处流淌着诱人的奶和蜜，那些交颈的鸳鸯让他心生涟漪，柔情泛滥。但很快，呼啸的子弹和隆隆的枪炮声就把那种雾一样的旖旎与缱绻赶走了，乱世里自有花岗石般坚硬的法则，什么也抵不过收复国土、抗日反顽。

抗日游击根据地形成后，卢骥轩他们除了打仗，还广泛开展抗日救亡活动。每当深入山乡集镇召开大会、发表演说、张贴标语进行抗日宣传的时候，他就会想到在西镇的革命时光。那时候王春芳和吴幼菊经常组织文艺演出，用群众喜闻乐见的形式传经送宝，春风化雨。王春芳的歌唱得好听，吴幼菊的舞跳得好看，她们俩一个唱一个跳，往往用不了几分钟就把台下群众的情绪给带动起来了。周廷三和虞章华戎马倥偬，没什么机会看表演，卢骥轩却大饱眼福。当时他心里就想，等革命胜利了，全中国的女孩子都可以像王春芳和吴幼菊她们那样，高兴地唱呀跳呀，像是从来没有经历过饥馑和战乱、灾荒和苦难。可是，这么多年过去了，姑娘们和这片生养她们的土地，不仅没有得到片刻的喘息，而且还在侵略者的铁蹄下备受蹂躏。想到这里，他血管里的血就会烫起来，像是架在灶上的滚水，咕嘟咕嘟地冒出气泡。每一朵气泡都是一颗子弹，随着啪的一声爆裂，愤怒地射出去。就像王春芳说的，手中的枪，得喂饱了血——敌人的血，才像是一杆枪应该有的样子！他要是不痛饮小鬼子的血，非得把自己的血烧干不可。

这一年，卢骥轩他们继续东进，钢铁般的队伍已经从刚开始时的三千余人，迅速发展到了一万余人。

第九章　人间芳菲尽

　　王春芳、吴幼菊她们所在的兵站，名为四支队的后勤机关，实际上还担负着动员青壮年参军、开展抗日救亡运动和秘密党建等工作。与卢骥轩所料大致不差，党一旦需要她们唱歌跳舞，她们就放下手术刀、止血钳和缝合伤口的针头线脑，跑到人民群众当中去放声歌唱，尽情舞蹈。王春芳在轩辕台的时候，想唱歌只能小声地哼哼；吴幼菊呢，更是找不到机会扭动她柔软灵活的腰肢，现在好了，她俩一个唱一个跳，把群众活动组织得丰富多彩。她们还经常举办抗日成果展，把前线缴获的各种战利品，从头盔手雷指挥刀到罐头手表望远镜，五花八门地晾在群众的眼皮子底下，看得群众直咋舌，抵御外侮、反抗侵略的热情也更加高涨了。

　　周小菲跟在后面也学了几支简单的歌舞，不过她在文艺方面实在没有什么天分，唱歌的时候老跑调，跳舞的时候呢，手脚又不知道该往哪里摆。她跟着王春芳唱歌跑调还好说，王春芳说："只要你不压住我的声音，我就能把你从岔路上带回来。"跟着吴幼菊跳舞就不行了，一是错误太明显，就算周小菲溜边儿站，也还是一眼就能看出来她和别人不一样；二则吴幼菊是个眼里揉不得沙子的主儿，看到错误就立马严肃地指出来，总能把周小菲训得眼泪汪汪的。最后，周小菲只好远远地躲到后台，管管道具，搞搞后勤，或者清点抗日成果，干些搬搬抬抬的活儿。

周小菲问王春芳："春芳姐，我是不是特别笨？我看你们在台上唱歌跳舞都轻轻松松的，怎么轮到我，就不行了呢？"

王春芳劝周小菲："这个事么，要讲个天分，你别太往心里去。咱们队伍里，也有唱不了的，也有跳不了的，没啥稀奇。"

"可别的女同志都比我强，要么会唱两句，要么会跳两下子。就我，唱也唱不好，跳也跳不好。"周小菲委屈死了。

王春芳只好继续温言劝慰周小菲："这也不稀奇，不会唱歌跳舞又不耽误过日子。还有不会缝被窝的蠢婆娘呢，人家照样有铺有盖。你不比她们强多了？"

周小菲半信半疑，她还没见过不会缝被窝的女同志呢，王春芳说的，多半是地主老财家的太太小姐。不过周小菲在家里做小姐的时候也没偷过懒，她爹周元甫说周家不养闲人，因此她和她娘都得纺线绩麻，一天至少要纺五两棉才像话。

王春芳直咂嘴："你爹周元甫对你和你娘都抠成这样，可见对长工赁户更是不近人情，当年西镇搞暴动，第一个镇压的便是他，想来是不错的。"

周小菲拧着眉毛不说话，半晌，才小声分辩一句："那……倒也不是，我家的长工比我们吃得还好些。"想想，又觉得不妥，咬唇道："或许……或许我爹指着他们出力，因此给他们吃干的，只给我们吃稀的。嗯，这就是剥削，最大限度地榨取长工的剩余价值。"

王春芳给她说得笑起来，打趣她马克思主义学得倒好。周小菲便一本正经地说，她是认真看过马大先生的著作的，因此并没有胡说八道。她还知道马大先生有个爱人叫燕妮，是个贵族家的小姐。他深爱着她，而她也深爱着他，这便是世上最美的爱情。王春芳说如果没有勇气，爱又有什么用呢？要是马克思不敢把他写的《爱之诗》送给燕妮，要是燕妮没有机会翻开那本诗集，他和她，就只是一个付不起房租的穷小子和一个贵族家的小姐，再没有什么可流传的了。周小菲想了想说，那也不一定，两个相爱的人，总有办法让对方明白自己的心意，他们有一万条路可以走到一起。

这些话，都是周小菲私下里跟王春芳咬着耳朵说的，可不敢让吴幼菊听去半分。周小菲胆子小得很，平常不说话还惹得吴幼菊时不时地批评教训她几句，若是说了什么不得体的话让吴幼菊听见，那还了得！

王春芳叫周小菲不要怕，胆子大起来，身子挺起来，新社会新作风，人人平等，未必一个吴幼菊就比一个周小菲更有资格教训别人。

周小菲却连连摇手，紧张地说："多一事不如少一事，置这个气做什么。"

王春芳奇怪地看了周小菲一眼："你究竟是不是周元甫的女儿？"

周小菲幽怨地叹口气："我倒想不是哩。"

王春芳最是个爱打抱不平的，听周小菲这样说，一定要让周小菲学会唱曲儿，大大方方地登台表演。周小菲自然又是连连摆手，说自己学不会的，勉强登上台去也只会露丑卖乖。王春芳一手抱肘，一手托住下巴，转着眼珠子说，以前改编的革命歌曲都是用大家熟悉的山歌调儿，重新填上词罢了，为的是传唱方便，因此周小菲唱歌跑了调，别人一耳朵便能听得出差错来，不如她们自己编个新曲，就算跑调跑到山那头去也没人知道。

周小菲眨巴着眼睛说："这能行？"

王春芳斩钉截铁地挥一挥拳头说："咱们自己觉得行就行！"

王春芳果然编了支新曲儿单独教周小菲。

其实王春芳也不识谱，但不妨碍她编曲子。满肚子都是山歌，没吃过猪肉也见过猪跑，这对王春芳来说并不是什么难事。她先是打腹稿，自己瞎哼哼，等哼得熟了，就教周小菲哼唱。周小菲把曲子唱得七长八短、高三低四，她也不以为意，还鼓励周小菲想怎么唱就怎么唱，兴许更有意思。

周小菲不解地问她："什么叫更有意思？"

王春芳笑着说："西洋有种表演艺术，叫即兴表演，说的唱的都是现场发挥，张口就来，并没有什么标准。正因为没有标准，演起来才格外有意思，因为演员自己也不知道下一秒钟要说什么唱什么。咱们没有这个本事，可是也不拘定下来的调子。"

于是两人边唱边改，边改边唱，有时跑调跑得全无边际也能唱得快快活活。

词儿呢，是两个人一起填的，偷摸着，不让吴幼菊瞧见、听见。王春芳说这词儿倒比曲儿更重要，不仅要让人听得明白，而且要听得有趣，有意义，这才算得上成功，因此两人头抵着头费了不少心思。等到练得差不多了，王春芳就跟兵站的宣传干事提出来，她们新排了一个节目，可以激发群众的抗日热情，最好能拿出来演一演，听一听群众的意见和反映。宣传干事非常支持王春芳，于是说定了，在吴幼菊压轴的花鼓戏后面安排一个试演的环节。

因为是试演，成不成都无所谓，周小菲的心理压力也就没有那么大——就当是过家家，她和王春芳，没板没眼地一唱一和，一个演扫荡的日本鬼子，一个演逃难的小媳妇儿，狭路相逢，斗智斗勇，最后小媳妇儿把日本鬼子诱进河谷，用石头砸死了。

演出那天，台下黑压压的都是观众，临上场了，周小菲突然说她要撒尿。王春芳看了眼台前的报幕员，报幕员已经走到土台子中央，把她们的节目报出来了，接下来就要说"表演者王春芳、周小菲"了。王春芳忙使眼色让周小菲憋会儿，也就几分钟的事。周小菲哭丧着脸说，她连一分钟也憋不住，她的尿脬都快要炸了。情急之下，王春芳一把挎住周小菲的胳膊说："演员上台就是战士上战场，你要是不觉得丢人，就把尿撒在台上。"她这句话刚落音，报幕员便迤迤然从土台子中央走回来了。

这下周小菲原本就蜡黄的一张小脸黄得更彻底，小腿肚子也直转筋，她担心自己走不到土台子上去，但王春芳可不给她这个机会。王春芳架着她的胳膊，把她的重量都承在自己左肩上，右手伸出去往前引路，滑稽地说一声："太君，请吧！"台下立刻爆发出雷鸣般的掌声。周小菲晕乎乎的，她不知道观众为什么拍巴掌，但脚底下已经轻飘飘地跨出去了，没几步就迈到了土台子中央那几块做道具的"石头"前面。王春芳这才放了手，和她拉开一段距离，满脸惊慌地"呀"了一声，道："不好，扫荡的鬼子就在前头！"她一手按在胸前，一手微微抬起放在额上，低头做出转身欲逃的样子，拉胡琴的同志就哩格嘟哩格嘟地拉起来，一下子把周小菲拽进戏里，口中情不自禁地唱起来："太君我眼见对面来了个花姑娘，心花怒放呀好呀好快活，好快活！花花世界大中国，好东西嘛全归我……"

没想到这段类似情景剧的道白加对唱，在正式演出之后，竟毫无征兆地掀起一个激荡人心的高潮，风急浪高地，一下子就把吴幼菊的花鼓戏都压倒性地埋没了。尤其是周小菲饰演的那个日本鬼子，蜡黄的小脸配上一顶屁帘帽，人中贴一撮滑稽的短髭，极度猥琐而又极度愚蠢，一开口就跑调，把观众逗得前仰后合。大家都拍着巴掌说这个演员故意跑调的桥段设计得好，要是唱得中规中矩，反倒没有效果了。演到最后，台下的观众都鬼使神差地站起来，挥着胳膊喊："收复失地，还我河山！打倒日本帝国主义！"坐在地上的，呼一下从地上站起来；坐在板凳上的，干脆一抬腿站到板凳上；骑在墙头、树杈上的，就胳膊一撑，手一攀，站上墙头、树丫，摇摇晃晃地跟着挥拳头、喊口号，也顾不上脚下悬空，好不危险……王春芳额上闪着细密的汗珠子，兴奋得满脸通红，就连周小菲那张蜡黄的小脸也染上了一层好看的红晕。

王春芳激动地望着台下，她刚刚高举着一块做道具的"石头"唱了一大段唱词，而且为了让这场戏更好看，她在土台子上一会儿跳过来，一会儿跳过去，耗了不少体力。这会儿她大口地喘着气，胸脯起伏得厉害，眼前沸腾的景象登时冒出氤氲的水汽来，仿佛底下堆着干柴烈火，烧得一口大镬里滚水翻腾，看什么都抽象而变形。

　　她透过这腾腾的水汽看见人群当中有个熟悉的身影，正笑微微地看着她。他脸上温良如玉的笑容让她觉得温暖而踏实，一下子热泪盈眶。他张嘴说了句什么，是什么呢？她听不见，周围太吵了。他的声音又是那样节制而温柔，被淹没在嘈杂的人群中，她一个字也没有听清楚。可是，就那样奇怪，她全都听明白了，他说的是："我喜欢听你唱歌，我也喜欢你。"她为了这句话，怔怔地湿润了眼眶。

　　王春芳为了把眼泪憋回去，就拼命地眨眼。她高兴着哩，可不能哭呀。让她后悔的是，她一眨眼，他就不见了，蓦然消失在人群当中，像是从来不曾出现过。她转动脑袋，瞪大眼睛，四处地找，就是找不见那个人。再也找不见那个人。一阵失落涌上她的心头，连台下沸腾的人声也落在她迷离的目光后面。

　　周小菲紧紧牵着她的手说："春芳姐，你看哪，大家都喜欢这个节目哩。"

　　王春芳这才陡然醒过来，也重重地捏了一下周小菲的手，重新把那份丢掉的高兴找回来似的，不无得意地说："我就知道，咱们一定会成功！"

　　下了台，周小菲还在回味刚才的表演，说王春芳演得真好，在台上一会儿跳过来，一会儿跳过去，连比带画，又哭又笑，好像真的一样。她看着入戏的王春芳，突然就想起了那年她娘在流芳桥下面那块河滩上哭诉的情形——

或许，那也算是一场"表演"吧。周小菲想，她娘那么入戏地控诉自己的丈夫，不正是为了激发群众的热情吗？这是正当的情感宣泄，并且还是积极的斗争手段，大家都需要这样的慰藉和鼓舞，才能不怕困难，迎难而上，最终战胜困难。王春芳没见过周小菲的娘在河滩上拖着周小菲斗争她爹周元甫的那一幕，不过隐约听卢骥轩说过，那天周小菲受到了很大的伤害，也许比她在周家那么多年受到的伤害还要大。但周小菲从来不说，王春芳也就不好问。现在周小菲主动和她说起那天河滩上的事儿，王春芳很高兴，她觉得周小菲心上的伤应该好得差不多了。

宣传干事一路小跑，咧着嘴巴噔噔噔蹿到后台来，撩开嗓子朝王春芳和周小菲喊道："我说两位，嘿，王姑娘，还有周太君，就这么演！太好了呀，太好啦！"王春芳和周小菲听罢，抱在一起又跳又笑。那位拉胡琴的同志也高兴，笑呵呵地说："我当是什么鬼把戏，也没个调门，临时拉我来凑数，从头到尾都是哩格啷。"王春芳又跑过去和拉胡琴的同志热烈握手，迭声谢他的"哩格啷"拉得好。一旁的吴幼菊冷眼看着，嘴上没说什么，心里却不得劲。

吴幼菊的压轴戏变成了王春芳和周小菲的暖场戏，她心里多少有些不是滋味，再加上王春芳、周小菲事先没给她透露一点消息，这也让吴幼菊觉得被两个原本比她落后的同志撅了面子。

"你们啥时候编的这个戏？"吴幼菊到底憋不住问了一句。

"就这几天，还不成熟，所以没急着跟你说。"王春芳先把吴幼菊的话堵上了，让她没法再往下问"我怎么不知道"。

但吴幼菊还是不满意，直接顶上来："咋不跟我说，怕我抢了你们的风头？"

这话让王春芳冷笑起来："大家一心抗日打鬼子，连国民党反动派都跟我们联手了，还有哪个有这闲工夫专跟你抢风头不成？"噎得吴幼菊一张俏脸发灰，重重哼了一声。

1939年年初，当地局势发生重大变化，国民党顽固派开始公开反共，白色恐怖又一次席卷而来。

徐州、武汉相继沦陷后，李宗仁曾下令当地守备部队严防死守，若日军来犯，必须坚守大别山三个月以上，以牵制西进和南下的日军。为了稳定大局，国民党不得不依靠由各阶层代表参加，并经过民主协商选举产生的战地动员委员会（简称"动委会"），广泛发动民众协助军队作战，同时对共产党的抗日活动给予一定程度的支持。可是日军攻占武汉后，除偶有飞机轰炸外，并未西进大别山。随着局势的缓和，当地国民党顽固派强调"要站在党国的立场"，公开排挤"动委会"中的共产党员和进步人士。到了1939年年底，国民党下令改组"动委会"，开始大规模清除异党分子。国民党军队和特务不断制造摩擦，抓捕和杀害共产党员和农会干部，再次掀起反共高潮，苏维埃政权被迫重新转入地下。像是被复苏的毒蛇狠狠咬了一口，桃岭的新四军根据地遭到国民党军队重兵"围剿"。敌人汹涌来犯，新四军措手不及，一日之间，根据地被破坏，其严重程度难以想象。

据说是接到国民党省军管区和省保安司令部的联合命令，限期剿灭新四军桃岭根据地。这天凌晨，桃树岭的鸡还没来得及打鸣，王春芳她们所在的桃岭医院已经被四面围堵，包了饺子。鲍平安带着一个警备旅摸上来，为首的长官正是老虞家的次子虞谟华。

当年被虞寡妇赶出敦本堂的倔强少年，早已在多年的军旅生涯中练就了一双精光四射的鹰眼，他扫了一眼点头哈腰的鲍平安，这个惯于看风使舵的老滑头立刻满脸堆笑地凑上来附耳道："我打听过了，虞章华的相好就在桃岭兵站。"

虞谟华冷笑一声："那就让他的相好下去陪他吧，算我送他一份大礼，当年他不仁，我可不能不义。"

鲍平安乃当地的地头蛇，虞旅长虽兵强马壮，倒也要给老鲍三分面子。虞家的恩怨，鲍平安也是略知一二的，因此虞谟华驻兵山南后，两人很快打得火热。一方面是政治合作，一方面也是经济合作。鲍大队长的为人那是不消说的，只要有好处，没有不笑纳的道理。虞二太太身边的人，多半是鲍平安荐去的，或是主管襄理，或是护院打手，总之各司其职，各有机巧，不然二太太半道摘桃，如何坐得稳敦本堂的第一把交椅？虞谟华也不过问细节，正是用人之际，由着鲍平安分一杯羹，只是账目仍交由卢方伦管理，两面制衡，居中用事，虞二太太倒也省心。

这次攻打桃树岭，也是鲍平安踩的点，布的线。虞谟华的警备旅本就装备精良，兵力远远超过根据地驻军，加上是偷袭，新四军遭到重创，除了十几个游击师的战士突围出来以外，桃岭根据地几乎全军覆没。

周小菲和吴幼菊算是幸运的，当时王春芳把一封信塞在周小菲怀里，一把将她和吴幼菊推到边上，喊了一声："快跟他们撤退！"

"那你呢？"周小菲和吴幼菊不约而同地脱口而出。

"我掩护你们！"王春芳拔出了腰间的匣子枪，怕她们耽误时间还补了一句，"你们的枪法不行，留下来反倒拖累我，快走！"

王春芳扔出一枚手榴弹，趁着腾起的烟雾，一猫腰钻出去。然后是啪啪几声枪响，不远处传来敌人的惨叫声。来不及推让和告别，王春芳为周小菲和吴幼菊争取来的时间太宝贵了，所谓间不容发，要是这时候还不跑，就没有机会了。

呛人的硝烟让人受不了，周小菲的眼泪不觉流下来，吴幼菊拉着她跑，她只好跌跌撞撞地跟着跑。一路上都是呼啸的子弹，她顾不上擦眼泪，就任由着泪水糊住眼睛。朔风一吹，热泪冷飕飕的，她脸上发紧，像是戴了个面罩。

吴幼菊一边跑一边安慰周小菲："王春芳的枪法可准了，游击师的神枪手，都，都比不上她……"说着，眼泪也下来了。她跑起来的时候，一头短发在风中乱舞，有几绺头发让泪水贴在脸上，横竖都撕不掉。湿漉漉的头发掩住她的口鼻，她感觉自己快要窒息了，头重脚轻地奔跑在一种巨大的悲痛里。

周小菲哭着说："可是，春芳姐只有一把枪，那么多敌人，她怎么打得过来……"

"她，身手，也好，"吴幼菊跑得上气不接下气，冷风把她呛住了，哭音憋在喉咙里，听起来又沉又闷，"在，在花剪径的时候，她，练了一身，好，好功夫，会，会飞檐走壁，敌人，追，追不上她……"

"真的？"

"真的……"

她们身后开出绚丽的焰火，隆隆的声响惊天动地，王春芳的匣子枪闷在里面，像是个不起眼的小个子被一群大块头围在当中，无助而危险。有一阵子她们听不到枪炮声了，只听见彼此的安慰，仿佛这样就可以把王春芳从激烈的战斗中解救出来。早先她们仨也在一起打过仗，不止一次出生入死，可是没有哪一次她们不是共同进退。这一次，她们把她丢下了，或者说，她把她们丢下了，周小菲和吴幼菊又生气又伤心。

两人跟着游击师残部突围出来以后，在野地里抱头痛哭。王春芳塞在周小菲怀里的信是写给卢骥轩的，周小菲摁紧胸口说她得把信收好，等见到王春芳，让王春芳自己把信交给卢骥轩。吴幼菊也说得把这封信收好，别看王春芳当年胆子大，现在是越来越胆小了，她明明喜欢卢骥轩嘛，又不敢承认，真是死要面子活受罪。吴幼菊一边哭一边骂，说亏自己把王春芳当姐妹，王春芳却不把她当姐妹，什么都不跟她说，还要气她，给她难看，到头来又拼着性命掩护她撤退，这算什么……吴幼菊把自己的一双眼睛哭成了又红又肿的烂桃子，哭得周小菲心都碎了，反过来劝吴幼菊不要太自责。

接下来自然是突破敌人的封锁，去前线找大部队。但是如何突破，怎样冲出去，众人都相顾无言。天色一点点暗下来，一种绝望的情绪笼罩在大家心头。大别山的冬夜是漫长的，在光明刺破黑暗之前，他们毫无办法，唯有艰难地等待。然而天亮之前还不行动，无异于束手待毙。最后商量的结果是，从敌人的后方穿插到皖中去，不能走大路，得从最险的野人尖翻过去。如果化整为零，目标会小一些，但也可能一个也活不下去。那么只有紧紧地抱成一团，绝不能丢下一名战友。这是个没有办法的办法。

正愁着山高路险，雪又下起来了，再给西北风呼呼吹一夜，第二天就上了冻。仿佛是锻炼共产党人的意志，悬崖峭壁加上冰天雪地，战士们咬紧牙关，脸色铁青地上了路。

风雪凛冽，刮在身上像刀子凌迟，每一步都履薄临渊。迎着锋利的刀子前进在悬崖边，周小菲和吴幼菊连喘气也不敢大声，生怕一个不小心震落积雪的石块。因为是突围出来的，除了枪没带别的。酷寒，加上饥饿，有的战士身上还有伤，这就意味着，一路上即使不遭遇穷凶极恶的敌人，或许也将不可避免地遭受极其残酷的非战斗性减员。形势非常严峻，每个人心头都沉甸甸的。风雪继续肆虐着，如同无数头野兽在撕咬，每踏出一步，都好像要拿出浑身的力气，去和老天爷进行一场抗争。这艰难抗争出来的一小步，在漫漫的征途中看来，几乎没有意义，但此趟近乎徒劳的征程仍旧不可阻挡。每个人心里都明白，他们走在一条绝路上，从投身革命的那一刻起，这种命运就已成定局：要么死在黑暗当中，要么迎着光亮祭献。

眼前的光，一点点亮起来，那是太阳越过了地平线。不过还需要很长时间，这些走在绝路上的战士才能拥抱纯粹的光明。在此之前，阴风怒吼，吹散了稀薄的光线，如果在天黑以前他们不能翻越野人尖的话，就有可能再也见不到第二天的太阳了。周小菲和吴幼菊紧紧拉着对方的手，从来没有如此切近地拥贴在一起。过去周小菲总是怯着吴幼菊，而吴幼菊呢，多少有点瞧不上周小菲。现在她们不再有情感的隔阂，王春芳那最后一推，把她们推到了一起。掌心传来的那一点点温度，让她们沉重的双腿在每一次不可能之后再次抬起来，彼此感受着对方脉搏的微弱跳动，似乎才有信心走完剩下的路。

朔风，暴雪，险途，绝境。

艰难地走了一段，吴幼菊几乎全身虚脱。根本没有路，每一步都是踏着前面的战士留下的脚印，已经有两个战士因为探路的时候不小心踏空滑下了深不见底的山谷。越往野人尖走，风雪越是猛烈，简直是凶狠地倒灌下来。风发了怒，狂暴不已。他们如同盲人一般摸索着，既张不开嘴，也睁不开眼。只能服帖地低下头来，冻僵的身子与险峻的山体夹成锐角，像钉子那样，一步挨着一步。如果没有这种夸张的姿势，或许一眨眼就会被狂怒的山风吹走。

峰上的积雪更深、更厚，因为海拔太高，几乎是从秋天开始山顶就一直是白的，像戴着一顶硕大的白帽子。现在，他们就要从这顶白帽子上翻过去。如果翻不过去，后面的追兵就会把他们堵死在地狱门口；但，翻越野人尖谈何容易？即便是晴好的日子，也很少有人能成功。这里野兽出没，危机四伏，潜藏着太多看不见的危险。因为诡秘而险峻，在当地人的印象里，野人尖几乎成为"有去无回"的代名词，也正是因为这一点，敌人倒不曾在这条野径上设防。踩着前面战士留下的雪窝，当真是一步一个坑。周小菲的脸色被雪映得越来越黄，她整个人像块透明的蜡，如果不是天寒地冻，她真担心自己随时会化掉。忽然她听见身侧的吴幼菊发出一声沉重的叹息，她的半边身子一沉，吴幼菊倚着山壁瘫软地坐倒在地上。

"我走不动了。"吴幼菊把脑袋抵在背后的岩石上，大口地喘着气说。她的脑袋仰望着天空的方向，痴傻地张大了嘴巴，让狂舞的雪花一片片飞进嘴里。

周小菲没有说话，说话是件耗氧的事儿，再说这时候说什么都是废话。她把另一只手也伸过来，使劲拽吴幼菊，让吴幼菊跟上。不能在这鬼地方停下来，要是任由着吴幼菊坐上一会儿，她就再也起不来了。但周小菲也已经没什么力气，她一拽，非但没有把吴幼菊拽起来，反而让吴幼菊的手从自己手里懒洋洋、软绵绵地滑走了。周小菲脚下一出溜，整个人向后倒仰着，狠狠地摔了出去。

巨大的惯性让周小菲没办法停下来，冬天的山早就秃了，四下里没有一点抓手，背后就是悬崖，她原本以为自己和地狱至少隔着两尺——那条野径比先前走过来的地方都要宽些，走了一个人，边上还能让出两尺，可是，地狱哪有看起来那么温和仁慈呢？她一下子就像一块弹出去的石头，骨碌碌滚下悬崖，等吴幼菊面无人色地惨叫出她的名字，她已经没了影子。

吴幼菊吓傻了，前面滚下去的两个战士她没看见，周小菲却是在她眼前滚下去的。

吴幼菊眼睁睁地看着周小菲一个趔趄往后坐倒在地上，那块"地"突然就散了，周小菲毫无征兆地坠落下去，她连向那个方向伸一把手的机会都没有。

"周小菲——"吴幼菊撕心裂肺地喊。

卢骥轩从梦中惊醒是在后半夜。

前半夜他一直翻来覆去睡不着，心里像是捂着一团火，燥得不行。地铺上的那些战士早就进入了梦乡，咬牙放屁的声音不绝于耳。战争像是一架运转良好的机器，作为机器上的螺丝钉，多年来他们早已习惯了颠沛流离、戎马倥偬，一躺下来就能呼呼大睡，否则不足以补充极度透支的体能。像卢骥轩这样的，是个异数，战争让他落下了失眠的毛病，脑子里老是绷着一根弦，生怕自己一睡下去就醒不过来，耽误行军打仗。折腾到后半夜，他才微闭上双眼，想着哪怕是闭目养神也好，这样可以稍微恢复点精力。眼下看来，不晓得什么时候才能把仗打完。日本鬼子还没有打出去呢，自己人又干上了，小鬼子倒在一旁看笑话。这仗打得憋屈，可又不得不打。就像睡觉这件事，明知道耽误工夫，可又不得不睡。没想到这一闭眼，居然就睡过去了。他恍惚梦见自己在台下看演出，台上表演的不是别人，正是王春芳。

王春芳拖着一条油光光、乌亮亮的大辫子，和初来西镇时一样，穿着一身滚边绣花的彩缎长裙，袅袅婷婷地在临时搭起来的土台子上走来走去。衣服好看，人也好看，他看着看着就看进去了，也不知她们演的什么戏，只觉精彩无比，忍不住喝起彩来。王春芳在台上远远地瞧了他一眼，那一眼说不上是欢喜还是嗔怪。若是欢喜，她的眉头怎么深蹙着，像是犯了心口痛？若是嗔怪，她嘴角怎么又挂着与她送别他时一模一样的笑容？他心上像是被谁撞了一下，慌慌地跳得厉害，一时又摸不着头脑，只好在台下抓耳挠腮地跺着脚，越过黑压压的头顶，从层层叠叠的人影里看过去，仔细点，再仔细点，好把她看得更清楚些。

可是，人叠着人，影影绰绰的，到处都是障眼的脑袋，王春芳的人影越发模糊。他一着急，把脖子抻得长了三拃还不止。这乌泱乌泱的人，咋个这么多哩，他们都是来看演出的吗？可有几个青皮后生是和他一样，单为了来看大辫子的王春芳的？他想到这里，忽然觉得有些振奋，可不是嘛，他们都不如他和她认识得早，不知道王春芳早就把辫子剪掉了，现在舞台上的大辫子是假的，他们不过是看到了一个拖着假辫子的王春芳。因此这些喜欢看王春芳的人，其实喜欢的是一个假王春芳；只有他不一样，他看到过没有大辫子的王春芳，剪了短发，褪了长裙，利索干练，但也掩饰不住眉梢间的妩媚可爱。他喜欢的王春芳，才是真的王春芳。他这样得意地想着，忍不住左顾右盼，忽然在黑压压的人群当中看到一个熟悉的后脑勺！

正是这个呼之欲出的后脑勺，隔空狠狠把他敲了一棍子似的，让他彻底醒了过来。

他猛地睁开眼，虞章华的后脑勺消失了，一张青春勃发的脸却从记忆深处清晰地浮现出来。那张脸上带着坏坏的笑，像是要随时捉弄别人，和人开个大玩笑。倘若你当真了，那便上了当；可你若因为大意不去理会他，也难免会上当。虞章华就有这个本事，他的玩笑真真假假、假假真真，更要命的是，有时候半真半假，有时候半假半真，你永远搞不清楚自己是不是上当了。譬如他牺牲的那天早上还和卢骥轩开了个玩笑，他把半包猪血藏在袖子里，让卢骥轩打他一拳试试。卢骥轩疑疑惑惑地打了他一拳，他不仅没有让开，反而把胸膛顶上来，硬生生接下这一拳。然后他拼命地咳嗽，把藏在袖子里的血抹在嘴上，卢骥轩一呆，还以为他咳血了。虞章华这才哈哈一笑，说自己今天要去敌占区搞粮食，扮作一个痨病鬼，问卢骥轩他扮得像还是不像。他做什么都像玩儿，就连他牺牲的消息传回来，卢骥轩也错以为这不过是个玩笑。

或许爱开玩笑的虞章华并没有那么喜欢王春芳，卢骥轩也试着让自己半真半假地想，他们在一起吃酒时，虞章华就说过王春芳蠢得厉害，他好像一点也不在乎这个蠢丫头。似乎这样一想，卢骥轩便可以让自己感到轻松些。连同自己对王春芳的喜欢，也像是一个玩笑了。

晓星残月，卢骥轩望着天边一钩隐现的月牙儿，陷入沉思。

去七里坪集结时他回家探望父母，却在城外被虞寡妇的一番话搅得七荤八素，脑壳里煮开了糨糊。虞寡妇统共只见过王春芳一面，这一面却让她仿佛看到了年轻时候的自己。虞寡妇说她"打心眼儿里喜欢这姑娘"。"若是有缘，做我的女儿可太好啦！"但她也断言王春芳绝不会成为她的儿媳妇儿，因为王春芳和虞章华不相配。这种不相配，倒不是出于门户之见，而是他二人没有白首同心的面相。相由心生，所以说到底，他们的心不在一起。

虞寡妇一会儿说王春芳眼角的那颗痣有不祥之感，一会儿又说王春芳没缠过足，说得卢骥轩莫名其妙，一时摸不清这老太太到底什么意思，她是喜欢还是不喜欢王春芳呢？卢骥轩绞尽脑汁地想了又想，并没有想起王春芳的眼角有一颗痣。至于王春芳有没有缠过足，他觉得一点也不重要，共产党人是要解放妇女的，怎么会要求妇女被又臭又长的裹脚布束缚起来呢？

卢骥轩隐隐觉得，虞寡妇前面说那么多都是铺垫，后面那句才是重点——

虞寡妇说王春芳与他卢骥轩有缘哩！他心里一动，像是有只小手撩拨开无边的春夜，不禁羞涩地想，他和她，的确是有缘的，不然怎么王春芳到西镇来，第一个见到的便是他？

这当然是卢骥轩不太清醒时的想法，要是太阳从东方升起来，集结号嘀嘀嗒嗒吹起来，无休无止的仗乒乒乓乓打起来，他就会告诉自己，虞寡妇不过是想找个人说说话而已。那时候连他自己也相信王春芳是一个坚定的共产主义战士，而自己是她志同道合的同志和并肩作战的战友。此外别无其他。虞章华除了是王春芳的引路人之外，也是他卢骥轩的引路人，因而他们都非常尊敬和爱戴虞章华，会永远把虞章华供奉在心灵的圣殿里，不容许任何不洁的情感去玷污他曾经的存在——曾经，虞章华在卢骥轩面前托付了一段感情；曾经，虞章华给王春芳写下一张情意绵绵的遗书。

其实也谈不上托付，不过是醉酒后的一次谈话。

卢骥轩疑心那次虞章华是故意拿"爱情"这个话题来消遣他。

对照虞章华从日本回来前后的日子，应该并没有一段无聊的时间专门用来疗愈情感上的创伤。在卢骥轩的印象中，似乎虞章华一回国便找到了马克思主义，毅然决然地投身到革命中去了。但虞章华坚持说他失恋后很是失意了一阵子，有段时间心意消沉，四处求医问药，以治疗他一场旷世绝恋后遗留的"精神的创痛"。而那巨大的创伤，给他带来了更为庞大的虚无之感。与其说是求医问药，倒不如说是闲来无事求仙问道。俗话说心病还须心药医，他说自己的心既死了，空余一具行尸走肉也是无用，便决意下半辈子遍访名山大川，求"道"升天。后来他果然在川中遇上一个疯疯癫癫的老道，那疯道人一语便道破了天机。

那老道算得上俗世当中的一个奇人，头上长疮，足下生疔，极快乐地摇着一面拨浪鼓，在青牛宫外的山道上溜达。他也不说自己是被青牛宫赶出来的，也不说远近的人都唤他"疯道子"，只快快乐乐地摇着他的拨浪鼓，来来回回地走。虞章华在山道上偶遇那老道，便被他捉住了，摇着拨浪鼓问虞章华可是来求"道"的，他这里就有。虞章华笑问他有哪样"道"，那老道对虞章华说，花样多得很哩，须知并没有一个不变的"道"。虞章华听那老道说话颇不寻常，半是好奇，半是好玩，当下找了一处树荫坐定，两人攀谈起来。

卢骥轩打岔说那老道多半是修仙炼丹的时候走火入魔，这样的异人说起话来总有玄机，寻常人听来觉得奇奇怪怪也是有的。

虞章华说，不然，那老道并没有奇奇怪怪，只是随口聊了几句家常，就如西镇上吃饱了没事干的寻常老翁一般。老道士把拨浪鼓咚隆咚隆地摇起来，掐指一算，便知他是含着金汤匙出生的，不过是个败家玩意儿。

卢骥轩感到好笑，虞章华吃了酒，总是这样颠三倒四，话里话外全无逻辑，不禁暗道，人家看你游手好闲的样子，又是一副富家子弟打扮，哪里用得着"掐指一算"？虞章华却不理会卢骥轩的腹诽，兀自又喝了一杯酒，兴致勃勃地说下去。

那疯老道说虞章华情路坎坷，但这一路走得值得，因为伤透了心，他的心就变得通透了。卢骥轩便又觉得好笑，暗道虞章华受那老道蛊惑，不知要生出什么七窍玲珑心来。

虞章华早已喝得东倒西歪，说到兴奋处便拊掌大笑起来，说自己从此再也无心可伤了，这便值得再喝一杯！他仰头喝了一杯酒之后，又说，可是，后来遇到一个姑娘，那姑娘并没有比之前的女友更漂亮，更加没有之前的女友那样高贵优雅的气质，她却把他那死去的心拨得动了一动，这真是一桩奇事。

"你那天说的是对的。"虞章华点头对他说，"我原以为我和虞连海不一样，哈哈，谁知道我和他一样浑蛋。"

这话说得卢骥轩莫名其妙，虞章华哈哈大笑，说他们之前有一次谈到"有钱人要娶几个老婆"的问题，自己还扮作无辜，不肯承认会娶很多老婆，实则他是不能真实地面对自己。"男人喜欢女人，并没有什么道理可讲，既然没有道理，那是连规矩也谈不上了。"虞章华信口开河道，"所以多多益善，可以喜欢这一个，也可以喜欢那一个；原先喜欢这一个，后来又喜欢那一个，没有道理，没有规矩，什么都他妈没有！"他唾沫四溅地说着，一拳捣在桌上，像是对自己感到无端的愤怒。

"就算我母亲那样要强的女子，也不得不忍受虞连海接二连三地娶妾纳宠呢。她稍有不满，便要遭到责骂和殴打。有一次她额头被打出血来，对外却还要强作欢颜，哈哈，哈哈！"虞章华狂笑起来，"这一切都荒唐而无耻，我却偏偏出生在这样的家庭，还要做他们的儿子，哈哈，好啊，真是好啊！哈哈，好得很哪！"

他笑得入了魔，骇得卢骥轩背脊发凉，只好摁住他的手，不让他再喝下去。好半天虞章华才止住笑，脸上肌肉抽搐地说道，他之所以把所有的钱都捐出去，立志做一个坚定的无产者，多半还是因为他不够坚定。他恐怕自己有了钱，也变成虞连海那样的浑蛋。他抽出手来，又斟个满杯，一饮而尽。

"骥轩，"他说，"你不知道我有多羡慕你。你父母恩爱，兄弟和睦，这才是人世间应有的样子。"

"骥轩，"他又说，"我以前爱过一个女子，爱得死去活来，以为这一生不会再爱别的女子了。可是这一回，唉，我实在不能确定，自己是不是又恋爱了。"

卢骥轩对男女之事一直蒙昧未开，自然不明白虞章华的感受，他向虞章华提出的建议也是十分可笑。由于卢骥轩那时对崇尚理性、力求准确的西学很感兴趣，便异想天开地要虞章华做一个心动频率的测试——如果虞章华和那姑娘见面的时候脉搏都加快了，那么他们就可以谈一场理所当然的恋爱。虞章华完全不用为此感到困惑和忐忑，因为这正是新社会所提倡的两情相悦。在卢骥轩看来，一切问题都应当采用科学的方法去解决，譬如男女恋爱，只需要确认恋爱的条件，便可以大胆地恋爱。男既未婚，女既未嫁，这没有什么好值得负疚和苦恼的。

虞章华一巴掌拍在卢骥轩的肩膀上。"你啊你，"他大笑不止，笑得流出眼泪来，"你真是我的好兄弟呀！"

卢骥轩便也感到很高兴，以为帮助虞章华解决了一个令他头痛的大问题，这下他可以痛快地恋爱，或者果决地不爱了。那时卢骥轩还不知道虞章华所说的令他"出卖了自己死去的心"的姑娘正是王春芳，并且也没有搞清楚虞章华那句"如果要选一个可靠的人，我很愿意把自己的一颗心交给你这个老实人来保管"是什么意思。

等到卢骥轩明白过来可就迟了，他永远地背上了一个沉甸甸的包袱。这包袱极笨重地阻碍着他，使他不能踏出勇敢的一步。他也曾痛恨过自己的后知后觉，又怨虞章华擅于开玩笑，戏弄他这颗并不聪明的脑袋，叫他左右为难。但终究是于事无补，并没有一种神仙手段，让时光倒流，爱情重来。

鸡叫头遍时，卢骥轩忽然感到心头一阵锐痛，他下意识地捂了捂胸口。与此同时，远在几百里之外的王春芳拉响了怀里的最后一颗手榴弹。曚昽的晨光中，卢骥轩似又看到王春芳从流芳桥上款款地走下来，像他们第一次见面时一样，她踩着洁白柔软的云朵，从桥上佩环叮当地走到他面前，曳地的长裙绣着锦簇的团花，暗香浮动，裙裾飞扬，一条又黑又亮的大辫子，一会儿垂在胸前，一会儿甩

在臀后。她把她的辫子当作了道具，握在手里笑，笑得压
襟的流苏都簌簌地抖动起来，笑得花枝乱颤，好像随时要
腾空飞升，飞回她来时那个遥远而未知的地方……

第十章　敦本堂

　　西镇上敲锣打鼓，沸反盈天，比过节还要热闹，大家都咧着嘴摇着小旗子跑到街上来，汇成了欢乐的海洋。游行的队伍从街头一直甩到街尾，到了街尾还看不到头，过节时耍龙灯也没有这样长的队伍哩。人人脸上都堆着笑，连猫儿狗儿都龇牙咧嘴，鞭炮噼里啪啦地震天响着，红屑飞了满地，真正是欢天喜地。上一次这么热闹还是日本人投降的时候，民众上街游行，也摇旗子，也放鞭炮。敦本堂的小少爷，那个叫亭华的少年，挤在人群里钻来钻去，谁也捉不住他。现下是又换了人间，人民当家做主，又长了几岁的虞亭华跑到街头来看热闹，看到全西镇都是欢天喜地的翻身主人，他便也跟在后面，欢天喜地，摇旗呐喊，喊得嗓子都破了音还舍不得停。

　　日本人被赶出中国后，虞寡妇做主把敦本堂的总部又迁回了西镇，连同那尊真人大小的铁拐李铜像，亦如故搬回。经年战乱，街铺房舍俱被毁得厉害，从街头到街尾，哪家没被烧掠过？敦本堂也未能幸免，按理，斥巨资重新修葺旧宅并不划算，但虞寡妇说西镇才是敦本堂的立足之根，没有根，就谈不上开枝散叶。西镇虞氏以"敦本"二字为堂号，意即崇尚根本，注重实际，这一路山重水复，祖宗们都看着呢，因此回到西镇，便是回到根本。

虞二太太没有发话，因为这时候虞谟华也已经殁了，她的地位大不如前，但虞寡妇也没有把她赶走，仍旧有情有义地留在身边。名义上虞二太太是抗日烈属，实则虞谟华是死在"剿共"的战场上。他出事后，鲍平安还幸灾乐祸，说虞谟华不自量力，不胜其任。桃岭一战，原是他鲍平安的功劳，虞谟华却在写给上峰的报告里只字未提他老鲍，两人由此生了嫌隙。后来鲍平安也被革命力量镇压了，不知两人到了那边如何重修旧好。此中曲折一言难尽，且按下不表。单说敦本堂承祧继业的人物相继撒手人寰，虞寡妇逢人便感慨："我早料到如此，这是老虞家的因果呀。"

自从虞章华殁了之后，虞寡妇就变得神神道道。她说她的章华是罗汉转世，因她前世欠他的眼泪，因此这辈子他投胎做了她的儿子，她便要拿眼泪去还他。这一套毫无根据的胡话，烧香时念叨念叨也就罢了，可她祭祖宗时也说，熬膏药时也说，对镜梳洗时也说，吹灯就寝时也说，说得身边的人头皮发麻。好在大家都体谅她，她说什么颠倒话，人们也不以为意。后来虞谟华也殁了，虞二太太同样变得神神道道，两个人倒因此做回好姐妹，常搬了椅子到天井屋檐下晒太阳，说些只有她们自己听得懂的话。

亭华是虞家眼下唯一的指望，虞寡妇说这孩子虽一直养在身边，可如今也大了，到了他哥哥们当年无法无天的年纪，只怕管不住啦。虞二太太就叹，说她的谟华可怜，十几岁就送到外面读书，她以为他读了书出来是要做官的，谁知道做了长官也还是横死的命。虞寡妇抓过虞二太太的手，放在自己手心里，紧紧握住，两个怀旧的老妇人之间传过一股暖暖的洋流。虞寡妇歪了头说："众生即我，我即众生，唉，都一样的。"

虞二太太泪眼巴巴地看着虞寡妇，虞寡妇却笑微微的，一副慈航普度的庄严宝相。

与县里其他大户不同，虞家有虞寡妇坐镇，似乎相对泰然。

刚解放的时候，由于对解放军不了解，不少人家都闭门观望，唯敦本堂仍旧打开大门做生意，与之前并无两样。虞寡妇说她做的是行善积德的买卖、治病救人的工作，谁来了谁走了都是因缘，犯不着拆她敦本堂的门板。她这话音刚落地，音儿还没散呢，就有几个穿军装的人拍着门板进来。伙计们都骇了一跳，虞寡妇却镇定地说不碍事。果然，那几个人去柴房借了些干柴便心满意足地走了，临走时还客气地付了钱。到了秋天，虞寡妇接到县里的邀请，说是在县委和军管会的主持下，依据全国政协第一届全体会议制定的起临时宪法作用的《中国人民政治协商会议共同纲领》，由党政机关、工商界、文化知识界、民主党派等经过协商、推荐产生若干代表，虞寡妇作为工商界代表之一忝列其中，这就要去县里报到，在人民俱乐部参加第一届各界人民代表会议，参加讨论人民政府关于修复圩堤、克服灾荒、解决城市就业和发展运输、交流城乡物资等议案。

虞寡妇接到县政府的邀请，瞧不出她脸上是喜是忧。众人都猜测，这回虞寡妇的宝又押对了。虞二太太也不无骄傲地向众人称道，说她大姐天生是做大事的人，每做一个决定，表面上不动声色，实则静水深流，渊图远算。旁的不说，就说抗战后变卖田产，将兑现的款项悉数拿来赎买原先典出去的几家店铺分号，这便是常人不及的大手笔。她大姐知人善任，爱惜员工，同行开给店里伙计的月工资不过两石米，她大姐肯给三石；对那些为店里发展做过贡献，又无依无靠的老工人，每月还发给三斗米钱的生活费，且死后以棺木厚葬。她大姐又乐善好施，怜贫恤寡，远近谁不称颂？县里选她大姐做代表，那是选对人啦；若选不上，那才叫没长眼睛呢。

这日虞寡妇和立言小学的廖本清校长一起，从西镇出发，雇了一辆牛车赶往县城。

赶车的把式四十来岁，粗粗壮壮，一脸麻子，十分健谈。路上虞寡妇和他扯闲话，问他这麻子脸是小时候出过天花还是怎的。车把式说那倒不曾，不过是年轻时长了一脸油疙瘩，他手欠，总是耐不住挤那些又红又肿的油痘。

那时不晓得会落下疤痕，就是晓得，也不当回事。因为他
心爱的姑娘被人掳走了，他心里着急，又没有办法，那些
冒不出来的火气，全都压在心里，化成魔鬼，又从脸上的
油皮钻出来，凸凸点点的甚是恶心。他无聊时只好对着自
己的一张脸撒气，下手又狠又辣，以至于落下一脸麻子。
虞寡妇又关心地问道："那姑娘后来如何呢？"车把式重
重叹了口气，扬起鞭子在虚空里"啪"地一展，说："后
来我得了个机会，把她从魔窟里救出来，以为从此能高高
兴兴，和她好好过日子。谁晓得我有一次喝醉了酒，犯起
浑来，打她骂她，她不堪受辱，竟跳了河……"

　　虞寡妇和廖校长都相顾黯然。廖校长劝那车把式说，
人年轻时候犯浑也是有的，他年轻时也因为家庭包办的封
建婚姻，辜负了一个姑娘。那姑娘后来思郁成疾，年纪轻
轻便病逝了。这么多年想起来，他还是心痛得紧。不过日
子总要朝前看，如今已经是新社会，大家也都要过自己新
的人生。虞寡妇点头，却并不说话，她心中滋味实在是复
杂得很，大抵因为她也年轻过，她年轻时，不过是他们口
中的"一个姑娘"，连犯浑的资格也没有。时间流淌过
去，她从姑娘变成寡妇，竟然为虞连海守了一辈子的寡，
自己想想也觉得不可思议。

　　他们赶到县里，各界代表都到了，都说这次会议是胜
利的大会。果然，9月30日下午的大会上，大会执行主席、
新任县长卢骥轩宣布："明天，全县庆祝中华人民共和国

成立！"虞寡妇夹在代表之中，鼓掌长达十余分钟。其时丹桂飘香，迎风十里，馥郁芬芳，城乡欢腾之象与二十年前西镇成立苏维埃时颇为相似。

虞寡妇一面展颜鼓掌，一面隐隐目中有泪，不知是想起虞章华，还是为家族和国家的命运而感喟。她自言自语道："啊，二十年，竟有二十年了，难怪我最近老是看到章华小时候的样子，我们到底配得上我们这些年受的苦……"

虞寡妇说话虽颠三倒四，时有痴癫之态，行事倒是一如既往的开合有度、进退得据。单说这几年政局动荡，物价飞涨，材料紧缺，敦本堂能够开源节流、稳扎稳打，守住百年老字号，便十分的不简单。彼时法币贬值，物价一日数涨，敦本堂亦不敢存放现款，虞寡妇便让卢方伦把每天营业收入的纸币随收随兑成黄金，应对通胀。此外她还以身作则，节衣缩食，从生活到生产各环节精打细算，以免轻易提价，对客户造成影响。照西镇人的话说，没有虞寡妇就没有敦本堂，此言不虚。

这天虞亭华在街上游行了大半日，回到家中饥肠辘辘，便溜到灶边，从锅里舀了满满一大碗剩饭。他二姐刚好回娘家来，正看到他狼吞虎咽地就着一根咸萝卜下饭，不禁打趣道："哟，这敦本堂的少爷，倒是有出息得很哩，躲在厨屋里偷吃咸菜剩饭呀。"

虞亭华捧着碗从鼻孔里"哼"了一声："你虽是做小

姐的，但既已嫁了出去，便不与敦本堂相干了，就算是往娘家跑得再殷勤，也没什么用处。”

他二姐给他揭了短，立时垮下脸来说：“你当你是什么宝贝疙瘩，不过是人家亲生的都殁得早，身边没有个应声解意的，你捡了个现成的便宜。”

虞亭华当即恼了，“啪”地一下把饭碗扣在地上，瓷碗崩成几瓣儿，白米饭溅了一地。“你给我说清楚！”他把袖子一揎，“我捡了什么便宜？”

他二姐吓得白了脸，不敢出声，只听他满院子嚷嚷起来：“我这就参军去，大娘二娘再怎么拦着，我也不受这个腌臜气了！”

虞亭华一气跑了七八十里，去县政府找到卢骥轩，请卢县长无论如何看在他哥的面子上，让他去参军。

虞亭华闯进县长办公室时，卢骥轩正端着搪瓷缸子喝茶，一听虞亭华的要求，当即“呸”了一口，拉下脸来制止他：“胡闹，这仗都打完了，要你参什么军？”

虞亭华不服气地一梗脖子：“我参军也是保家卫国，万一呢，万一要是再打仗呢，好钢得用在刀刃上！”说着拍拍自己的肱二头肌，果然一咕噜疙瘩肉。

卢骥轩笑起来，呷着唇边的茶叶说：“你年纪也不小了吧，我记得西镇暴动那年，你四岁还是五岁？你哥吓唬你，要把你从流芳桥上扔下去……呵呵，一晃二十年了，你呀，该成个家才是。”

虞亭华哪里肯答应，毫不客气地驳他道："你县长四十大几还没成家哩，我急什么？我到年根儿才满二十二呢。"当下死缠烂打，说了一通歪理，竟说得卢骥轩哑口无言。

办公室里人来人往，一会儿这个来请示，一会儿那个来汇报，虞亭华在那里杵着，多少耽误正经事。卢骥轩给他缠得没办法，只好皱着眉头说："这事儿你说了不算，我说了也不算，唔，得听你大娘的。要是你大娘同意，我没意见。"

虞亭华哭丧着脸说："你耍赖皮，明知道我大娘的意见……你，你个大县长，跟小孩儿耍赖皮。我不管，你要是不让我参军，我就不回家了，天天上县政府来反映问题，不信你这衙门还不让群众进了。"

从此虞亭华天天上县长办公室反映"封建家庭阻挠爱国青年自由发展"的问题，把卢骥轩搞得一个脑袋两个大。如此风雨无阻地坚持了二十多天，卢县长有时下乡调研，有时去地委开会，并不是每天都能被虞亭华成功地堵在办公室里，但影响已经造成了，大家都知道卢县长被敦本堂的小少爷搞得焦头烂额，有几个女同志见到卢县长就捂着嘴笑。卢县长一直单身，加上长得浓眉大眼，长身玉立，县政府的女同志都替他着急。这几个见到卢县长就捂嘴笑的，都是对卢县长有意思的。岁数从二十几到三十几都有，有大姑娘，也有小寡妇。卢县长被她们笑得莫名其妙，原来她们都听说了虞亭华跟卢县长"吵架"的事儿，希望虞亭华这个二愣子一闹，卢县长能自惭形秽而后茅塞顿开，尽快把"成家"的事宜提上日程。

到了第二十九天，卢县长到底扛不住了，答应和虞亭华回西镇一趟，找敦本堂当家的虞寡妇聊聊。

虞亭华擅自离家出走，在县城待了一个月，虞寡妇似乎也不怎么心焦。有道是光腔寸步难行，这小子身上没带半个大子儿，一应吃喝，自是都记在县城那家敦本堂分号的账上，好在他并不像他大哥虞章华那样，惯是支了钱去花天酒地。虞寡妇心里有数，还劝慰虞二太太："我说的吧，这就来了。他要去哪里，横竖拦不住。咱们也别着急，看来还有些日子。"

这天虞寡妇见卢骧轩带着虞亭华一道回来了，高兴得挓挲着手忙前忙后，要给卢骧轩张罗饭菜吃食。

卢骧轩拦下她说："不忙活，都是自家人。"

虞寡妇给卢骧轩拉着坐下来，含笑点头说："好，都是自家人，是这个理儿。"

卢骧轩说自己在县里忙着，不大有空回西镇，幸亏有梅姑姑照应，一家老小都相宜；梅姑姑又肯支持他的工作，凡县里有事，总不吝出钱出力。

虞寡妇笑着摇手，打断他的话："说那些有的没的，你姑姑我可不愿意听这个。"

卢骧轩脸上一红，虞寡妇笑得更开心些："这么多年，我的儿一点没有变，这一说话就脸红的毛病，哎哟，真是看着就让人心疼哩。"

卢骥轩给她说得越发不好意思，幸而周围并没有旁人。虞亭华因指着卢骥轩给他说情，知道自己留在虞寡妇面前反倒不妥，早就溜之大吉了。四下里静悄悄的，只听见几只鸟儿在树梢啁啾。卢骥轩清了清嗓子，把虞亭华执意要参军的事给虞寡妇说了。虞寡妇略一沉吟，没说同意，也没说不同意，却招招手道："你随我来。"

卢骥轩狐疑地站起身，跟着虞寡妇穿过前厅后院，又在回廊里绕了几绕，转了几座假山，跨了几道门槛，终于在一处清幽的所在停下来。他自年少时便出入敦本堂，各处都相熟，这地方却似乎从未来过。印象中，这个方位以前并没有房舍，不过是一处蝶舞蜂绕的园子，地界甚是开阔，他和虞章华跑个来回，必是满头大汗。也有勤快的老妈子在这里种菜点豆，四季时蔬不断，省却伙房里一笔不小的开销。不过那都是好多年前的事了，现在看这园子，实在是狭仄，横竖也量不出几步的距离，浅浅地栽着几竿修竹、几株墨梅，另有个小小的庵堂掩映其后。虞寡妇又朝他招招手，两人便一前一后往庵堂去。

推开一扇虚掩的雕花木门，虞寡妇引着卢骥轩进得庵堂。这里甚是清静，只供了一尊两尺高的白玉观音，案几上另有一部颇有些年头的线装手抄本《金刚经》，拿一串佛珠压了，几只蒲团随意地散落在地上，一炉梵香袅袅生烟。卢骥轩最讨厌庙里的香火，辛辣呛人不说，往往熏得他眼泪汪汪。这炉香倒不使他生厌，香味也别致，淡淡的，若有若无，缥缥缈缈，竟能安神补气，让他感到说不出的舒服愉悦。

虞寡妇拿起《金刚经》上面那串佛珠绕在手上，拈着珠子笑笑说："你别嫌我老封建，我寻思着，老辈儿的人喜欢烧香拜佛，并非没有道理。也有信土地爷爷、土地奶奶的，也有信文殊普贤各路菩萨的，还有的信东海的龙王、西洋的洋主子，大家不过是给自己找尊神仙拜一拜，心里安定宁静，想做什么或不做什么，便能够打定主意，凭世上万千幻象，不与我相干。你晓得的，有时候我们心里明明想着一样事情，却又不能笃定，左思右想，前瞻后顾，总是那么多不得已。其实，哪有什么不得已呢，不过是肉眼凡胎……"她一面说着，一面找了只蒲团盘膝坐下，卢骥轩便也依样坐下来，懵然不知所谓。

虞寡妇又叹道："那时候杀得血流成河，你们对着红旗宣誓，想一想大胡子给你们说的信念，便嚼着草根树皮坚持下来，连野人尖也翻得过去，这是什么道理？我起先想不通，后来却明白了……"

卢骥轩愕然，一时接不上话。他一个坚定的唯物主义者，久经考验的共产主义战士，堂堂一县之长，和一个常年烧香拜佛虚度光阴的老寡妇在庵堂里坐而论道，想想实在是荒唐。虞寡妇见他不开口，便也闭上嘴，不再说话，只笑微微地看着他，两人大眼对小眼，入了定似的。

那缥缈的香烟使卢骥轩陷入一阵奇妙的恍惚，仿佛并不是和虞寡妇面对面坐着，而是和一个陌生的妇人相对无言。说那妇人陌生吧，却又熟悉，他身边实在到处都是这样平常的妇人；说熟悉吧，她又使他感到很有些距离，因为在他的生命中，实在并没有哪一个妇人是与他十分亲近的。他唯一拥抱过的妇人是母亲，但母亲从不了解他的心意，并且已经去世很多年了。他想到这一点便很愧疚——母亲去世时他不在她身边。后来虞寡妇称他为"我的儿"，他拒绝不得，一是他想起虞寡妇失去了唯一的儿子，心里便有感同身受的伤悲；二来呢，他也失去了自己唯一的母亲，所以很愿意将虞章华的母亲当作自己的母亲来孝敬；三来，两家的关系颇不寻常，他自小在虞寡妇面前长大，他父亲卢方伦也并不忌讳虞寡妇把他唤作"我的儿"。

儿子和母亲，自古以来是这世间最亲密的关系吧，就算儿子日后娶妻生子，也不能把自己的母亲抛在脑后。倘若哪个儿子娶了媳妇儿，竟然把自己的老娘给忘了，那么全天下的人都要排着队狠狠地骂他的。卢骥轩眼观鼻、鼻观心地想，虞寡妇说的这些话，怕是在绕乎他，唉，他其实已经决定了，如果她不同意虞亭华参军，他就拼着让虞亭华骂他好了，总不能为了那个任性的孩子，让眼前这个伤心的母亲再伤一次心。不知为什么，他见到她，总是不由自主地心软，她明明是个强悍的妇人呀。

他不言不语，等着虞寡妇开口拒绝他。可是虞寡妇并不开口，只是看着他，眉眼里都是慈爱的笑意。他渐渐在她无边的笑意中沉沦下去，好像看到了自己的母亲，又好像看到了失去音信多年的王春芳……吴幼菊告诉他，王春芳为掩护他们突围，很可能牺牲了。但也可能并没有牺牲。不知道。他们都不知道。王春芳一身好功夫，会咏春，会太极，会洪拳，会迷踪，会擒拿，还会轻功，轻轻一跃就是三丈开外，连县里的城墙也翻得过去，敌人肯定追不上她。这么多年他们也没有她的消息，因此宁愿把没有消息当作好消息。

王春芳成了一个谜。

这个谜在卢骥轩心里藏了很多年，他终是放不下她。他有时想，如果在桃树岭分手的时候，他把心里那句"我想让你等着我"说出来，一切可能就不一样了。王春芳是个言出必践的人，如果她答应等他，她就一定会等他回来。

吴幼菊后来也留在地方上，和一个南下干部结了婚，现在是地委书记的夫人。吴幼菊说她命大，她的命是王春芳和周小菲换回来的，所以她要好好活着，替王春芳和周小菲把没过上的好日子好好过下去。

"我那时候年轻，不晓得人这一生哪，这样短，又这样长！"吴幼菊感慨地说，"我哥牺牲后，我嫂子就带着孩子改了嫁，结果我哥两个儿子，没有一个姓吴的。我怨我嫂子给我们吴家丢了脸，其实是站着说话不腰疼，乱世里，一个女人能把自己和孩子都养活下来，这不是最大的本事是什么？简直是了不起，是大功德。"

吴幼菊又苦笑一声，追悔莫及，说："我那时心里憋着气，还和王春芳吵架，胡乱编派那些被卖到山外头的妇女的不是，现在想起来，是自己打自己的耳光哟……"

吴幼菊自打耳光的结果是同意王春芳反对她的所有意见，尤其是，那些被卖到山外的妇女也是人，并不是畜生，她们最大的心愿就是想好好地过日子，过得像个人样儿。

一个女人，当年好好过日子的标准，就是结婚生孩子。就像卢骥轩的大妹，早早地嫁了人，生了一堆孩子。那些小孩子都长得活泼可爱，亲亲热热地围着卢骥轩大妹，一口一个"娘"地叫着，叫得吴幼菊心里直泛酸水儿。她俩做姑娘时手拉着手有说不尽的悄悄话，现在是不能了，因为说不了几句大妹就要咋咋呼呼地站起来，拍着脑袋说："坏了，我忘了给三丫头做糖饼。"或者说："不能扯闲篇啦，二蛋的老师还等着我给送鞋样过去呢。"搞得吴幼菊很惆怅，不免生出黍离麦秀之感。

吴幼菊已经不年轻了，为了向大妹看齐，她抓紧时间结了婚。她结婚的时候，卢骥轩还去吃了酒。那天吴幼菊喝多了，抱着卢骥轩又哭又笑。她哭了笑，笑了哭，反复念叨"老虎啊老虎"，搞得地委书记很尴尬。卢骥轩也喝了不少，但还保持着一个县长对地委书记的敬畏之心，他对地委书记说："书记，你别见怪，我和吴幼菊同志是生死之交，她是我妹妹。我在战争中把两个妹妹搞丢了，就剩下她一个……"县委办公室主任老谭也在边上打镲："书记，我给老卢做证，是这么回事……"两人都很动情，说不下去了。尤其是卢骥轩，眼窝子本来就浅，这下在吴幼菊怀里哭得像个孩子。地委书记就把他从吴幼菊的怀里接过来，搂着让他继续哭。他哭湿了地委书记崭新的毛料中山装。

山南解放后，山里还有小股的国民党残匪流窜，他们和当地的一小撮土匪同流合污，经常奔突扰民，成为解放军的进剿对象。据说王大花鞋还在山里，解放军进山剿匪，卢骥轩很留意花剪径的消息。但是奇怪得很，谁也找不到花剪径。

卢骥轩仔细回想了一下，似乎在虞章华被绑架之前，他并没有听说过"花剪径"这个地名儿，就连王大花鞋，也只是存在于口口相传的传说中。后来王春芳来西镇，人们才知道王大花鞋的老窝在花剪径。但那地方也只是停留在众人的嘴边，除了王春芳谁也没去过花剪径，所以谁也不知道花剪径在什么地方。吴幼菊是和王春芳最亲近的女同志，可她也没听王春芳说过花剪径的具体位置。至于王秋林，皖南事变后新四军军部重建，卢骥轩就没有再见过他。就连佛堂坳的小寡妇，也早没了影子。也难怪，兵荒马乱，落花流水，并肩作战的战友尚且朝不保夕，打散了，打乱了，打没了，一个乱世里的寡妇，多半是漂萍一般，再也找不到了。卢骥轩想到这一茬儿，心里不觉有些隐隐的酸楚。后来他下乡去调研，路过佛堂坳，还情不自禁地要朝那个方向多望一眼，好像是望到二十年前那个仲春的晚上，他和詹凤佐一起，嘻嘻哈哈地推开小寡妇家的院门。这个莫名其妙的印象同样让他感到很奇怪，那晚，他的心情和表情明明都是很严肃的。

花剪径也成了一个谜。

有时候卢骥轩想，王春芳可能回花剪径了。

这样想的时候，他心里会觉得好受些，两个未知的谜合成一个，就有了确切的答案——王春芳回家了。既然外人找不到花剪径的入口，那么王春芳在花剪径就是安全的，王春芳和她爹王大花鞋共享天伦之乐，再也不问世上的事。王秋林可能也回花剪径了，还把小寡妇也带回去了，因为他们兄妹早有约定，等抗战胜利了，就一起回花剪径，快快活活地生一窝孩子，好好享受胜利的果实。当时他没有胆量向王春芳表白，结果就失去了和王春芳一起回花剪径拜见老丈人的机会，失去了和王秋林他们两口子比赛"谁的胜利果实又多又大"的机会。他彻底地失去了王春芳，再也找不到那个叫花剪径的世外桃源——

恍惚中卢骥轩又看到了很多年前那个梦中的奇异景

象：天上流云暧疐，溪中游鱼唼喋，花儿开得满坑满谷，灿若云霞，远远近近，层层叠叠，铺满了芳甸。谷里到处飞舞着五彩的蛱蝶，绮丽缤纷，乖巧可爱，停留在人的手心上，赤色的腹部会随着空气的振动柔软地翕张，人不脱手，它便留在掌上，只是振翅，却不离开。谷里人家沿溪而居，门前有宽敞的院子，栽花种柳，晒谷晾衣，一派富庶祥和。大人孩子皆彬彬有礼，颇有渔樵耕读之风。谷口竖着一块古碑，"花剪径"三个大字坦荡而醒目。

卢骥轩从敦本堂回到家中，推开院门，见父亲卢方伦躺在院墙边银杏树下的摇椅上半闭着双目，手里抓着一样东西，似是睡着了。那老藤编制的摇椅和卢方伦一般，早已是发白齿摇的年纪，身上尽是岁月风霜之痕，有些破洞拿膏药贴上了，松动的接头处，便用细麻绳绑了又绑。卢骥轩总疑心它哪一天就要散了架，可它吱吱呀呀地摇着卢方伦，安之若素地日复一日、年复一年，并不像卢骥轩想的那样，随时会分崩离析。卢骥轩也曾劝过父亲换一把摇椅，然而卢方伦执意不肯，也就罢了。他有时不禁惶惶地想，父亲和这把摇椅一般老态龙钟，不知哪一个会先离开，且随这一人一椅去吧。大抵人老了，便愈发地贪恋老物件，做儿女的，若来剥夺老人这仅有的权利，未免忤逆。

翻过墙头的风吹得银杏树唰唰地响，摇落一地金黄。卢骥轩轻轻走过去，想拿一条薄呢毯子给父亲盖上。走到卢方伦身边，这酣睡的老头儿却猛地睁开眼睛，把手里那样东西紧紧护在胸前，直勾勾地看着他说："你是谁？怎么到我家来也不打声招呼？"

这并不是第一次了，卢方伦见到儿子，并不认得。不唯卢骥轩，几乎所有的人他都不认得，好像是老天对这优秀的账房先生施与了一种奇异的惩罚，把他前半生的好记性一下子都收了回去。他总是忘事，人也忘得干净，要是问他"你是谁"，他得想好半天。是啊，他是谁呢？敦本堂退休的账房先生？卢县长的父亲？西镇屈指可数的前清秀才？好像都是，又好像都不是。人到了这岁数，想想自己一辈子，往往能把自己想得面目模糊，就算是记忆力不错的老人也不记得自己到底是谁。除了符号一般的名字，还有更多吗？这真是个让人苦恼的问题。

卢骥轩只好说："我是骥轩啊，这里便是我的家。"

"那我是谁？我怎么在你家里？"

"您是我父亲，自然在这里。"

"啊——"卢方伦这才放下心来，"好吧，既是在我自己家里，我再睡一会儿。"

老头儿惬意地闭上眼睛，不再管卢骥轩。这时弟媳妇儿挎着一篮湿淋淋的衣服从门外进来，想是刚刚从河边捣衣而归，见到卢骥轩，惊呼一声，说不知道大哥回家来，这就去敦本堂叫外子回来。卢骥轩摇摇手说他刚从敦本堂过来，已经和弟弟打了招呼。卢方伦变得痴痴呆呆以后，便一直养在家里，由卢骥轩的弟弟和弟媳照料。他们夫妻二人都在敦本堂做事，虞寡妇待他们也很不错。这自也是卢骥轩甚为感念的缘由。弟媳笑问卢骥轩，是不是又在公公面前讨了个没趣。卢骥轩苦笑道，父亲的记性越来越差，恐怕不想认他这个儿子。弟媳说并不是，平日里公公和人说闲话，三句定然离不了"我家骥轩在县里做官"哩。

弟媳怕卢骥轩闲得慌，递过来一钵桂花蒸板栗："这是今年新打的栗子，大哥你尝尝鲜，搭搭嘴儿。我先去厨屋里看看，一会儿做好了饭，再招呼公爹和大哥进屋呀。"卢骥轩端着栗子，嘴里拦道"不忙活，不忙活"，弟媳已经笑着摇手进灶房去了。

钵子沉甸甸的，拿在手里像是盛满了往事。

卢骥轩记得，王春芳最爱吃桂花蒸栗子，打下新鲜的板栗能当饭吃。这满满一钵栗子，他吃不下几颗，她呢，剥着玩着吃着，一点不费事。栗子在她手上，像是被赋予了神奇的魔力，香软甜糯，个儿大皮薄，这些都不稀奇，稀奇的是还能长出眼睛——可不能让王春芳的栗子盯上，若盯上了，一个栗子砸过来，任你左面躲右面藏，都逃不掉"一栗中的"的下场，准在你头上敲个栗暴。卢骥轩不自觉地摸摸自己的脑袋，好像那处被王春芳的栗子敲过的地方还隐隐作痛，实则已经想不起来他什么时候挨过她的毒手。是那次在台下看演出，他一时出神忘了鼓掌吗？是她在河边清洗绷带的时候，他去她对面洗刷那副辨不出颜色的绑腿带，因而遭到她的嫌弃吗？还是那次他们分别，他没有对她说出真心话，她远远地朝队伍里丢了一颗栗子，堪堪砸在他的头上……他想啊想，把自己想得糊涂了，如何总是见到她的影子，却又模模糊糊，总也不能够真切呢？唉——

往事沉甸甸的，拿在手里像盛满了栗子的钵子。

卢骥轩找了把竹椅坐下来，和父亲并着肩。这时才发现父亲已经那样瘦小了，浑不似原先印象里那个高大而不可比肩的父亲。原来岁月有这样惊人的力量，能够把一切看起来不可更改的东西悄然改变。那么他和父亲之间那种刻板而僵硬的关系呢？银杏树巨大的树冠笼了一层金黄的影子在卢方伦的脸上，使这痴呆的老人显出一种安稳的恬静。卢骥轩仔细瞧着父亲那张面孔，努力想从那终年的严厉背后找到一抹慈爱。可惜并没有足够的想象力。他为自己叹息了一声，眼角的余光扫视到卢方伦手中紧握的那样东西。

那东西甚是小巧，盈盈可握，从父亲略略松开的虎口处可见银灿灿的一角。父亲大约是睡熟了，呼吸均匀而悠长，间或吧唧一下嘴皮子，露出痴傻的笑容。卢骥轩还从未这样近距离地观察过熟睡的父亲，以前是没有机会，现在更是忙得千头万绪，他很少回西镇来，连问候都显得匆忙。毕竟是一县之长，刚刚从国民党手上把烂摊子接过来，放下枪搞建设，不懂装懂，难免捉襟见肘。为了少闹笑话，他逼着自己学习工学、农学、经济学和管理学，不过遇到具体的问题，比如把桥修得多宽多长，把坝筑得多高多厚，隧道要打多久，矿洞要挖多深，这不是他一天两天就学得会、学得通的。这些问题上了县委会研究，也研究不出个所以然，因为开会的那些领导并不比他更懂一些，偏偏那些懂的人又没有资格来开会，往往是狗屁不通的几个家伙争得脸红脖子粗，瞎耽误工夫。

他的意见是，把专业的事情交给专业的人去做，但是有人提出，那些搞专业的，大多都在国民党政府甚至日伪政府里当过差，他们都是阶级敌人，你让敌人帮你搞建设，无异于与虎谋皮，他们不搞破坏就谢天谢地了。就连老谭，卢骥轩原以为他会说两句公道话，岂料他开会的时候光抓挠着脑袋抽卷烟，好像他来就是为了一根烟接着一根烟拔小火龙似的。卢骥轩看他那一脑门子云山雾罩，就逼着他表态，结果他说："我的意见是——哎，这事儿吧，它是个大事儿，还得好好再研究研究。"于是又回到争论的起点，大家各执己见地再一次脸红脖子粗，瞎扯一通车轱辘话，把工夫耽误得更彻底些。

为这事，卢骥轩很生气，其他有不同意见的领导当然也很生气。结果事情没办法做。没办法做也比让阶级敌人来做安全得多，这就是眼下县里的情况。老谭私下里还劝卢骥轩别干傻事儿，明摆着他在几个常委里面不占优势。

卢骥轩说："我就问你，不占优势，占理不？"

老谭嘿嘿一笑，说："我不跟你较这个真儿，少数服从多数，这是纪律，咱可不兴个人主义那一套。"一句话把卢骥轩噎得半死。

卢骥轩摇头叹气，甚至有些嫉妒躺在摇椅上酣睡的痴傻的父亲。

父亲好像什么都不记得了，不记得早饭吃的是干还是稀，甚至连吃没吃早饭都不记得。在他的脑子里，大概没有什么眼面前的事情是需要记住的。这一点很值得卢骥轩学习。卢骥轩就老是为眼面前的事情焦头烂额，其实明明可以一觉睡过去就忘了的。他的很多同僚都有这样的本事，昨天明明在会上拍桌子摞板凳问候了对方的老娘，第二天在食堂里遇上了还能亲亲热热地并在一张桌子上吃红烧肉，有商有量地探讨烧一锅好吃的红烧肉是先放酱油还是先放冰糖。

父亲又吧唧了一下嘴，还下意识地抬起手背，在胡须花白的下巴上蹭了蹭。手里那个银灿灿的玩意儿就是这时候掉到地上的，"吧嗒"一下，像是一颗种子落在尘埃里。

卢骥轩弯下腰，拨开落了一地的金黄色的银杏叶，发现那是一把小巧的银梳子。

他迟疑了一下，把银梳子捡起来，举到倾泻的阳光下面，在精雕细镂的梳子柄上发现了两个细微的阴刻小篆：

芳姑。

他看看流着口涎熟睡的父亲，又看看刻有"芳姑"二字的银梳，心中疑窦丛生。这显然是女眷的私物，瞧着有年头了。芳姑，这名字眼生得很，不是母亲的闺名，那么它是一直伴着父亲的吗？卢骥轩几乎要失声把父亲唤醒，问问这把银梳的来历。什么都不记得的父亲，难道还顽固地牢记着什么秘密不成？

他呆呆地望着父亲，看到父亲枯叶般黯淡无光的白发在空气中细微地颤动。风早就止住了，这时候是寂静的，在这寂静的时光里，却有一种无风自动的心情。他又幽阔地叹息了一声，发现自己可能比想象中距离父亲更近一些。他们父子之间，并没有那么遥远的距离。

芳姑，他又在心里默念了一遍这名字。

芳姑，芳姑，芳姑……

其实用不着念叨那么多遍的，他确信自己已经无师自通地找到了它的主人。

他又无端地羡慕起父亲来。什么都忘了，还记得打算盘。给老头儿一把算盘，噼里啪啦，干脆利落；再看老头儿脸上的表情，比端着饭碗还要笃定和从容。人家都说，这才是老头儿吃饭的家伙，一辈子就靠这把算盘。

卢骥轩喃喃地念：算盘，银梳，银梳，算盘。

算盘是父亲最拿得出手的东西；怀里的银梳却只能藏着掖着。可是，没有银梳，也就没有算盘吧。他记得父亲最早的时候并不打算盘，读书人嘛，子曰诗云，衔华佩实，打算盘简直可以算作是耻辱，那是孔夫子拿笤帚——斯文扫地。不过，渐渐地，父亲放下尺牍，拿起算盘，后来还成了敦本堂的头一把算盘。父亲自己有时不免自嘲，说荒年饿不死手艺人，不怕有辱斯文，总要为稻粱谋，落得个识时务的名声。母亲也说，打算盘比务那些个虚名强得多。于是就坦坦荡荡地打起了算盘，家里那么多张嘴，总要有口饭吃，这并没有什么不妥。

一晃已是好多年前的事儿。卢骥轩虚渺地想，在好多年以前，也还有更远一些的好多年前。那些久远的事情，他不记得，父亲却一定记得。就好像，这把刻有"芳姑"的银梳，他从未见过，但父亲如珠如宝地藏了许多年，直到什么都忘却了，只有这个精雕细镂的名字不能忘却。

这年春天，吴幼菊生了个大胖小子，地委书记邀卢骥轩去家里吃酒。

在家里，地委书记不是书记，吴幼菊是书记。吴幼菊说什么就是什么，这一点要坚定不移地执行。地委书记说："你们山南的女子不得了哇，把男人管得死死的。"卢骥轩就笑，说山南也不是所有的女子都这样，吴幼菊从小就显示出过人的"管理"能力，她不是一般的女子。地委书记也笑，说他就是看中了吴幼菊这一点。地委书记从小没爹没妈，身边就缺这么个知冷知热的人管着，吴幼菊管得地委书记心里热乎乎的。要是吴幼菊一天不管他，他还浑身不得劲。这让卢骥轩十分感慨：大概这就是人们常说的"般配"吧。他想起虞寡妇跟他推心置腹地说过，王春芳和他也般配，可是他孬，没留住她。想想心里堵得慌，这顿酒就吃得难受。一端杯，又喝多了。

这回吴幼菊因为要给孩子喂奶，没陪着一起喝，所以地委书记就舍命陪君子，亲自喝。两人推杯换盏，喝着喝着就没有县长和地委书记的差距了。

地委书记秃噜着嘴说："他大舅，我听菊子说，你到现在还不结婚，是心里还想着他大姨呢。"

"说哪的话……"卢骥轩脸红脖子粗地摇着手，不让地委书记说下去。

"不是，"地委书记抓住卢骥轩的手，"这都这么多年了，也没个消息，听我一句不该说的，胡乱相思，不如相忘于江湖。"

吴幼菊和卢骥轩重逢后，激动地说自己没脸给他说王春芳和周小菲的事。王春芳为了掩护她和周小菲，拼了自己的性命不要；后来周小菲又为了拉她一把，自己从悬崖上跌了下去。这些旧事，她一闭眼睛就浮上来，搞得她没办法过上新生活。要不是遇到地委书记，她还得糊涂着继续难过下去。地委书记告诉她，过去的已经过去了，我们那么多同志牺牲是为了啥？就是为了让活着的同志能过上现在的新生活。如果我们不能把新的家园建设好，不能过好来之不易的新生活，就对不起那么多牺牲的同志。吴幼菊对卢骥轩说，王春芳给他写了一封信，交给了周小菲，可是周小菲也已经牺牲了，信没了，但她知道王春芳要和卢骥轩说什么。卢骥轩摇头让吴幼菊别说了，她说得他心里难受。

他心里发堵，吴幼菊说一句，那块堵着心口的石头就长一圈儿，眼看快要把他的一颗心都堵上了。啊，那时候到底是年轻，并不懂得爱情！他心里那最后一点没有被侵入的柔软发出这样悲伤的喟叹。

卢骥轩记得自己和虞章华有一次谈到"爱情"的时候，建议他做"心跳测试"来检验对恋爱对象有没有特别的感觉。当然，那时候他还不知道虞章华爱的是王春芳。等到他知道之后，他就开始说服自己——他和王春芳朝夕相处，从来不觉得自己有心跳加速的感觉，岂止没有心跳加速，简直跳得越来越缓—— 也不知为什么，他和王春芳在一起的时候，心里十分宁静，她的笑，她甜美的山歌，她随手丢过来的栗子，都让他觉得温暖而熨帖。因而他大胆地推测，自己并没有爱上王春芳。他对她，不过是和对周小菲、吴幼菊一样，是纯洁的革命友谊，是单纯的同志关系，是春风拂过山冈，是明月照着大江。直到春风吹了一茬又一茬，明月圆了一轮又一轮，见到王春芳的机会越来越渺茫，他才晓得，心跳算得了什么呢？没有她，他是心痛呀！

这会儿卢骥轩瞪着地委书记："你说的那……那不该

说的，我听你啥？"

吴幼菊抱着孩子在一旁使眼色："老虎，你别胡咧咧，我哥的心思你咋知道？相思不相思的，你可晓得长啥样？"

地委书记赶紧抽了自己一嘴巴子，连说："那啥，我的错，我的错还不行嘛！"说着自罚一大杯烧刀子。

吴幼菊也帮着找补："吃菜，吃菜，老虎你别光邀着我哥喝酒呀，吃点菜。"

地委书记听自家书记这么一说，又慌着给卢骥轩夹菜。卢骥轩装了一肚子烈酒、一肚子好菜，抱着肚子直打嗝儿。

地委书记小名儿"老虎"，喝多了之后，卢骥轩就随吴幼菊叫，一口一个"老虎"，还把老虎的屁股拍得啪啪响。他边拍边对地委书记说："你好福气呀！"

地委书记搂着卢骥轩，亲热地头抵着头："他大舅，我感谢你呀，这么多年，把菊子照顾得那么好。"

"我没照顾她，是她照顾我。"

"那应该，她是你妹子，你是她哥。"

"她哥走得早，还有，老虎，他也走了……"

"谁？"

"没谁，就是你，你好好待我妹子。"

"那没得说。"

拐个弯，地委书记和卢骥轩又说到敦本堂向中央私营企业局申请商标注册的事，两人都说虞寡妇断不是个凡角。

早在抗战之前，敦本堂的膏药便在省内各县都设有经销点，省外专设的代销或经销点亦遍布大江南北；再远一些，连关外和南洋也能见得到敦本堂的行货。虞寡妇在中华民国全国商会联合会主办的《实业报》上发表专门文章，大做广告，说敦本堂的膏药"世传秘方，他人难以仿效""一贴立愈""不灵包退还洋""年产二十万盒以外""近有以劣货贱售，希图鱼混真伪，莫辨贻误"，竟要在全国范围内进行打假。此外，她还顺应潮流，委托邮局开办了邮购业务，大生意也谈，小生意也做；既能够做国民党的顺民，又不轻易得罪共产党。那时因为虞章华，敦本堂各分号都成了红军的联络站和军需库，虞寡妇睁一只眼闭一只眼，贴了红军不少钱粮和紧要的物资。虞章华牺牲后，她也暗里支持共产党，国民党当局查得紧，她便谨慎些；查得松，她便慷慨些，总归是刀切豆腐——两面光。抗战时，敦本堂虽未有长足的发展，却也在虞寡妇的执掌下稳扎稳打，就连虞二太太主政那两年，凡遇到麻爪事和难过的坎儿，也是靠卢方伦暗地里请教虞寡妇，这才守得住敦本堂这块金字招牌。

吴幼菊边逗着孩子笑边说："都说妇女能顶半边天，要我说，可不止，敦本堂不就是虞寡妇一个人撑下来的？你说头二十年给虞章华攒着家产，那也就罢了，这后来十几二十年，又是为了什么？可见她是个不一般的女人，我打心眼儿里佩服。"

地委书记拍着桌子"哎哟、哎哟"地叫唤："不得了，这虞寡妇不得了哇！能让我媳妇儿佩服的，女人堆里，这是头一个。"

"讨厌！"吴幼菊娇嗔一笑，拿肩膀往地委书记怀里蹭一下，惹得地委书记大呼"乖乖"。

夫妻俩蜜里调油的样子，浑不把卢骥轩放在眼里。

已经喝得肝肠寸断的卢骥轩，不免又多喝了一大杯。不妨事的，他清醒地想，最多吐出来，吐出来就好了。果然，酒还没到喉咙，就"哇"地一下吐了个满盆满钵，地委书记和吴幼菊赶紧手忙脚乱地伺候他，又是擦，又是洗，又是汰，又是抹，再没工夫调情。

当晚他就睡在地委书记家的客房里，烂醉如泥地躺在床上，听见地委书记给吴幼菊说："他大舅是个实在人，就是死心眼子。"

吴幼菊叹气说："唉，要不是死心眼儿，也就没那么实在。当初他和王春芳，确实挺登对的。王春芳长得好看，我要是男人也喜欢，只是脾气大，从来不肯让人半分……唉，不说了，你多拉帮他，我娘家没人了，可就剩下这一个亲哥哥。"

"嗯哪，我心里有数……"

第二天卢骥轩头重脚轻地回到县政府，虞亭华已经在办公室等着他了。

"哥，我亲哥，"虞亭华觍着脸叫他，还滑稽地作了个揖，"我这就要去参军了，来谢你一声，再就是告个别。"

卢骥轩还糊涂着，揉揉通红的眼睛，瞅瞅一身军装、胸前佩一朵碗口大的红绸花的虞亭华，"啊呀"一声："这就走了吗，不是说明年？"

虞亭华身上崭新的军装十分精神，虽然还没有领章帽徽，但也足够这小子喜形于色，他骄傲地一扬脑袋："去年说的是明年，可不就是今年。"虞亭华眼里放着光，并不在意卢骥轩的糊涂。

卢县长的糊涂是出了名的，常常闹笑话。县里一直在传，他日后可能还会干上县委书记，因此没人敢当面笑话他。就连现在的县委书记张其坤，也拿他没办法，只能私底下跟他叔叔张子诚说老卢是个怪才，仗着肚子里有些货，便十分猖狂，在大是大非面前更是容易犯糊涂。张子诚是解放县城的时候牺牲的，就埋在县城东郊。他一倒下，天就亮了，因此卢骥轩提起张子诚，最是遗憾。有时候张其坤跟卢骥轩为工作上的事情拌嘴，卢骥轩想不到合意的词儿来跟他抬杠，就拂袖而去："我跟你说不通，你叔要在，这事儿不是这么办的！"搞得张其坤哭笑不得，上坟的时候还不忘跟他叔告状："老卢念的书确实比我多些，但他知识越多越'反动'。"

西镇上那些知根底儿的老辈人，更是传得荒唐，都说卢骥轩是睡仙转世，有经世之才，因洗心物外，养太素浩然之气，故常有混沌之象，实则怀经纶之长策，蕴将相之奇才。

尤其是那个开塾馆的唐先生，曾断言"周家此子，必光门楣"的前清秀才，现在虽不再坐馆授徒了，但提起当年的得意门生，不说廷三，不论章华，言必称骥轩。镇上赵婆子原是给卢骥轩说过媒的，对过他的生辰八字，又批了他的四柱干支来推命，直说他福大命大，越是年岁看长，越是有福气哩。卢家的老邻居高大娘也证实了这一说法，拍着大腿说卢骥轩自幼身弱体虚，病歪歪的只怕养不活，谁想得到他长大了却英武威风，竟做了县里的大老爷。和他一起闹革命的那些后生，论家世背景，论年少有为，哪一个不比他强得多？却没有一个有他的福气大，说他是睡仙转世，那是不错的。

以上自然是胡说八道，反正县里的马列主义干部没有一个把这些封建糟粕当真，但在某些场合，地委书记跟卢骥轩勾肩搭背，他们是看在眼里的。因此卢县长再糊涂，也是糊涂得言之有理，糊涂得持之有故，以至于师心自用目无全牛。

虞亭华走了以后，秘书把一大杯酽茶泡上来，又抱来一大摞文件，堆放在卢骥轩桌上，抿嘴笑着说："这回虞亭华称心如意了，您也不用头疼啦。"

秘书是个二十多岁的姑娘，笑的时候眉眼弯弯，很好看。好看到什么程度呢？卢骥轩看多了都会觉得是罪过。所以她一笑，卢骥轩清醒了许多。他赶走脑子里那团雾，对着办公桌上的文件若有所思。

卢骥轩从发涨的脑壳里慢慢找到一点头绪，似乎那天在庵堂里和虞寡妇说话，的确是很久以前的事了。那么是去年吗？他不能确定，记忆里毕竟过去了很长时间，日子叠着日子，日月更替得殷勤而毫无节制。许多模糊的影像垒在一起，一层又一层，垒得马虎，岌岌可危的样子，稍微用指头戳一戳，便能轰然倒下。他在那样朦胧而危殆的影子里搜寻着印象，简直大气也不敢喘一口。可是，仍听到呼呼的风声从耳旁掠过。他奋力捉到的那些逐渐风化的影子里，他和虞寡妇坐在杌凳上、石头上、蒲团上促膝长谈，谈到如何制作膏药，如何经营店务，如何做一个纯粹的人……这些莫名其妙的画面堆叠成奇幻的风景，风一吹，簌簌作响，像一面旗帜，像一条床单，像一块幕布——

他年少时出入敦本堂，常看到虞寡妇戴着口罩，脖子上挂一条白毛巾，亲自在作坊里熬油。那时候虞寡妇尚未称寡，店内事务虽大多倚靠她，却不由她说了算。他父亲也没有到敦本堂来做账房先生，不过因为两家是世交，他又和虞章华同窗共读，因此常常跑到敦本堂去玩儿。他父亲为人严肃，怕他荒废学业，不让他跟着虞章华胡闹，他便绕过大街，偷偷地从藏在小巷内的边门进去，只觉满眼新奇，处处都是别的地方看不见的好玩物事。

虞章华是不愿在作坊里多待的，他嫌那里闷热难当，又有刺鼻的气味，躲还来不及，更不要说去帮他母亲做工了。卢骧轩却感到好奇，什么都有兴趣，有时虞寡妇抓他的差，他就乖乖地跟她从晒台走到偏屋，又从切纸房走到包装间。

他那时只觉敦本堂大得让他迷路，总有五六进之多，从正街的店面到最里进的熬油间，要走上半条街那么长的路。其间要穿过厨房、账房、员工宿舍、大小天井、正厅偏厅、各房的房头……复杂程度简直堪比一座宫殿。

那熬油是制作膏药的核心工序，比起研磨、切纸、包装等等，技术含量最高，也最是辛苦，不仅讲究比例火候，而且随四季变化有所调整，绝非一成不变地机械用功。因虞连海嗜烟成瘾，不问店里的事，虞寡妇便亲力亲为，在大铁锅里倒上麻油铅粉，没日没夜地熬。文火也熬、武火也熬，冬天也熬、夏天也熬，直熬得红光满面、汗流浃背，那熊熊的灶火使她全身都是红彤彤的，像是腾在一团蔚然的云霞里。

虞寡妇拿一根长长的桃木棒，低头朝那口硕大的铁锅里不停搅拌，将沸腾的油膏搅动得咕嘟嘟冒出许多张"小嘴巴"，发出喁喁之声。他呢，就在一旁拿一把芭蕉扇，呼哧呼哧地对着窗外扇风。

虞寡妇偶尔抬头，抓起脖子上的毛巾擦一把汗涔涔的脸，说："好孩子，你可知道我为什么要你对着窗外扇风？"

他茫然地摇摇头，虞寡妇就告诉他："这正是我这贴小膏药里的大秘密，你看别家的膏药，也做得很好，却是黑漆漆、灰扑扑的，没有一点光泽，我的膏药呈金黄色，外观上便胜出几分，关键就是这道除烟的工序。做人也是如此，你虽一心做个好人，但也怕凭空生出来的乌烟瘴气败坏你的好事，需要时时除掉那些油烟才是。"

虞寡妇又换了个姿势，在高高的柜台后头拉着他的手说："你看铺子内外人来人往，流水一样的银货，可有多热闹。然则有道是'过眼云烟'，呵呵，须知你并没有一样留得住，只是借着短短的因缘罢了。缘起缘灭，自在自为，各凭机缘，各生欢喜，你若执着，那便只能自讨苦吃。人这一生哪，或遇上各种各样的人、各种各样的事，但那最最重要的，也不过就是一两个人、一两件事而已。你若遇上了，不要胡乱听别人怎样说，而是听自己的心怎样说，一是不要怕，二是不要悔。"

虞寡妇身后传来马匹咴咴的叫声，她从石上站起来牵住缰绳，回头对他说："你喜欢一个姑娘，而那姑娘又恰好喜欢你，这是极不容易的，比起那么多人盲婚哑嫁，你们可有多么幸福啊！唉，我这一辈子，做了一件大错事，便是嫁给虞连海，结果做了寡妇也还要套上他的姓氏。虞寡妇，哈哈，虞寡妇，这名头真是好得很哪。"

她牵着马走远了，他还坐在蒲团上，老僧入定似的听她的话在耳边荡来荡去："秋去春来，四时有序，到了春暖花开的时候，自然春暖花开……"

他猛然想起来，现在已经是春暖花开的时候，浩荡的春风从窗口吹进来，把他的衣领吹开了，露出里面洗旧的白衬衫。他索性把领口拉得更大一些，敞开胸怀，下意识地走到窗前。东风排闼，将嘈杂的声音送到耳朵里，他听到大街上敲锣打鼓，高音喇叭里循环播报着应征入伍人员的名单。隔得远，听得不是很清楚，他支着耳朵听了好几遍，终于听到"虞亭华"三个字。

这天风大得很，把天上的流云都吹散了，只留下瓦蓝瓦蓝的穹隆，清透得没有一丝杂质。青山巍巍，映在水晶一般的蓝天下。放眼望去，县城四周都是山，连绵起伏，逶迤不断，走出县城，还得走好远，才能走出山去。卢骥轩站在窗口，听到外面锣鼓喧天的背景渐渐隐退，戴着大红花的虞亭华很大声地说："哥，我要走了！"却看不见他的影子。无数像他那样朝阳初升的小伙子，英姿勃发地向山外走去，那匆匆的身影，早已消失在丛丛簇簇的绿色当中。大风吹得山上的树哗哗地响，远看像是一波一波的浪潮，在天地间无穷地涌动着，摇晃着，就这样，一棵树摇动另一棵树，一座山摇动另一座山，每棵树都绿了，每座山也都是绿的了，暖洋洋的春天进了山。

（该作品首发于《小说月报》2022年第九期、第十期）